KB072137

魔刀爭霸
FANTASTIC
ORIENTAL HEROES

마도쟁패

마도쟁패 5

장영훈 新무협 판타지 소설

초판 1쇄 찍은 날 § 2008년 2월 26일
초판 1쇄 펴낸 날 § 2008년 3월 4일

지은이 § 장영훈
펴낸이 § 서경석

편집장 § 문혜영
편집책임 § 유경화

펴낸곳 § 도서출판 청어람
등록번호 § 제1081-1-89호
등록일자 § 1999. 5. 31
어람번호 § 제2-1433호

주소 § 경기도 부천시 원미구 심곡1동 350-1 남성B/D 3F (우) 420-011
전화 § 032-656-4452 팩스 § 032-656-4453
http://www.chungeoram.com
E-mail § eoram99@chollian.net

ⓒ 장영훈, 2007

ISBN 978-89-251-1211-4 04810
ISBN 978-89-251-0668-7 (세트)

장영훈 新무협 판타지 소설

魔刀爭霸

FANTASTIC
ORIENTAL HEROES

마도쟁패

5

도서출판 청어람

目次

第四十一章

마룡창

魔刀霸爭

서인태(徐仁泰)는 난주 인근에 이름난 의원이었다. 수많은 병자들이 천릿길도 마다 않고 그를 찾았는데, 그의 의술이 죽은 목숨도 벌떡 일으킬 정도까진 아니더라도 예순이 넘은 늙은이의 그것 정도는 벌떡 일으켜 줄 정도는 되었고, 그보다 더 중요한 이유는 가난한 이들에게 돈을 받지 않는 인덕 때문이었다.

과연 오늘도 서인태가 운영하는 서가의원은 환자들로 북적대고 있었다.

"자, 두 분은 자리 바꾸시고. 좀 조용히들 하시오!"

환자를 병세에 따라 새로 줄을 세우는 이는 백석무(栢夕茂)로 서인태에게 의술을 배우는 청년이었다.

백석무가 줄의 끝에 서 있던 중년인을 맨 앞으로 데려 나왔다.

"애가 아프면 바로 와야지 왜 이리 늦게 오셨소?"

"괜찮아질 것 같아서 미음만 끓여 먹이고 있었지요."

"그러다 애 잡습니다. 애 잡아요."

중년인은 여자 아이를 안고 있었는데, 과연 안색이 창백한 것이 그 병세가 매우 위중해 보였다. 그들보다 먼저 온 사람들이 많았지만 자신의 차례가 밀린 것에 화를 내는 사람들은 아무도 없었다. 서가의원에서 흔히 겪는 일이었고, 서인태가 지금껏 자신들에게 베풀어준 은혜를 생각하면 석 달 열흘을 바깥에서 기다린다 해도 불만을 가질 수 없었다. 이곳이 아니었다면 저승길 동행이 되었을 이들이 다수였다.

맨 앞줄에서 뒤로 밀린 노인이 아이를 보며 걱정스럽게 물었다.

"어쩌다 이렇게 됐누?"

그러자 아이 아비가 한숨을 내쉬며 말했다.

"산에서 놀다 뭘 잘못 주워 먹은 것 같습니다요."

"저런."

주위에 있던 사람들이 아쉬운 얼굴로 중년인을 위로했다.

"걱정 말게. 우리 의원님께서 금방 낫게 해주실 거네."

"아무렴요. 걱정 마시오. 우리 의원님 약이면 금방 회복될 걸세."

모두들 노인의 말에 장단을 맞춰주었다.

그럼에도 중년인의 얼굴에는 걱정이 한가득이었다.

"하나, 워낙 가난한 집구석이라… 아이 약값이 걱정입니다. 한두 푼이 아닐 텐데."

그러자 노인이 의외란 표정을 지었다.

"자네 여기 처음이구먼."

"네? 그렇습니다만."

"걱정 말게. 의원님께 사정 설명을 드리면 약값 독촉을 하지 않으실 게야. 가을에 수확이 끝나고 그때 갚아도 될 걸세."

"정말이십니까요?"

중년인은 믿을 수 없다는 표정이었다. 자고로 아픈 사람 볼모로 매정하지 않은 의원을 지금껏 본 적 없었다. 땅 팔고 집 팔아서도 우선 사람부터 살리고 보자는 그 애타는 마음을 아귀처럼 이용해 먹는 곳이 의원 아니던가?

하지만 아이의 명줄이 제대로 타고났는지 처음 찾은 의원이 바로 이곳이었다. 사람들이 저마다 걱정 마라는 위로를 던지자 그제야 사내의 표정이 조금 밝아졌다.

노인은 서인태에 대해 침이 마르도록 칭찬을 아끼지 않았다. 서인태는 돈이 없는 사람에겐 돈을 받지 않는 걸로 유명했다. 처음에는 그저 봉을 잡았거니 했던 사람들도 차츰 그의 진심 어린 인품에 감동해서 조금씩 약값을 갚아나가기 시작했다. 하지만 그것도 결국 한계가 있을 텐데, 연일 들이닥치는 공짜 손님들을 어떻게 감당하는지 노인으로선 궁금할 따름이었다.

"의술이 곧 인술이라는 말은 우리 의원님에게서 나온 말이네. 암, 그렇고말고."

방 안에서 진찰을 받던 환자가 나오고 이제 소녀의 차례가 되었다.

그때 입구 쪽에서 우렁찬 목소리가 들려왔다.

"비켜라!"

줄을 서 있던 사람들이 반으로 갈라졌다. 대문으로 들어선 이가 도끼를 휘두르며 그들을 위협한 것이다.

"안 비켜? 뒤질래?"

도끼를 휘둘러 대는 사내 뒤로 조금 더 나이 든 중년 사내가 따라 들어왔다. 그의 허리에도 큼직한 대부(大斧)가 매달려 있었는데 그들은 바로 감숙 일대에 악명 높은 쌍부쌍흉(雙斧雙兇)이었다. 앞에 들어선 도끼사내가 아우 이흉이었고, 오만상을 찌푸린 채 따라 들어온 이가 일흉이었다.

"어이구야!"

배를 움켜쥔 채 죽는 소릴 내는 일흉의 손가락 사이에서 피가 새어 나오고 있었다. 그들의 등장으로 웅성거리던 장내는 그야말로 쥐 죽은 듯 조용해졌다. 일반인들에게 자고로 강호인이란 개똥보다 더 피해야 할 대상임은 틀림없었고, 한 번 잘못 밟는 날에는 그저 재수없는 것으로 끝나지 않음을 잘 알고 있었다. 특히 입에 걸레를 문 저런 잡스런 무인이라면 더욱 조심해야 했다.

백석무가 겁도 없이 일흉에게 다가갔다.

"우선 여기 앉아보시지요."

백석무가 그를 평상에 앉히고 상처를 살폈다. 칼에 찔렸는데 다행히 내장은 상하지 않은 상태였다. 가볍게 소독하고 몇 바늘 깁고 붕대나 감아주면 될 자상(刺傷)이었다.

"다행히 내장은 상하지 않은 듯합니다. 지혈제를 바르고 며칠 푹 쉬면 나을 겁니다."

분명 안도의 한숨을 내쉬어야 할 순간이었는데, 순순히 그리한다면 어찌 그들에게 흉(兇)이란 별호가 붙었겠는가?

일흉이 못마땅한 눈초리로 목소리를 깔았다.

"너 뭐냐? 의원이냐?"

백석무가 차분하게 대답했다.

"전 스승님을 모시고 의술을 배우고 있습니다."

"그럼 정식 의원이 아니잖아?"

"그렇습니다만……."

일흉은 뭐가 그리 못마땅한지 목청부터 높였다.

"이 쥐똥 같은 새끼 보게. 의원도 아닌 놈이 뭐가 어쩌고 어째? 그럼 그깟 가루약이나 뿌리고 붕대나 처감으면 될 상처인데 내가 엄살을 부렸단 말이냐?"

엄살까진 모르겠고 적어도 그는 지금 억지를 부리고 있었다.

백석무가 난처한 얼굴로 아무 대답도 못하자 옆에 선 이흉이 나섰다.

"넌 꺼지고, 스승인지 의원인지 윗대가리나 불러."

백석무가 고개를 숙이며 조심스럽게 대답했다.

"그럴 순 없습니다."

그 말에 쌍흉이 어이없다는 표정을 지으며 서로를 돌아보았다. 이내 두 사람의 얼굴에 짜증이 치밀어 올랐다.

"방금 뭐라 지껄였느냐?"

"그럴 수 없다고 했습니다. 의원님은 반드시 병세가 위중한 환자부터 진찰을 하십니다. 그것이 본 원의 규칙입니다."

난감한 얼굴이었지만 분명 백석무는 그들을 두려워하는 기색이 아니었다. 그것이 평소 하늘 무서운 줄 모르고 살아왔던 쌍흉의 눈에 고깝다 못해 죽지 못해 안달난 발악으로 보였다.

"이번 차례는 저 아이입니다. 무사님께서는 조금 기다려 주시면 감사하겠습니다."

쌍흉의 시선이 백석무를 따라 두려운 얼굴을 하고 선 중년인에게로 향했다가 이내 그의 품에 안겨 있는 소녀에게서 멈췄다. 이흉이 냉큼 일어나서 그쪽으로 다가갔다.

중년인이 놀라 뒷걸음질쳤고, 백석무가 황급히 소리쳤다.

"뭐 하는 짓이오!"

그러자 이흉이 도끼를 세워 입술에 대며 조용히 하라고 경고했다. 백석무가 더 이상 만류하지 못한 채 입을 다물었다.

이흉이 중년인의 품에 안긴 소녀를 가만히 내려다보았다.

"흐흐. 피부가 뽀야니 크면 제법 색깨나 쓰겠는걸."

그게 아이에게 할 소리냐며 고함이라도 질러야 하겠지만 장내의 그 누구도 놈을 꾸짖지 못했다. 가장 화가 난 사람은 역시 소녀의 아비였지만 그 역시 아무런 말도 하지 못했다. 분하기도 하고 무섭기도 해서 아비는 왈칵 눈물이 나려 했다.

뱀 같은 눈초리로 아이의 볼을 쓰다듬던 이흥이 스윽 중년인을 노려보았다.

"뭐 해? 안 꺼지고? 이 자리서 딸년의 장래 소질을 확인해보고 싶어? 그래?"

그 더럽고도 무시무시한 협박에 질려 중년인이 휙 돌아섰다. 아이 병세가 위중해 이대로 떠날 수 없다는 생각이 그의 발길을 붙잡았다. 하지만 이대로라면 죽음보다 더 흉한 꼴을 당할 분위기였다.

이흥이 도끼를 휘두르며 마당에 숨죽인 환자들에게 소리쳤다.

"너희도 꺼져! 다 회를 쳐버리기 전에!"

환자들이 우르르 밖으로 달려나갔다. 백석무가 아이 아비를 막아섰다.

"당신은 가면 안 되오."

"하지만!"

"애 상태가 위중하오. 지금 당장 치료를 받아야 하오."

보고 있던 이흥이 인상을 확 구겼다.

"하, 저 돌팔이 새끼, 정말 꼴통이네. 둘이 원수지간이야? 왜 저 불쌍한 애를 죽이려고 들지?"

이흥이 도끼를 붕붕 휘저으며 그들 쪽으로 다가섰다. 당장 애를 죽여 버릴 작정인 듯 보였다. 백석무가 중년인의 앞을 몸으로 막아서며 다급하게 말했다.

"이대로 돌아가면 그 아이는 어차피 죽소."

아비는 이러지도 저러지도 못한 채 울상을 지었다. 아이의 병세가 그만큼 다급하고 위중하다는 생각에 발만 동동 굴렸다.

"무슨 소란이냐."

그때 방문이 열리며 서인태가 밖으로 나왔다. 작은 키에 왜소한 몸이었는데 자애로운 인상과 맑은 눈빛이 그의 인품을 짐작하게 만들었다. 물론 그건 세상을 살아가는 보통 사람들의 평가이고, 쌍흉의 눈에는 '꼴에 의원이랍시고'로 보였다.

"무슨 일이냐?"

석무가 뭐라 대답하기도 전에 이흉이 비꼬았다.

"비싼 의원님이 드디어 나오셨네. 이렇게 얼굴 보기 힘들어서야."

그 말에 서인태는 단번에 장내의 분위기를 파악했다.

서인태가 마당으로 내려서 일흉에게로 다가갔다. 분명 서인태에겐 함부로 하기 힘든 어떤 묘한 분위기가 있었기에 두 사람은 더 이상 난장을 부리진 않았다.

서인태가 일흉의 배를 살폈다. 앞서 석무가 진찰한 것과 마찬가지로 그다지 위급한 상태가 아니었다.

서인태가 이번에는 그 옆의 아이를 살폈다.

"이봐!"

이흉이 나서자 서인태가 나지막이 호통 쳤다.

"잠자코 기다리시오!"

이홍이 이를 바득 갈았지만 서인태는 그들의 눈치 따윈 전혀 살피지 않았다.

아이의 상태는 매우 위중했다. 독버섯의 독이 이미 장기에 스며들고 있었던 것이다.

"우선 구토제를 써서 애 속부터 비우게."

서인태가 석무에게 그 밖에 몇 가지 처방을 지시했다. 석무가 아이와 아비를 데리고 한옆 건물로 황급히 들어갔다.

그들이 사라지고 나서야 그제야 서인태가 쌍흥에게로 돌아섰다.

이홍이 비꼬듯 말했다.

"어이구, 어의(御醫)님. 이제 우리 형님 치료 좀 해주시죠. 기다리다가 아주 돌아버리겠습니다. 이 개새끼야!"

이홍의 눈빛에는 살기가 돌고 있었다. 치료가 끝나는 대로 서인태를 작살 내버릴 작정을 한 것이다.

그런 독심을 아는지 모르는지 서인태는 느긋했다.

"따라 들어오시오."

서인태가 앞장서 안으로 들어갔다.

두 사람이 의미심장한 눈빛을 교환하며 그 뒤를 따랐다.

좁은 복도를 앞서 걷던 서인태는 자신의 진료실을 지나쳤다. 복도 끝에서 벽에 걸린 작은 등불을 조작했다.

끼이익.

벽이 돌아가며 비밀 공간이 모습을 드러냈다.

"오호, 그거 신기한걸."

특별치료실이라도 가나 싶었는지 쌍흉은 벽의 기관 장치를 만져 보며 신기해했나.

벽 뒤는 계단이었다. 서인태는 말없이 벽에 난 계단을 따라 걸어 내려갔다.

그 뒤를 따르던 이흉이 뭔가를 발견하고 흠칫 놀랐다.

"헉!"

은은한 등잔 불빛에 비춰진 벽면의 그림들. 그것은 흉악한 표정의 악귀들의 모습이었다. 우락부락한 근육에 거대한 도를 들고 선 그림은 매우 기괴한 분위기를 연출하고 있었다.

"괴이한 취미군."

이흉의 목소리가 떨렸다. 뭐 그다지 떨릴 상황은 아니었는데 지하의 음습함 때문이었는지 자연스럽게 목소리가 떨렸다. 일흉 역시 마음이 서늘해지긴 마찬가지였다.

"어디로 가는 것이냐?"

일흉의 질문에 아무 대답도 않고 서인태는 그저 묵묵히 발걸음만 옮길 뿐이었다.

"이 무말랭이 같은 놈아! 어디로 가냐고 묻지 않느냐!"

서인태가 마지막 계단을 내려섰다.

"다 왔소."

삼십여 평 되는 그곳의 사방은 약장(藥欌)으로 둘러싸여 있었다.

쌍흉이 가만히 둘러보니 약창고였다. 공연히 두려워했다는 생각에 쌍홍이 실소하며 안도했다.

"뭔 치료를 이런 두더지 굴 같은 곳에서 하나?"

그때 이홍의 눈빛이 반짝였다. 탁자 위에 놓인 무엇인가가 그의 눈길을 확 끌어당겼던 것이다. 서인태의 허락도 구하지 않고 이홍이 냉큼 그것을 주워 들었다. 살피고 냄새 맡고. 서인태가 소리치듯 말했다.

"이건… 백년설삼(百年雪蔘)이잖아!"

틀림없는 진품이었다. 재작년 섬서의 이름난 상인 집을 털면서 훔쳐 낸 것 중에 백년설삼이 세 뿌리나 있었다. 한 뿌리에 몇백 냥을 호가하는 귀한 것을 두 사람은 큰마음 먹고 탕재로 만들어 먹었다. 한눈에 알아볼 만한 약재였던 것이다.

게다가 한 뿌리가 아니었다. 하얀 종이에 나란히 널린 것만 열 뿌리에 달했다. 두 사람의 눈이 휘둥그레졌다. 열 뿌리면 작게 잡아도 이천 냥은 받을 수 있었다. 팔지 않고 다섯 뿌리씩 나눠 복용한다면 적어도 십 년 내공은 족히 얻을 수 있었다.

'이게 웬 떡이지.'

두 사람의 공통된 생각이었다. 이홍이 서인태의 허락도 구하지 않고 벽의 약상자를 열어젖히기 시작했다.

"헉! 이건 이가활력단(李家活力丹)이잖아!"

이가활력단은 강호의 이름난 의가인 이가의원에서 만들어 낸 명약으로 진기가 약한 사람이 먹게 된다면 산삼보다 더 효능이 좋다고 알려진 명약 중의 명약이었다.

"하나, 둘, 셋… 아홉."

한 알 구하기가 백년설삼에 비할 바가 아니라는 그것이 자그마치 아홉 개나 있었다. 이미 쌍흉의 눈은 탐욕으로 번들거리고 있었다.

일흉 역시 아픈 것도 잊은 채 약상자를 마구 헤집었다.

"헉! 이건 구력단(求力丹)이다!"

진기를 보충해 주는 데 효능이 큰 그것은 어지간히 이름난 무가가 아니면 구경조차 힘든 것이었다.

"구력단이 세 알이다, 세 알!"

그야말로 약장 곳곳에 진귀한 약재가 가득 담겨 있었다.

쌍흉이 동시에 휘파람을 불었다. 산삼 밭을 찾아낸 심마니의 기쁨이 이와 같을까?

"여, 여기가 보물창고였구면."

일흉의 목소리가 떨리고 있었다. 이거 완전히 봉 잡은 날이었다.

그때까지도 서인태는 두 사람이 하는 짓을 그냥 말없이 지켜보고만 있었다. 문득 일흉은 그 태도가 이상하다는 생각이 들었다.

과연 서인태의 얼굴은 앞서 보았던 자애로움은 사라지고 더없이 차가운 인상으로 바뀌어 있었다. 이윽고 찬바람 쌩쌩한 한기를 내뿜으며 서인태가 입을 열었다.

"마룡창(魔龍倉)이라 불리는 곳이다."

그가 대뜸 반말을 하자 일흉의 눈빛이 가늘어졌다.

'이 새끼 봐라?'

분위기가 영 심상치 않았다. 귀한 약재에 팔렸던 일흉의 정신이 이제 막 위기 본능의 간절한 부름 앞에 끌려왔다. 그에 비해 이흉은 그저 돈 계산하기 바쁜 얼굴로 대수롭지 않게 대꾸했다.

"지랄한다. 약창고에 이름 한번 거창하게 붙여놨네. 시벌, 누가 들으면 마교 약창고인 줄 알겠네."

휘이잉—

썰렁한 바람이 이흉의 마음에 불어닥쳤다. 자신이 무심코 내뱉은 말에 스스로 놀란 것이다.

서인태는 말없이 그들을 응시할 뿐이었다.

쌍흉이 다시 주위를 조심스럽게 돌아보았다. 그러고 보니 천장에도 자신을 잡아먹을 듯 노려보는 무시무시한 악귀들이 잔뜩 그려져 있었다.

"설, 설마?"

일흉의 음성이 무섭게 떨리고 있었다. 두 사람이 본능적으로 도끼를 꺼내 들었다. 도끼 앞에 마주 선 서인태는 이제 한낱 의원이 아니었다. 무심한 눈빛에 담긴 그것은 분명 마기(魔氣)였다.

"네 말이 맞다."

그 확인 사살에 쌍흉은 심장이 입 밖으로 튀어나올 정도로 놀랐다.

"개… 개소리 마라!"

치매 걸린 늙은 의원의 헛소리였으면 좋으련만 쌍부쌍흉 악행개업 이래 최악의 상황이 이어졌다.

스르륵.

천장이 소리없이 열리며 네 마인이 뛰어내렸다. 붉은 무복을 차려입은 네 사내. 바닥에 내려섰음에도 발소리 하나 나지 않았다. 마룡창을 지키는 마룡들이었다.

"튀어!"

일흉의 외침과 동시에 두 사람이 휙 돌아섰다.

그들이 첫 번째 계단을 밟던 그 순간,

푸욱.

살이 찢기는 끔찍한 소리가 들려왔다. 먼저 칼에 찔린 사람은 일흉이었다. 마룡 중 하나가 쏜살같이 그들의 머리를 넘어 뒤를 막아섰고 사정없이 일흉의 심장에 검을 박아 넣은 것이다.

"안 돼!"

그 애절한 외침을 끝으로 이흉의 심장 역시 뒤에서 덮쳐든 다른 마룡의 먹잇감이 되었다.

서인태가 그들의 시체를 내려다보며 차갑게 내뱉었다.

"치워 버려라."

마룡들이 그들의 시체를 안고 천장으로 사라졌다.

마룡창은 천마신교의 비밀 세력 중 가장 중요한 시설 중 하나였다. 전시(戰時)나 긴급한 상황이 발생했을 때, 이 서가의원은 마인들을 치료하는 의원으로 바뀌게 되며 갖가지 약들을 마인들에게 보급하는 중대한 임무를 맡고 있는 곳이기도 했다.

강호의 마룡창은 모두 서른두 개로 강호 전역에 갖가지 모습으로 위장되어 있었는데, 그중 난주 지역 마룡창을 지키는 이가 바로 서인태였다.

끼이익.

멀리서 문 열리는 소리가 들렸고 이내 백석무가 계단을 내려왔다.

"무슨 일이냐?"

석무가 두려운 기색으로 말했다.

"손님이 찾아왔습니다."

대범하기 이를 데 없는 석무가 겁을 먹었다는 것을 느끼자 서인태는 의아한 마음이 들었다.

"손님?"

계단 위에서 발걸음 소리가 들려왔다.

서인태의 표정이 급변했다.

"너!"

제아무리 중요한 손님이라 해도, 이곳에 직접 들이는 것은 절대 있을 수 없는 일이었다. 그것을 모를 리 없는 석무였기에 서인태의 놀람은 매우 큰 것이었다.

스르륵.

네 마룡들이 다시 모습을 드러내며 서인태의 앞을 막아섰다. 마룡 중 하나가 석무를 노려보며 차갑게 말했다.

"이번 일은 그냥 넘어가지 않을 것이다."

석무는 그저 질린 얼굴로 고개를 숙일 뿐이었다.

'도대체 누가 찾아온 것이지?'

서인태의 의문은 더욱 커졌다.

이윽고 계단을 내려오는 방문객들이 모습을 드러냈다.

방문객들의 기도를 확인한 서인태는 내심 긴장했다. 일의 성격상 네 마룡은 가리고 가려 뽑은 마인들로 그 무공 수위는 모두 패마급이었다. 자신의 무공 역시 패마급. 그러니까 이곳은 패마급 고수 다섯이 지키는 셈이었다.

그야말로 흑풍대 다섯이 있는 셈인데 그들의 직급은 일반 마인보다 두 단계나 높았다. 네 마룡은 모두 분타주급이었고, 서인태 자신은 대주급이었다. 창고를 지키는 네 명의 마인들에게 모두 분타주의 직위를 준 것은 그만큼 이곳에서의 임무가 중요하다는 뜻이었다. 또한 맡은 일의 성격상 직급에 밀리지 말고 소신있게 처리하란 뜻이기도 했다. 무공이든 직급이든 모두 자신있는 그들이었는데 들어선 이의 기도는 그들에 비할 바가 아니었다.

그도 그럴 것이 앞장선 사람이 바로 유월이었던 것이다. 그의 좌우로 비호와 백위가 뒤따르고 있었다.

서인태가 긴장을 풀지 않은 채 나직이 물었다.

"뉘시오?"

유월이 곧바로 정체를 밝혔다.

"나 흑풍대주요."

서인태가 깜짝 놀랐다. 잠시 그 말의 진위를 확인하려는 듯 말없이 유월을 응시했다.

유월이 품에서 하나의 명패를 꺼냈다. 악귀상이 새겨진 그 명패에는 분명 '흑풍대주'란 글자가 새겨져 있었다. 마치 확신을 주려는 듯 유월이 마기를 뿜어냈다. 다섯 패마들의 온몸이 파르르 떨릴 정도의 강력한 마기였다. 명패보다 확실한 신분 확인이 이뤄진 것이다.

그제야 서인태가 포권을 하며 인사했다.

"처음 뵙겠소. 나, 서인태요."

"반갑소. 유월이오."

곧이어 서로의 노고를 묻는 형식적인 인사가 오고 갔다.

네 마룡들이 유월에게 허리를 굽혀 정중히 인사를 한 뒤 옆으로 물러섰다. 그런 마룡들에게 비호와 백위의 모습이 눈에 거슬렸다. 자신들이 유월에게 정중하게 인사를 한 것에 반해, 두 사람은 서인태에게 가볍게 목례만 하고 만 것이다.

마룡들이 노려보자 백위가 마치 '뭐? 어쩌라고'란 눈빛으로 그들을 노려보았다. 싱글거리는 비호의 모습도 못마땅하긴 마찬가지였다. 하지만 흑풍대주 앞에서 노골적으로 불만을 표할 수는 없었다.

그건 그들의 문제고. 서인태가 긴장한 채 물었다.

"공사다망하신 흑풍대주께서 무슨 일로 이곳을 방문하셨는지요?"

흑풍대주의 방문은 그야말로 전혀 예상치 못한 일이었다.

게다가 이런 비공식적인 방문이라니?

"부탁이 있소이다."

"무엇입니까?"

"창고를 저희에게 개방해 주시지요."

순간 서인태의 표정이 굳어졌다. 옆에 서 있던 네 마룡들 역시 꽤나 놀란 표정들이었다.

잠시 말없이 유월을 응시하던 서인태가 물었다.

"허가를 받아오셨소?"

아니라고 예상했다. 만약 본 교의 정식 절차를 거쳤다면 공문서부터 내려왔을 것이다. 물론 이 자리서 흑풍대주와 마주설 일이 없었을 테고.

마룡창을 개방하는 것은 매우 민감하고도 중요한 문제였다. 본단의 직속 명령이 아니라면 절대 개방할 수 없는 곳, 게다가 육마존이나 묵룡단의 사도빈 정도가 아니라면 이런 결정을 내릴 수도 없을 중대한 문제였다.

과연 유월의 대답은 자신의 예상과 다르지 않았다.

"그럴 시간이 없었소."

"그렇다면 불가하오."

서인태는 한 치의 망설임 없이 거절했다.

"제겐 그럴 권한이 없소이다."

"물론 알고 있소."

"선 처리 후 보고 원칙을 내세운다 해도 안 될 말씀이오."

예상한 반응이란 듯 유월이 침착하게 말했다.

"본 대에겐 마룡창의 특별사용권이 있는 것으로 알고 있소."

맞는 말이었다. 흑풍대와 철기대에 주어진 특권 중 하나였다.

"하지만 그건 전시(戰時)에만 해당하는 일이지요."

그러자 유월이 서인태로서는 조금 뜬금없이 들리는 말을 꺼냈다.

"지금 우린 전쟁 중이오."

그런 말이 통할 것이라고 여기는 것일까? 유월은 반드시 창고를 개방하겠다는 의지를 눈빛과 표정으로 드러내고 있었다.

침묵이 흘렀다. 서인태는 흑풍대에게 뭔가 큰일이 벌어졌음을 직감했다. 동시에 자신의 마교 생활에 있어 큰 선택의 기로에 섰다는 것을 느낄 수 있었다. 자신의 판단이 자신을 죽일 수도, 더 큰 출세의 길로 인도할 수도 있었다. 흑풍대주가 아니었다면 일말의 고민조차 할 필요가 없는 일이었다. 아니, 그 이전에 네 마룡들이 먼저 나섰을 것이다. 하지만 상대는 교주의 사랑을 한 몸에 받고 있는 흑풍대주였다. 대천산에 키우는 개들도 '흑풍, 흑풍' 짖는다는 농담까지 있을 정도였다.

서인태가 나지막이 물었다.

"이 일… 책임질 자신 있소?"

그 물음에 네 마룡이 흠칫 놀랐다. 서인태의 마음이 흔들린다는 것을 느낀 것이다. 있을 수 없는 일이었다. 일이 잘못되면 서인태는 물론 자신들조차 모두 모가지가 달아날 중대한 일이었으니까.

반드시 말리겠다고 다짐하는 그들의 시선이 일단 유월에게 집중되었다.

유월이 솔직하게 고개를 내저었다. 지금 한 치 앞도 모를 상황이 이어지고 있었다. 이런 상황에서 이번 일의 책임을 진다는 것은 절대 무리였다.

이번에는 유월이 물었다.

"혹시 우리가 무슨 일로 내려왔는지 알고 있소?"

서인태가 고개를 내저었다. 비설과 관련되어 있다는 소문만 대주급 인사들 사이에서 돌 뿐, 정확히 아는 것은 없었다. 그조차도 서인태는 낭설이라 여겼다.

그때였다. 유월의 뒤쪽에서 낭랑한 목소리가 들려왔다.

"제가 책임질게요."

비설이 계단을 걸어 내려왔다. 어둑하던 지하 밀실이 환하게 밝아졌다. 몇 년 전, 본단의 큰 행사 때 비설을 만났던 서인태였다. 그때보다 비설은 더욱 아름답게 성장해 있었다.

서인태의 허리가 깊이 숙여졌다.

"아가씨를 뵙습니다."

아가씨란 말에 멍하니 서 있던 네 마룡들이 허겁지겁 허리를 숙였다.

비설이 미소를 지으며 상냥하게 인사했다.

"수고가 많으시네요."

쉰이 넘은 서인태조차 감탄할 정도였으니 젊은 마룡들은 말해 무엇 하리. 그들은 비설의 압도적인 미모 앞에 넋을 잃었다. 한옆에서 멍하니 서 있는 석무가 앞서 바짝 얼어붙은 것도 이해가 되었다. 그가 놀란 것은 흑풍대주 때문이 아니었다. 비설 때문이리라. 천마의 딸을 처음 대했으니 제정신이 아니었을 것이다.

비설이 차분하게 말했다.

"뒷일은 걱정 마시고 유 대주님의 부탁을 들어주세요."

분명 상황은 달라졌다. 그럼에도 서인태는 잠시 망설였다.

네 마룡들의 마음이 '절대 안 돼'에서 '이거 어쩌지'란 마음으로 바뀌는 순간이었다.

그때 비설이 결정적인 한마디를 던졌다.

"절 위한 일이에요. 아버지께서도 이해해 주실 거예요."

천마가 언급되자 서인태를 비롯한 네 마룡들의 고개가 숙여졌다. 비설의 말을 거꾸로 하자면, 들어주지 않는다면 천마가 화를 낼 수도 있다는 말이기도 했다.

비설의 부탁을 거절한 대쪽 같은 서인태? 그래서 초고속 진급을 한다? 어쩌면 지금 찾아온 상대가 육마존 중 하나라면 그럴 수 있을지도 모르겠다. 하지만 천마의 딸이었다. 자신 역시 딸을 키워봐서 안다. 겉으론 껄껄 웃어도 속으론 분명 '개 같은 놈이 감히 내 딸의 부탁을 거절해?'란 노기가 절로 들 것이다.

서인태가 마음을 굳혔다.

"나중에 흑풍대주 자리 하나 내주십시오."

그 농담에 비설이 의미심장한 미소를 지으며 대답했다.

"요즘 흑풍대 오라버니들이 겪는 일을 아신다면… 절대 그러고 싶지 않으실걸요."

그 순간 네 마룡은 엉뚱한 생각을 했다. 비설에게 오라버니 소릴 들을 수만 있다면, 목숨을 내놔도 후회하지 않으리라고. 어떤 일을 겪는지는 몰라도 절대 그러고 싶다고. 뭐 어쨌든 생각은 자유이고. 서인태가 품에서 열쇠를 꺼내 마룡들에게 건넸다. 어른 손바닥 크기의 커다란 열쇠였다.

"열어라."

마룡들은 서로를 돌아보며 잠시 머뭇거렸지만 이내 마음을 굳혔다. 상관인 서인태가 마음을 굳혔고, 그보다 눈앞의 비설의 부탁을 거절할 청춘은 적어도 그 네 명 중에는 없었다.

마룡 하나가 벽의 약장을 양옆으로 밀었다. 바닥에 바퀴가 달린 약장이 좌우로 갈라졌다.

진귀한 약재가 가득한 약장이 좌우로 열리자 뒷벽이 모습을 드러냈다. 마룡이 벽에 새겨진 악귀상의 입에 열쇠를 넣어 돌렸다. 그리고는 그 아래 주판 모양의 기관을 움직였다.

끼릭, 끼리릭.

다른 마룡들이 그 앞을 막아섰다. 정확한 번호를 입력하지 않으면 벽에서 극독이 묻은 수백 발의 강침이 발사되는 무서운 장치였다. 첫 번째 마룡이 돌아서 나오자 두 번째 마룡이 다시 번호를 입력했다. 그렇게 네 명의 마룡들이 각기 다른 번호를 넣었다. 그 고유번호는 각자만이 알 뿐이었고 한 명이라도 죽임을 당하면 본단에서 관리인이 내려오기 전까지 결코 문을 열 수 없는 금고였다.

이윽고 네 개의 번호가 입력되자 벽이 열렸다.

벽 뒤로 거대한 약장이 세워져 있었다. 진정한 마룡창의 존재가 모습을 드러낸 것이다. 밖의 약재들은 그야말로 위장용에 불과한 것이다.

"얼마나 필요하시오?"

"모두!"

서인태가 이미 예상을 했다는 듯 고개를 내저었다. 어차피 하나를 내주나 전부를 내주나 결과는 마찬가지였다.

"지금 본 창고에는 천년설삼이 아홉 뿌리, 소마환단이 오십 개, 박력단(迫力丹) 구십 개가 보관되어 있소."

이미 죽은 쌍흉이 거품을 물고 벌떡 일어날 말이었다.

언급된 것 중 가장 약효가 적은 박력단만 하더라도 심법의 운용을 돕는 약으로 영약의 흡수를 빨리하고 내력의 회복 속도에 도움을 주는 명약이었다. 유월과 같은 웅혼한 내력을 지닌 이에겐 큰 효과가 없는 약이었지만 대부분이 패마급인 흑풍대원들에게는 지대한 효과를 얻을 수 있었다.

박력단이 보조제의 성격이라면 소마환단이나 천년설삼은 직접적으로 내력을 보충해 주는 영약이었다. 소마환단은 흑풍대나 철기대의 조장들에게 매우 중요한 작전 시 하나씩만 지급되는 귀환 약이었다. 이번 하산길에도 조장들은 하나씩 지급받았었는데, 비검과의 일전을 앞두고 유월이 그것을 모두 복용했었다. 그 점이 미안하던 참에 유월은 마룡창에 생각이 미친 것이다.

지난 싸움으로 많은 동료들을 잃은 흑풍대였다. 겉으로 표는 내지 않았지만 사기는 바닥이었다. 싸움에 있어 사기는 그 무엇보다 중요한 요소였다. 앞으로 가야 할 길이 멀었기에 그들의 사기를 올려줄 방법으로 유월이 조금 무리가 되더라도 마룡창을 개방하기로 마음먹은 것이다.

본단에 정식으로 요청을 해야 할 일이었지만 유월은 그러지 않았다. 시간적인 문제도 문제였지만 본단 내부에 문제가 있음을 안 이상 최대한 본단 쪽에 자신들의 전력에 대한 문제는 알리지 않기로 마음먹은 것이다. 대신 유월은 비설에게 도움을 청했다. 물론 비설은 흔쾌히 부탁을 받아들였다.

오늘의 방문은 바로 그렇게 이뤄진 것이다.

"조금 모자라는군요."

그제야 처음 입을 연 비호의 말에 서인태는 깜짝 놀랐다.

천년설삼에 비해 효능은 떨어졌지만 소마환단은 마공에 특화된 약재였다.

결국 천년설삼과의 효능 차이는 오십보백보인 명약이었다. 무공을 익힌 이가 복용한다면 한 뿌리가 오 년에서 많게는 십 년의 내공을 거저 얻을 수 있을 효능이었다.

이 정도 약이면 강호대란(江湖大亂)까진 아니더라도 영약쟁탈전까진 날 만한 약들이었다. 젠장, 이게 모자라다니. 도대체 무슨 짓들을 하려는 것이냐.

그런 마음을 감추며 서인태가 차분하게 말했다.

"일단 본단에 보고는 하겠습니다."

"그렇게 하시오."

당연하다는 듯 유월이 고개를 끄덕였다.

비호와 백위가 약장에서 약들을 꺼내 준비해 온 보따리에 담기 시작했다.

마치 내 거 뺏기는 심정으로 그 모습 한번 봤다가 다시 비설 한번 훔쳐봤다가 마룡의 눈이 바빴다.

이윽고 모든 약장이 비워졌다. 비호와 백위가 도적놈처럼 커다란 보따리를 하나씩 짊어졌다. 백위가 비호에게 슬그머니 자신의 보따리를 넘기려 마음먹는 순간, 그것을 눈치 챈 비호가 잽싸게 말했다.

"아, 이걸 메고 애들에게 가면 얼마나 감동할까? 이제야 조장 노릇 제대로 해보는구나."

그 말에 백위의 마음속에 조원들의 흐뭇한 얼굴이 떠올랐다.

백위가 넌지시 말했다.

"들어줄까?"

그러자 한술 더 떠 비호가 어림없다는 표정을 지었다.

"꿈 깨요! 이런 멋진 모습, 다시없을 기회라고요."

그 강한 부정에 백위는 미끼를 야무지게 물었다.

"이리 줘. 내놔!"

"안 돼요!"

비호가 후다닥 뛰어 올라가자 백위가 그 뒤를 따라 뛰었다.

그 모습을 마룡들이 뭐 저런 놈들이 다 있을까란 표정으로 지켜보았지만 이내 시선은 비설에게로 향했다. 보는 내내 심장이 펄떡거렸다.

"오늘의 일은 잊지 않겠소."

유월이 고마움을 전하자 서인태가 좋은 낯으로 말했다.

"부디 건승하시길 바라겠소."

다시 서인태가 비설에게 정중히 인사했다.

"부디 무사히 귀환하시길 바랍니다."

"고마워요."

비설이 환한 미소로 그 고마움을 대신했다. 네 마룡들의 허리가 바닥에 닿을 정도로 접혔다. 유월과 비설까지 지하를 떠나자 이제 다섯 사람만 남게 되었다. 한바탕 폭풍이 휘몰아친 그런 기분이었다.

"괜찮을까요?"

마룡의 물음에 서인태가 가볍게 한숨을 내쉬었다.

"그러길 바랄 수밖에. 자, 나가자."

"어딜 말씀이십니까?"

"더 이상 지킬 것도 없는데 이 지긋지긋한 곳에 있음 뭐 하겠느냐? 오랜만에 나가서 술이나 한잔하자꾸나."

옆에 장승처럼 서 있던 백석무가 그제야 입을 뗐다.

"마을 사람들이 다시 올 텐데요."

"그냥 오늘은 아파도 참으라고 해. 참, 아까 그 꼬마는?"

"응급처치는 마쳤습니다. 이제 괜찮을 겁니다."

"그럼 문 닫아!"

한편, 마룡창을 나온 유월 등은 의원에서 조금 떨어진 곳에 세워둔 마차로 걸어가고 있었다. 비설이 동행한 외출이었기에 일부러 마차를 이용한 것이다.

마룡창의 일은 뜻대로 되었지만 유월의 마음은 그리 가볍지만은 않았다.

정도무림맹.

그들이 이번 일에 개입되어 있다는 것은 그야말로 의외였다. 하지만 비검은 이런 일로 자신에게 거짓말을 할 여인이 아니었다. 분명 이번 일에 정도맹이 크게 관여된 것이 틀림없었다. 하지만 너무나 막연했다. 무림맹의 누가 그들과 연관이 있는지 대답해 주면 좋겠지만 그건 무리였다. 그녀로선 이 정도도 크게 무리를 하고 있는 것일 테니까. 분명한 것 하나는 절대 시시한 자들이 연관되어 있진 않을 것이다. 그렇다면 애초에 비검이 언급하지 않았을 것이다. 문득 정도맹주를 죽여달라던 고 노인의 절박한 얼굴이 떠올랐다.

'설마.'

아니길 바라는 마음이 앞서는 한 가지 예감.

나란히 걷던 비호가 유월의 근심을 느꼈는지 정확하게 유월의 고민을 물어왔다.

"정도맹, 어떻게 처리하실 작정이십니까?"

"우리가 스며드느냐, 그들을 이곳으로 끌어들이느냐의 문제다."

유월의 말에 비호가 자신의 의견을 밝혔다.

"낙양은 완전히 저들의 영역입니다. 저희 모두가 들어가기도 어렵거니와, 설사 잠입한다 해도 활동 폭이 난주에 비할 바가 안 될 겁니다. 힘들어요, 낙양은."

유월 역시 같은 생각이었다. 그럼에도 고민을 하는 것은 될 수 있으면 난주를 싸움터로 만들고 싶진 않았기 때문이다. 하지만 자신이 비설과 떨어져 낙양으로 가는 것도 무리였다. 결국 그들을 난주로 끌어들이는 것이 상책이었다.

홀로 보따리 두 개를 짊어지고 끙끙대며 앞장서 걸어가는 백위를 보며 비호가 미소를 지었다. 조원들에게 혼자 생색낼 마음에 기어코 비호의 보따리마저 뺏은 것이다. 저렇게 단순하고 우직하지만 그렇다고 백위는 바보가 아니었다. 도착해서 입구에서 짐을 뺏어 들면 힘이 들지 않는다는 것쯤은 알고 있을 것이다. 하지만 그건 백위의 방식이 아니었다. 그래서 비호는 백위를 좋아했다. 이렇게 자신의 장난에 흔쾌히 맞장구를 쳐주는. 비설이 들어주겠다며 백위의 짐에 매달렸다. 비설까지 매달고 백위가 마차 쪽으로 달려갔다. 짐에 매달려 비설이 아이처럼 웃었다.

문득 비호가 유월에게 걱정스럽게 말했다.

"그나저나 생각했던 것보다 모자랍니다."

유월은 적어도 모든 조원들에게 소마환단 하나씩은 지급하리라 마음먹은 상황이었다. 하지만 이대로라면 누군 주고 누군 주지 못하는 상황이 벌어질 참이었다. 그건 모두에게 주지 않는 것보다 못한 상황이었다.

"다음 마룡창으로 가시겠습니까?"

"거리가 얼마나 되지?"

"서두르면 한 사흘쯤 걸릴 겁니다."

"사흘이라……."

유월이 고개를 내저었다. 지금처럼 일이 잘 진행된다는 보장도 없이 사흘간이나 난주를 비울 수는 없었다. 비설을 데려가면 되겠지만 조원들을 전부 데려갈 수는 없었다. 현 상황에서 전력이 분산되는 것은 좋지 않았다. 이래저래 난감한 상황이었다.

"역시 그렇죠?"

비호 역시 그렇게 예상한 모양이었다. 비호가 대수롭지 않게 툭 내뱉었다.

"그냥 난주 쪽 청룡창을 털면 간단한데."

청룡창은 마룡창과 같은 역할을 하는 무림맹의 창고였다.

비호는 무심코 농담 삼아 말했지만 받아들이는 유월은 뜻밖에 진지했다. 유월이 발걸음을 멈추자 비호가 설마하는 표정을 지었다.

"정말 터시게요?"

칠년지약의 맹약만큼은 그 무엇보다 우선시하는 유월이었기에 비호가 놀라는 것도 당연했다. 그러자 유월이 씩 웃으며 엄지손가락을 치켜든 손을 우에서 좌로 스윽 그었다. 은밀히 일을 처리하자란 흑풍대의 수신호였다.

"그곳의 위치는 파악되어 있나?"

"송 분타주가 알고 있을 겁니다. 칠년지약 이후 서로 알고도 모른 척, 뭐 그런 상황이지 않습니까?"

유월이 모험을 하려는 이유는 비단 약이 부족해서만은 아니었다.

"거기가 털리면 정도맹이 나서겠지?"

그제야 비호가 유월의 속뜻을 알아차렸다.

"미끼로 던져 보기에는 제격이죠."

비호가 눈빛을 반짝이기 시작했다. 이럴 때면 그는 항상 번뜩이는 전술을 만들어내곤 했다.

마침내 비호의 눈이 가늘어졌다. 어딘가에 생각이 미친 모양이었다.

"마침 기련사패 중 남은 두 늙은이가 난주에 들어와 있습니다. 우리 손에 제거된 형제들을 찾아 나선 모양입니다."

비호가 넌지시 말했다.

"어차피 그 늙은이들도 처리해야 하고… 판을 한번 짜볼까요?"

유월은 비호의 뜻을 짐작했다. 기련사패에게 뒤집어씌울 작정인 것이다. 그럼에도 유월이 다시 한 번 당부했다.

"단, 절대 꼬리가 밟히면 안 돼. 절대!"

"하하. 제겐 꼬리 같은 건 없습니다요. 꼬리는 저분이 있죠."

저 멀리 객석에 짐을 싣고 마부석에 올라탄 월척이 땀을 닦아내며 꼬리를 파닥거렸다.

"내 약보따리… 손댈 생각도 하지 마!"

*　　　*　　　*

기련사패의 막내 석용찬(石龍燦)이 태백루로 들어섰을 때, 첫째 단우강(單于羌)은 이미 두 병의 술을 홀로 비운 상태였다. 단우강의 얼굴은 취기에 붉게 달아올랐는데 평소 홀로 술 마시는 것을 싫어하는 그의 성격으로 미뤄볼 때 꽤나 심란한 상태란 것을 짐작할 수 있었다.

석용찬이 단우강의 맞은편에 말없이 앉았다. 단우강이 자신의 잔을 석용찬에게 건넨 후 술을 따랐다.

"어떻게 됐나?"

단우강의 물음에 석용찬이 고개를 내저으며 말했다.

"그들도 형님의 행방을 알지 못했습니다."

만수문을 방문했다가 돌아온 석용찬이었다. 셋째 우문수는 만수문주의 아들 민충식의 사부였다.

"민 문주는 자식이 백화방도의 손에 죽었다고 철석같이 믿고 있었습니다. 이번 싸움도 그 때문에 벌어진 일이구요."

"으음."

단우강의 입에서 무거운 신음성이 흘러나왔다. 둘째 엄이찬이 보낸 전서를 받은 후 즉시 기련산을 내려온 두 사람이었다. 전서의 내용은 실로 믿기 어려운 내용이었다. 셋째 우문수가 공동파에 의해 당했을지도 모르니 즉시 하산해서 이곳 태백루에서 만나자는 전갈이었다. 하지만 전서를 보낸 둘째도, 당했다는 셋째도 흔적을 찾을 수가 없었다.

"정말 공동파 놈들 짓이란 말인가?"

이해할 수 없는 일이 한둘이 아니었다. 지금까지 잠잠하던 공동파가 자신들을 노린 것도 그렇고, 그렇다 하더라도 둘째와 셋째가 그렇게 쉽게 그들 손에 당했다는 것도 믿기 어려웠다. 두 사람이 모두 흑풍대 손에 제거되었다는 것을 그들로서는 짐작조차 할 수 없는 일이었기에 그저 답답한 심정으로 술잔을 기울일 수밖에 없었다.

두 사람의 답답한 심정과는 달리 태백루는 소문의 열풍이 휩쓸고 있었다. 모든 사람들의 주제는 한 가지였는데, 지금 기련이패의 옆에서 술을 마시던 사내들의 대화도 그것이었다.

"정말인가? 취월루의 기녀들과 손님들이 모두 몰살당했다는 소문이?"

그다지 신나할 내용은 분명 아니었건만 질문을 던진 사마귀 사내는 흥미진진한 눈빛을 반짝이고 있었다. 대답하는 콧수염 사내는 그보다는 조금 더 양심적인 사람이었기에 우선 죽은 이들의 명복부터 빌어주었다.

"휴, 불쌍한 것들. 하루 벌어 하루 살아가는 년들이 하룻밤에 날벼락을 맞은 거지. 부디 극락왕생하길 바랄 뿐이지."

그에 비해 사마귀사내는 그 전후 사정이 매우 궁금했는지 콧수염사내를 재촉했다.

"이보게, 도대체 누가 그런 짓을 저질렀단 말인가?"

그러자 콧수염이 목소리를 잔뜩 낮추며 꾸짖듯 소곤거렸다.

"그걸 지금 질문이라고 하는가? 지금 난주에 그런 짓을 저지를 자들이 누구겠는가?"

눈알을 굴리던 사마귀사내가 어딘가에 생각이 미치자 흠칫 놀랐다.

"설마 백화방과 만수문에서?"

콧수염사내가 조용히 하라며 인상을 썼다.

"정확히 말하자면 백화방이겠지. 취월루주가 과거 만수문주 코 풀어주던 사이였다는 건 알 만한 사람은 다 아는 얘기니까."

"그래도 믿기 어려운데. 백화방은 정파가 아닌가? 그런 그들이 일반인들을 몰살했다는 것이……."

"지금 죽느냐 사느냐 하는 문젠데 정파 사파 따질 일이 아니지."

"정말이라면… 정말 갈 데까지 가는구먼."

"지금 취월루주가 눈이 시뻘게져서 흉수를 찾는다고 하더군."

"그는 살아남았군."

"마침 외출을 했었나 보더군."

콧수염사내가 다시 주위를 살폈다. 혹시나 자신들의 대화를 듣는 이가 있을까 해서였는데, 옆 자리 노인네 둘은 그저 말없이 술만 들이켤 뿐이었다.

콧수염사내가 다시 조심스럽게 말했다.

"그뿐만 아니네. 자네 송가장 알지?"

"포목점 송옹이 세운 장원 말인가?"

"그래. 어제 거기가 개박살났다더군."

"헐… 거긴 왜?"

"송옹이 원래 백화방 쪽과 친했잖아. 작년 백화방주 생일 때 비단을 서른 필이나 보냈다는 소문 못 들었나? 이래도 그 일이 백화방 소행이 아니란 말인가?"

"그러니까 자네 말은 취월루에 대한 보복으로 만수문이 송가장을 밀어버렸다는 말이지?"

듣고 보니 그럴싸했다. 하룻밤 사이 연이어 그런 일들이 일어났다면 분명 콧수염사내의 추측에 신빙성이 더해졌다.

"무섭군, 무서워."

"이제 일이 커졌네. 공동파에서 고수들이 파견되었다는 소문이 파다하네."

"만수문주 꼬추가 바짝 쪼그러 붙었겠는걸."

"그들이라고 가만히 있겠나? 기련사패를 부르겠지."

"애들 싸움이 어른 싸움으로 커지겠구먼."

"이거 이사라도 가야 하는데… 난주학군에서 애들 키워야 한다며 마누라가 고집을 피우니."

"그래도 자넨 애가 공부라도 잘하지 않나. 어휴, 우리 망할

놈의 애새끼는 그저 무공에만 미쳐서……."

은근히 우리 자식은 무공만큼은 뛰어나다며 자식자랑을 하려던 사마귀사내가 말을 멈췄다.

누군가 객잔 문을 거칠게 열어젖히며 안으로 들어선 것이다.

들어선 사내는 둘이었는데 앞서 들어온 사내의 인상에 객잔에서 술을 마시던 이들이 모두 찔끔 놀라 시선을 피했다. 그도 그럴 것이 건들거리며 안으로 들어선 사내가 바로 백위였던 것이다. 백위의 뒤로 비호가 뒤따라 들어왔다. 비호는 머리를 헝클어 늘어뜨려 얼굴을 가리고 있었다.

두 사람이 건들거리며 콧수염사내와 사마귀사내가 있던 자리로 걸어왔다. 백위가 그들을 노려보았다. 자신이 노려봐 놓고 백위가 그들을 협박하듯 으르렁거렸다.

"뭘 쳐다봐."

"어이쿠. 아닙니다요."

"꺼져. 여기 내 자리야."

눈치 없는 사마귀사내가 어물쩍거리자 옆에 있던 콧수염사내가 후딱 자리에서 일어났다.

"여기 앉으시지요."

두 사내가 내심 욕설을 퍼부으며 얼른 자리를 내주었다.

원래 자기 자리인 양 백위와 비호가 자리를 차지하고 앉았다. 백위가 그들이 남겨둔 안주를 손으로 집어먹으며 말했다.

"크악, 식어서 맛없네. 야! 여기 어서 주문받아!"

점소이 달식이 쪼르르 달려와 주문을 받아갔다.

백위가 기련이패 쪽을 힐끔 쳐다보았다. 단우강과 눈이 마주치자 오히려 백위가 눈에 힘을 주었다.

"뭘 봐!'

단우강의 주름이 순간 꿈틀거렸지만 이내 시선을 돌려 버렸다. 그렇잖아도 기분이 좋지 않은 상태라 일장에 쳐 죽여 버리면 좋겠지만 그의 기분은 그런 마음조차 들지 않을 정도로 좋지 못했다.

기세 싸움에서 이긴 백위가 득의만면한 미소를 지었다.

"하여튼 늙은 것들이 문제야. 나이만 처먹으면 장땡인 줄 알아요. 시팔, 존경할 만해야 존경하지. 그냥 거저 처먹는 나이로 존경을 받으려고 하면 안 되지."

백위는 완전 뒷골목 파락호처럼 굴고 있었다. 물론 비호에 의해 치밀하게 계획된 의도된 행동이었다.

이번에는 비호가 목소리를 깔면서 입을 열었다.

"그나저나 형님, 월이 형님 소식 들으셨습니까?"

"월이? 그 칼질 하나는 일품이라는 그 월이? 요즘 그 사람 무림맹 밥 먹고 있다지 않았나."

"맞습니다. 삼 년 전에 청룡단에 들어갔었죠."

십여 장 떨어진 객잔 밖에 기대 팔짱을 낀 채 두 사람의 대화를 생생하게 듣고 있던 유월이 피식 웃는 순간이었다. 하고 많은 이름 중에 하필 월을 택한 것은 비호의 장난인 것이다.

"공동파에서 월이 형님을 불렀다더군요."

공동파란 말에 옆에 있던 기련이패의 눈빛이 번뜩였다.

"공동파에서 그 사람을 왜?"

"은밀히 처리할 일이 하나 있나 본데……."

비호가 주위를 살피며 목소리를 완전히 낮췄다. 완전 속삭이듯 말했지만 기련이패쯤 되는 고수들이 그 소리를 듣지 못할 리는 없었다. 물론 그 역시도 비호가 의도한 바였다.

"기련사패와 관련이 있는 것 같습니다."

파르르.

단우강의 신형이 바르르 떨렸다. 자신들의 이야기에 놀라기는 석용찬도 만찬가지였다. 석용찬은 당장 두 사람을 박살 내고 그 전후 사정을 듣고 싶었지만 단우강이 눈빛으로 그를 제지했다. 일단 들을 수 있는 만큼은 들어보잔 뜻이었다. 기련사패 중 가장 악랄한 사람도 단우강이었고, 가장 침착한 사람도 단우강이었다. 그래서 사패의 형제들은 그를 가장 두려워했다.

어쨌든 비호의 낚시질은 계속되었다.

"생각지 못한 사고가 하나 터졌나 봅니다."

"무슨 사고?"

"그 만수문 민충식 있지 않습니까?"

"그 여자만 보면 벗겨먹으려고 지랄을 떤다던 그놈? 그 새끼 죽었다던대."

"네, 맞습니다. 그게 놈이 공동파 속가제자 쪽 여식을 건드렸나 보더라고요."

진실과 거짓이 적당히 섞인 고도의 낚시질이었다.

"그 일로 민충식의 사부인 우문식과 공동파가 한바탕 싸움을 벌인 모양입니다. 그 과정에서 우문식이 죽었고."

"우문식이 죽을 정도면 공동파도 피해가 크겠네."

"공동파 이대검객과 공동사수(空同四手)가 합공을 했답니다."

듣고 있던 석용찬이 어금니를 바드득 갈았다. 젠장. 원래부터 마음에 들지 않았던 민충식이었다. 만수문의 경제적 지원 때문에 어쩔 수 없이 셋째 형이 그를 제자로 들였을 뿐이었다. 한데 결국 그놈이 일을 그르친 것이다.

석용찬의 눈에서 살기가 솟구쳤지만 단우강이 손까지 내밀며 그를 제지했다. 이미 무서워질 대로 무서워진 단우강의 눈빛이었다. 그 눈빛에 석용찬이 분을 가라앉혔다.

다시 백위의 속삭임이 이어졌다.

"그나저나 기련사패 중 삼패가 죽었다면 이거 대형사고인데 어째서 소문이 나지 않았지?"

"소문이 날 리 없죠. 형님 같으면 공동파에서 우리가 우문식을 죽였다고 떠벌리겠습니까? 지금 공동파는 완전 비상이 걸린 상황이랍니다. 나가 있던 제자들 다 불러들이고."

"그렇다 치고… 근데 월이란 사람은 왜 불렀대?"

"공동파에서 기련사패 중 둘째를 산 채로 잡았나 봅니다. 아마도 셋째의 죽음을 캐기 시작한 그를 그냥 두고 볼 수 없었겠죠. 공동산에 잡아두자니 남은 기련사패가 들이닥쳤을 때 중

거가 될까 걱정이 돼서… 모처에 그를 붙잡아두고 있답니다.”

"아하, 그래서 청룡단의 도움을 구한 것이군. 왜 살려둬서 후환을 남겨? 그냥 제거해 버리면 되지.”

"아무래도 기련사패 일은 공동파가 혼자 처리하긴 위험한 일이 아니겠습니까? 입단속을 아무리 잘한다 해도 그런 일이 소문이 안 날 수 없고. 결국 정도맹을 끌어들여 처리할 모양입니다.”

"과연 그렇겠군.”

묵묵히 고개를 끄덕인 백위가 궁금하다는 듯 물었다.

"한데 거기가 어딘데?”

백위의 질문에 비호는 대답을 할 수가 없었다. 누군가 그의 뒷덜미를 잡아 일으켰기 때문이었다. 물론 그는 석용찬이었다.

욕설을 내뱉으며 자리를 박차려는 백위의 어깨를 내력으로 지그시 누르며 단우강이 시퍼런 살기를 내뿜었다.

"앞장서라.”

第四十二章

청룡창

魔刀
争霸

청룡창(靑龍倉)의 역할은 마룡창의 그것과 비슷했다. 강호대란이 발생했을 시 즉각적인 물품 수송을 통해 전쟁물자의 빠른 수송, 그것이 가장 큰 역할이었다. 따라서 그 경계의 엄중함은 다른 곳과는 비교할 수 없을 정도였다.

난주 청룡창의 책임자인 정무극(鄭無極)은 자신의 집무실에서 서류를 검토하며 평상시와 다름없는 하루를 보내고 있었다.

강호 각지에 존재하는 스물일곱 개의 청룡창 중 난주청룡창은 일반 창고로 위장되어 있었다. 각종 장사치들의 물건 보관은 물론 일반 백성들에게도 개방된 일종의 사업체였다.

정무극의 집무실로 부창고장 백가정(栢可正)이 찾아왔다.

그는 젊고 패기만만한 고수로 정무극의 든든한 오른팔 역할을
해내고 있었다.

"진가방에서 물건을 맡겨왔습니다."

"양은?"

"스무 상자입니다. 무게로 볼 때 병장기인 듯합니다."

"어디로 갈 물건인가?"

"만수문입니다."

"결국 만수문 쪽으로 마음을 굳혔나 보군."

"그런 것 같습니다."

일반적으로 강호 단체들이 이런 사설 창고를 이용하는 까닭
은 비밀 유지를 위해서였다. 비밀리에 물건을 전하려 할 때 일
단 창고에 물건을 맡긴 후 상대방에서 찾아가게 하는 식이었
다. 그 방식은 직접 물건을 전하거나 표국을 통하는 것보다 확
실히 비밀 유지가 쉬웠다.

물론 자리가 자리인만큼 정무극은 위장해서 물건을 맡긴 쪽
이나 찾아가는 쪽을 훤히 꿰뚫어 보고 있었다. 물론 이번 경우
역시 다른 여타의 경우와 마찬가지로 정무극에게는 흥미를 끌
지 못했다. 정무극은 성격이 소극적인데다 정치 성향도 복지
부동형이었다. 그는 현재 자신의 자리에 매우 만족하는 인물
이었다. 그에 비해 젊고 야망에 찬 백가정에게는 이런 일 하나
하나가 큰 관심거리였다.

"이번 백화방과 만수문의 분쟁으로 중립을 지키던 방파들
이 크게 동요하고 있습니다."

정무극이 서류에 시선을 주며 대수롭지 않게 대답했다.

"그렇겠지. 줄을 잘못 섰다간 돌이킬 수 없는 낭패를 당할 테니까."

어차피 죽이니 살리니 해도 결국 적당한 때에 휴전을 맺게 될 것이다. 결국 강호의 무력 집단 역시 정치의 논리로 돌아가는 곳이니까.

백가정이 다시 말을 이었다.

"아, 그리고 본단에서 물건을 보내왔습니다."

"본단에서?"

"이미 들으셨겠지만 원 부단주가 내려와 있지 않습니까?"

물론 정무극은 청룡단 부단주 원룡이 난주에 들어왔다는 소식을 전해 들었다. 자신에게 인사차 들르지 않은 점을 섭섭하게 여기고 있었으니까.

"들었네."

정무극이 짤막하게 대답했다. 그 언짢은 마음을 읽어내지 못한 백가정이 말을 이었다.

"무슨 일일까요? 고작 이런 분쟁 때문에 부단주가 직접 왔을 리는 없을 텐데요."

"그렇겠지."

"혹시 저희 모르는 일이 벌어지고 있는 것이 아닐까요? 보내온 물건 역시 적은 양이……."

"우린 맡은 일만 충실하면 되네."

자신의 말을 갈치 꼬리 자르듯 잘라내는 그 퉁명한 대답에 백가정은 정무극의 심사가 뒤틀려 있음을 뒤늦게 깨달았다.

정무극이 서류를 덮으며 자리에서 일어났다.

"물건이나 확인하러 가세."

백가정이 겸연쩍은 얼굴로 그 뒤를 따랐다. 화통하거나 다혈질인 성격보다 이런 소심한 성격에 비위를 맞추는 게 정말 힘들다는 것을 백가정은 또다시 실감했다.

곳곳에서 일을 하고 있는 인부들은 모두 무림맹의 무인들이었다. 무림맹 하급무인들이 배정받기 가장 꺼려하는 곳이 바로 난주청룡창이었다. 차라리 부잣집 철부지의 보표라도 서면 가끔 술이라도 한잔 얻어먹겠지만, 이곳의 근무는 그야말로 산더미 같은 일을 도맡아 해야 했기 때문이었다.

평화가 길어질수록 무림맹과 같은 무력 단체는 오히려 재정에 압박을 받기 마련이었다. 따라서 인건비 절감을 내세워 따로 인부들을 고용하지 않았고, 결국 대부분의 일을 파견된 무인들이 도맡아 해야 했던 것이다. 인사를 건네는 노곤한 얼굴들을 보며 정무극은 조만간 회식이라도 한 번 해야겠다고 마음먹었다.

십여 개의 창고 건물을 지나 그들이 도착한 곳은 가장 구석진 창고 건물이었다. 금방이라도 무너질 것같이 낡은 그곳으로 두 사람이 들어섰다. 지키는 이가 아무도 없었지만 그건 그렇게 보일 뿐이었다. 낡고 허름해 지나가던 거지조차 눈길 한 번 주지 않을 그 건물 구석구석에는 가리고 뽑은 이십 명의 무림맹 정예 무인들이 잠복하고 있었던 것이다.

입구에서 밀어가 오고 갔다. 매일 듣는 목소리였지만 밀어가 틀리면 문은 절대 열리지 않았다. 정확한 밀어에 창고 문이 열렸다.

창고는 넓었고 상자들이 가득 쌓여 있었다. 미로처럼 쌓인 물건들 사이로 두 사람이 말없이 걸음을 옮겼다. 군데군데 상자 위에서 무인들이 눈빛으로 인사를 건넸다.

이윽고 그들이 창고 안에서도 가장 구석진 곳으로 도착했다.

백가정이 구석의 상자를 밀어내자 바닥에 강철 문이 있었다.

철판에는 앞서 마룡창의 그것과 비슷한 주판 모양의 기관 장치가 어김없이 붙어 있었다. 마룡창과 같이 네 명의 번호가 입력되어야 하는 그런 복잡한 종류의 기관이 아니었다. 아무래도 중앙집권식인 천마신교에 비해 정도맹은 구파일방의 지원을 받는 입장이었기에 제반 시설이나 자금 동원력이 낙후되고 떨어졌다.

정무극이 번호를 입력하자 문이 열렸다.

두 사람이 계단을 타고 내려가자 십여 평 남짓한 공간이 드러났다.

백가정이 한옆에 쌓인 상자들을 가리켰다.

"이번에 도착한 물건들입니다."

정무극은 내심 크게 놀랐다. 도착한 물건의 양이 많은 것은 둘째 치고 그 내용물이 심각했다.

"진천뢰 일백 발, 정도맹 표준도검이 각기 이백 자루, 활력단 오십 개, 개인소지용 의료장비가 일백 상자……."

그 외에도 잡다한 물품들이 많았다. 대부분 실전에 사용될 무기와 약들이었다.

"저건 뭔가?"

정무극의 시선을 잡아끄는 상자에는 일급기밀이라 쓰인 붉은 종이가 붙어 있었다.

"함께 온 것입니다."

백가정 말마따나 예전에는 절대 없던 일이었다. 일급기밀로 취급된 물품은 창고장인 자신조차 개봉할 수 없는 물건이었다. 정무극이 상자를 들어보았다. 가벼웠다. 상자의 크기나 무게로 봐서 천년설삼과 같은 영약임이 틀림없었다.

정무극의 눈빛이 진지해졌다.

'전쟁이라도 하려는 것인가? 정말 난주에 내가 모르는 일이 진행 중이란 말인가?'

백가정이 슬쩍 정무극의 눈치를 살피며 말했다.

"내일 물건을 찾으러 오겠다며 원 부단주 쪽에서 기별을 보내왔습니다."

청룡단은 가장 오랜 전통을 지닌 무림맹의 핵심 무력 단체였다. 물론 마교만을 전담하는 일종의 별동대인 멸마대의 명성에 밀려 빛이 바랬지만 칠년지약 이후 청룡단의 위세는 다시 살아나고 있는 중이었다.

백가정이 조심스럽게 입을 열었다. 그가 싫어할 종류의 말이란 것을 알았지만 그걸 참기에는 백가정의 혈기는 너무나 왕성했다.

"저희 쪽에서도 뭔가 대비를 해야 할 것 같습니다."

과연 대번에 정무극이 인상을 굳혔다.

"대비라니? 그게 무슨 의민가?"

냉담한 반응에는 불편한 심기가 고스란히 담겨 있었다.

백가정은 내심 불만이 일었다.

'이 답답한 사람아! 난주에서 뭔가 심상찮은 일이 벌어지고 있다니까!'

하지만 마음과는 달리 백가정은 공손히 고개를 숙이며 자신이 쓸데없는 말을 했음을 반성하는 듯 행동했다. 그 모습에 정무극이 다소 마음을 풀렸다.

"공연한 일에 끼어들면 다쳐."

젠장. 누가 그따위 말을 들으려고 말을 꺼냈을까?

'겁쟁이 같으니라고.'

백가정은 분을 삭이며 묵묵히 고개를 끄덕였다.

그때 위에서 다급한 무인의 목소리가 들려왔다.

"침입잡니다."

"뭐야!"

정무극과 백가정이 깜짝 놀라 밖으로 뛰어 올라갔다. 창고 밖에서 비명 소리가 터져 나오고 있었다. 창고 안을 지키던 스무 명의 정예 무인들이 일제히 모습을 드러냈다. 그들이 일렬로 문 앞에 도열했다. 비명 소리는 계속 이어지고 있었다. 하지만 창고 안의 무인들은 문을 열고 밖으로 나가지 않았다. 동료가 모두 죽더라도 그들의 임무는 이곳을 지키는 것이었다.

이어지는 비명 소리에 분위기가 심상치 않음을 느낀 정무극이 재빨리 명령을 내렸다.

"문부터 다시 잠그도록."

"알겠습니다."

백가정이 자신들이 나온 지하밀실의 철문을 닫았다. 그리고 한옆에 튀어나온 철심을 내력을 이용해 눌렀다. 철심이 완전히 박히자 기관이 작동하기 시작했다.

기이이잉!

묵직한 쇳소리를 내며 철판이 돌아가기 시작했다. 이제 자신의 비밀번호를 입력하지 않으면 문은 그 어떤 것으로도 열수 없도록 입구가 완전히 잠긴 것이다.

다시 백가정이 그 위에 원래 있던 상자를 밀어 올렸다.

그 순간 폭음과 함께 창고 문이 부서졌다. 휘어진 철문은 손바닥 모양으로 눌려져 있었다. 단 일장에 철문이 부서진 것이다. 게다가 밖을 지키던 무인들은 이곳의 정예들에 비해 다소 손색이 있을지언정 무려 삼십여 명에 달하는 숫자였다. 그런 그들이 채 일다경도 지나지 않아 모두 당한 것이다.

정무극은 상대의 내력이 범상치 않음을 알고 크게 긴장했다.

부서진 문으로 들어서는 네 사람을 보며 정무극이 무거운 신음성을 뱉었다. 들어선 이들은 그도 아는 이들이었다.

"기련사패!"

과연 앞장서 들어선 이는 단우강이었다. 그 뒤로 석용찬이 혈도가 제압당한 비호와 백위를 양손으로 질질 끌고 들어왔다. 석용찬이 이제 필요가 없다는 듯 두 사람을 한옆으로 던졌다. 비호와 백위가 무기력하게 한쪽 구석으로 날아갔다.

단우강은 정무극이 단번에 자신을 알아보자 의미심장한 미소를 지었다. 과연 상대는 자신에 대해 정확히 알고 있었던 것이다. 게다가 밖에서 자신의 길을 막아서던 자들도 일반 인부들이 아니었다.

'과연 이곳이 틀림없군.'

물론 그것은 절묘한 상황에 따른 오해였다. 정무극이 난주에 기반을 둔 기련사패를 알아보는 것은 당연한 일이었다.

정무극이 조금 떨리는 소리로 물었다.

"기련산의 노선배들께서 이곳에는 어인 일들이시오?"

이미 바깥의 수하들이 모두 당했다면 이번 일은 좋게 끝날 일이 아니었다. 하지만 그들의 방문 목적을 떠나 일단 이 상황을 원만히 해결해야 한다고 생각했다. 기련사패의 무공은 공동파에서조차 함부로 다루지 못할 정도로 매서웠으니까.

그러자 단우강이 가소롭게 웃었다.

"잘 알고 있을 텐데."

정무극의 입장에선 그야말로 난데없는 봉변이었다.

"후배는 무슨 말인지 모르겠소."

이번에는 석용찬이 목청을 높이며 윽박질렀다.

"긴말 필요 없다. 어서 형님을 내놓아라."

"도대체 무슨 말씀을 하는 것이오?"

정무극이 의아한 얼굴로 되묻자 뒤에 서 있던 석용찬의 얼굴에서 짜증이 번졌다.

"피를 봐야 말을 듣는 종자구나."

석용찬이 성큼성큼 앞으로 나서자 스무 명의 무인들이 일제히 검을 뽑아 들었다. 발검이 빠르고 그 기세가 날카로웠지만 석용찬은 오히려 '감히' 란 표정을 지었다.

석용찬의 장삼이 크게 부풀어 올랐다. 동시에 싸늘한 한기가 그의 몸을 흐르기 시작했다.

우우웅!

음습한 내력이 그의 양팔에 모여들었다. 석용찬을 기련사패란 이름으로 종횡하게 해준 그의 독문무공은 바로 음한장(陰寒掌)이었다. 격타당하면 온몸의 피가 얼어붙어 고통스럽게 죽게 된다는 그 무서운 사공이 펼쳐지려는 순간이었다.

정무극이 다급하게 말했다.

"잠시 멈추시오. 이렇게 다그치기만 할 일이 아니지 않소?"

그러자 단우강이 침착하게 입을 열었다.

"둘째가 이곳에 붙잡혀 있다고 들었다."

"둘째라면 이패 엄 선배를 말하는 것이오?"

단우강의 고개가 묵묵히 끄덕여졌다.

"잘 아는군."

"엄 선배는 결단코 이곳에 없소."

결단코란 강한 부사까지 사용했지만 단우강과 석용찬은 그저 코웃음만 칠 뿐이었다.

"하긴. 고분고분 내어줄 놈들이었으면 애초에 일을 벌이진 않았겠지."

정무극의 입장에선 미치고 팔짝 뛸 노릇이었다. 어쨌든 좋게 해결해야 했다.

"우리가 누군지 알고 있소?"

형을 내놓으라는 난데없는 말로 보아 분명 뭔가 오해가 있는 것이 틀림없었다. 제아무리 대담한 기련사패라지만 이유없이 무림맹을 상대로 이런 일을 저지를 까닭이 없었기 때문이다. 하지만 대답은 정무극의 예상을 빗나갔다. 석용찬은 정확하게 자신들의 신분을 알고 있었다.

"무림맹 나부랭이들이 아니더냐?"

물론 앞서 비호와 백위의 대화를 들었기 때문에 알 수 있는 일이었다.

정무극의 표정이 완전히 굳어졌다.

'우리 정체를 아는데도 이렇게 나온다면?'

그때 뒤에 서 있던 백가정이 전음을 보냈다.

"용무는 핑계일 뿐, 창고의 물건을 노리는 게 틀림없습니다. 이곳의 정보가 새나간 게 틀림없습니다."

정무극이 그 말에 동의했다.

'이 개 같은 놈들이 어찌 이곳을 알아낸 것일까? 게다가 뒷 감당을 어찌하려고 이런 큰일을 벌이는 것이지?'

정무극의 마음이 복잡해졌다. 싸우면 양패구상이 아니라 전멸을 당할 것이 뻔했다. 제아무리 가려 뽑은 정예 무인들이었지만 기련사패 중 둘을 상대하는 것은 무리였다.

한편 호시탐탐 앞을 막아선 무인들을 쓸어버리려는 석용찬에 비해 단우강은 약간 의아한 마음이 들었다. 오랜 강호 생활을 하면서 터득한 것은 사람을 빨리 죽이는 기술만이 아니었다. 참과 거짓에 대한 판단력은 연륜이 주는 공짜 선물이었다.

단우강의 직감은 정무극이 진실을 말하고 있다는 데 한 표를 던졌다.

단우강의 시선이 슬쩍 한옆에 쓰러진 비호와 백위에게로 향했다.

'혹시 저놈들이 개수작을 부린 것일까?'

때를 놓쳐 낭패를 당할까, 동생을 위하는 마음에 앞뒤 가리지 않고 이곳까지 들이닥친 그들이었다. 이제 와 생각해 보니 이상한 점이 한둘이 아니었다. 하필이면 자신들이 앉은 옆 자리에서 그런 대화를 나눴다?

서로 간의 복잡한 심정이 담긴 침묵이 흘렀다. 일단 다 죽여 놓고 일을 해결하려는 석용찬을 진정시킨 후 단우강이 비호의 멱살을 쥐고 일으켜 세웠다.

"살, 살려주십시오."

몰래 허벅지라도 야무지게 꼬집었는지 비호는 눈물까지 줄줄 흘리고 있었다.

젠장. 이놈도 거짓말하는 것 같진 않는데.

"네놈이 아는 바를 소상히 고하라."

정무극을 비롯한 무림맹 무인들의 시선도 그에게 집중되었다. 모든 일은 지금 단우강에게 붙잡힌 비호에게서 시작되었음을 직감한 것이다.

비호가 울먹이며 말을 이었다.

"저도 모르는 일입니다. 다만 이곳 지하밀실에 기련이패, 아니, 노선배님께서 잡혀 계시다는 것만 들었을 뿐입니다."

지하밀실이란 말에 단우강의 눈빛이 번뜩였다.

"지하밀실?"

단우강이 정무극을 향해 홱 돌아보았다.

"이곳에 정말 밀실이 있느냐?"

정무극이 놀란 마음을 삼키며 애써 태연하게 대답했다.

"…없소!"

일이 왜 이렇게 되었는가를 떠나 정무극의 입장에서는 고이 지하밀실을 열어줄 순 없는 노릇이었다.

어쨌든 그것은 때늦은 거짓말이 되었다. 단우강은 단번에 그가 거짓말을 하고 있다는 것을 알아차렸다. 덕분에 비호가 위기를 넘기는 순간이었다.

정무극이 비호를 다시 원래 자리로 내던졌다. 비호가 죽는 소릴 하며 바닥을 굴렀다. 하지만 비호는 회심의 미소를 짓고 있었다.

이제 단우강의 몸에서는 석용찬의 살기보다 더한 살기가 뻗쳐 나오고 있었다.

"열어라!"

쩌렁쩌렁 창고 안을 울려 퍼지는 그의 말에는 열지 않으면 모두 죽이겠다는 협박이 담겨 있었다.

정무극은 이러지도 저러지도 못한 채 멍하니 서 있었다. 그때 백가정이 앞으로 나섰다.

"이 파렴치한 것들아! 여기가 어디라고 와서 개지랄을 떠는 것이냐? 기련산의 늙은 개들이 짖는다고 우리가 겁을 낼 줄 알았더냐?"

정무극을 제외한 그곳의 모든 무림맹 무인들의 마음을 대변하는 시원스런 말이었다. 통쾌함은 잠시였다. 단우강의 입에서 날벼락 같은 말이 터져 나왔다.

"다 죽여 버려!"

기다렸다는 듯 석용찬이 몸을 날렸다.

부우우웅!

묵직한 바람 소리가 창고 안을 갈랐다.

"크악!"

날아드는 거친 바람을 뻔히 보면서도 무인들은 피하지 못했다. 가슴뼈가 부러지는 소리와 함께 두 명의 무인이 뒤로 튕겨져 날아갔다.

울컥 피를 토해내던 그들이 곧이어 비명을 내질렀다. 음한장의 한기가 죽어가던 그들의 뼛속까지 침투해 들어간 것이다. 온몸이 갈가리 찢기는 고통에 몸부림치며 그들이 바닥을 뒹굴었다.

모두들 두려움에 떨었다. 보다 못해 백가정이 달려가 그들을 검으로 베었다. 두 사람의 숨이 끊어졌다. 죽음보다 더한 고통이란 말이 실감나는 순간이었다.

"저 사악한 자들의 숨통을 끊어라!"

백가정의 외침에 무인들이 공격을 개시했다.

네 명의 무인들이 일제히 몸을 날렸다. 그들의 검에서 쉭쉭 검기가 날았다.

어림없다는 표정으로 석용찬이 몸을 회전했다.

파파파팍!

그를 스친 검기가 땅바닥을 네 줄기로 그어갔다. 석용찬이 땅을 박차고 날아올랐다.

"조심해!"

백가정이 소리치며 그들을 도우러 나섰다. 그가 검을 반달처럼 회전시키며 검기를 뿌렸다. 하지만 이미 석용찬은 네 무인들의 코앞까지 날아든 이후였다.

퍼억.

그의 쌍장에 무인 둘이 오장육부가 터지며 튕겨 나갔다.

허공에서 몸을 비틀어 방향을 바꾼 석용찬의 쌍수가 크게 휘둘러졌다. 착지하며 몸을 피하던 두 무인이 한꺼번에 장법에 휩쓸렸다. 몸이 비틀리며 그들이 연달아 회전하더니 상자를 부수며 쓰러졌다. 한 번 날아올라 네 명을 잇달아 격살한 석용찬이 바닥에 사뿐히 내려섰다.

정도맹 무인들은 바짝 얼어붙어 있었다. 정예라곤 했지만 실전이 많지 않은 젊은 무인들이었다. 아까까지만 해도 함께 밥을 먹고 농담을 나누던 동료가 여섯이나 죽자 그들의 마음은 절로 복잡해졌다. 분노와 두려움이 뒤엉켜 어찌해야 할지 몰랐다. 자연히 그들의 시선이 정무극에게로 향했다.

정무극 역시 비슷한 심정이었다. 한 가지 다른 점이 있다면 분노의 대상이었다. 참담한 얼굴로 그가 백가정을 싸늘하게 노려보았다. 천지도 모르고 나섰다가 일을 크게 벌인 백가정에 대한 분노였다.

"물러서라!"

정무극의 호통에 백가정이 이를 바득 갈았다. 노골적인 그의 불만에 정무극이 목청을 더욱 높였다.

"지금 항명하려는 것이냐?"

항명이란 말에 백가정의 기가 꺾였다. 항명은 중죄였다.

백가정을 물린 정무극이 단우강에게 말했다.

"선배는 손속에 사정을 두시기 바랍니다."

수하들을 도륙한 그에게 선배라 칭하자 백가정의 눈이 뒤집어졌다.

정무극의 다음 말은 백가정의 입장에선 더욱 기가 막혔다.

"창고를 열겠소. 직접 확인하시고 오해를 푸시길 바라오."

항명이고 나발이고. 백가정이 욕설을 퍼부었다.

"이 개 같은 놈아! 너야말로 악적과 내통하여 반역을 꾀하는구나!"

정무극의 인상이 구겨졌다.

"뭣들 하느냐? 저놈을 체포해라!"

그러자 백가정이 소리쳤다.

"반역자는 저놈이다! 저자를 체포해라!"

두 사람이 그렇게 팽팽히 맞서자 무인들은 이러지도 저러지도 못한 채 눈치만 살폈다. 분명 백가정은 선을 넘었지만 이해할 만한 행동이었다. 정무극 역시 소심하고 비겁한 행동이라볼 수도 있었지만 달리 말하면 자신들의 목숨을 구할 수 있는 신중한 행동이기도 했다. 자신들이 다 죽고 나서 그깟 물건들을 지켜내면 무엇 하겠는가?

두 사람이 다시 서로를 체포하라고 소리쳤다. 무인들이 반으로 갈라졌다. 대적을 앞두고 내분을 일으키는 게 스스로 생각해도 부끄러웠지만 어쩔 수 없는 상황이었다.

석용찬은 그들의 분쟁을 비웃으며 즐기고 있었다. 그러나 단우강의 마음은 급했다.

단우강이 나서서 싸늘히 말했다.

"한쪽은 살고 한쪽은 죽는다."

그러자 백가정 뒤에 늘어선 무인들이 하얗게 질렸다. 분위기로 봐서 죽는 쪽은 분명 자신들이었다. 두세 명의 무인들이 면목없는 얼굴로 정무극 쪽으로 건너갔다.

아직 인생이든 강호든 경험이 부족한 백가정은 분노에 휩싸였다.

"더럽게 사느니 남자답게 죽겠다!"

그렇다고 백가정은 같은 편끼리 칼부림을 할 정도로 바보는 아니었다. 백가정이 검을 뽑아 들고 석용찬을 향해 달려들었다. 죽기를 각오한 공격이었다.

가진 모든 재능을 집중해서 펼쳐도 채 서너 수를 견디기 어려운 실력 차이였는데 흥분한 백가정이 그를 당해낼 리 없었다.

백가정의 검을 피하며 석용찬이 주먹을 날리는 그 순간, 정무극이 소리쳤다.

"그를 죽이면 밀실을 열 수 없소!"

외침과 동시에 '퍽' 소리와 함께 백가정의 신형이 허물어졌다. 일장에 죽이려던 석용찬이 황급히 장법의 내력을 회수하지 않았다면 그는 즉사하고 말았을 것이다.

"쿨럭."

백가정이 한 사발의 피를 토했다. 채 거둬지지 않은 내력이 그의 기혈을 뒤틀게 만든 것이다.

무인들이 달려가 백가정을 부축해 뒤로 물러섰다. 괘씸한 백가정이었지만 그렇다고 그를 죽일 정도로 정무극은 모진 사람은 아니었다. 혼자서도 문을 열 수 있었지만 그를 구하기 위해 거짓으로 소리쳤던 것이다.

정무극이 힘없이 말했다.

"열겠소. 단, 약속하시오. 문을 열면 우리 모두를 살려준다고!"

백가정이 고개를 저으며 절대 안 된다는 의사 표시를 했다. 하지만 정무극의 뜻은 이미 굳혀진 후였다. 이대로 몰살을 당하는 것보단 비겁하더라도 살아남아 후일을 도모해야 한다는 게 그의 생각이었다. 물론 기련이패가 약속을 지켜줄 때의 일이었지만. 어차피 죽는 거 서 푼의 희망이라도 걸어야 한다는 게 그의 삶이기도 했다.

단우강이 한쪽 눈을 실룩이며 대답했다. 거짓말할 때의 그의 버릇이었다.

"좋아, 살려주지!"

백가정이 울컥 피를 쏟으며 힘겹게 끼어들었다.

"…저들을 믿지 마시오."

어쩌면 그럴지도. 하지만 정무극에게 다른 선택권은 없었다. 각자 살아온 인생이 다르듯이 위기에 대처하는 방법이 다르니까.

정무극이 상자를 밀어내자 바닥의 입구가 모습을 드러냈다.

"진작 이랬으면 피를 보지 않았을 텐데."

밉살스런 석용찬의 말에 무인들이 모두 이를 갈았다. 오직 백가정만이 안 된다고 힘겹게 말하고 있었지만 무인들은 그저 침울한 표정만 지을 뿐이었다. 이대로 죽으면 개죽음이란 패배감이 그들을 지배한 것이다. 그들은 정무극의 선택에 자신의 목숨을 맡긴 것이다. 어차피 상대가 약속을 지키지 않으면 그때 싸우나 지금 싸우나 결과는 마찬가지일 테니까. 물론 백가정에게는 마찬가지가 아니었다. 열고 죽으면 비겁한 죽음이고, 이대로 죽으면 명예로운 죽음이니까.

정무극이 번호를 입력했다. 봉쇄된 기관 장치가 해제되는 묵직한 소리가 들려왔다. 다시 정무극이 문을 여는 번호를 입력했다. 그 모습을 보며 백가정이 탄식했다.

이윽고 문이 열렸다.

정무극이 억울함이 깃든 얼굴로 나지막이 말했다.

"자, 확인해 보시오."

석용찬이 입구로 걸어갔다. 혹시 몰라 단우강은 원래 서 있던 자리에 서 있었다.

"진작 그럴 것이지."

석용찬이 정무극의 옆을 막 지나쳐 가던 그때였다.

스르륵. 쿵!

정무극의 몸이 뻣뻣이 굳은 채 그대로 쓰러졌다.

"이 후안무치한 자들!"

무인들이 일제히 검을 겨누며 눈빛을 이글거렸다. 석용찬이 손을 썼다고 생각했지만 그건 오해였다.

당사자인 석용찬조차 깜짝 놀라 뒤로 한 발 물러섰다. 뒤이어 백가정과 살아남은 무인들이 연달아 픽픽 쓰러졌다.

"독?"

숨을 멈춘 채로 석용찬이 단우강을 돌아보았다. 단우강 역시 숨을 멈춘 채 주위를 살피고 있었다. 단우강이 일단 창고 밖으로 튀어나가려는데 석용찬이 소리쳤다.

"형님, 독이 아닙니다."

돌아보니 석용찬이 그들을 하나하나 살피고 있었다.

"마혈과 수혈이 동시에 제압당했습니다."

그 말에 단우강이 크게 놀랐다. 자신의 이목을 속이고 열 명이 넘는 이들의 혈도를 제압했다는 것은 실로 믿기 어려웠다. 단우강이 석용찬에게로 달려왔다. 과연 석용찬의 말처럼 모두들 마혈과 수혈이 제압당해 잠이 든 상태였다.

'이렇게 빠르고 정확하게 혈도를 제압해?'

안색이 굳어진 단우강이 허리를 펴며 주위를 살폈다.

그가 나직하면서도 정중하게 말했다.

"어디서 오신 고인이 이 늙은이들의 행사를 보러 오시었소?"

그때 구석에 처박혀 있던 비호와 백위가 부스스 일어났다.

"이만해도 충분히 신비하니깐 이만 나오셔서 혈도 좀 풀어 줘요. 아파 죽겠습니다."

무슨 상황인지 파악하지 못한 단우강의 시선이 구석 쪽으로 향했다.

유월이 쌓여진 상자 뒤에서 걸어나오고 있었다.

핏, 피잇.

유월의 지풍에 비호와 백위의 혈도가 풀렸다. 팔을 휘저으며 두 사람이 뭉친 근육을 풀기 시작했다.

단우강과 석용찬이 재빨리 눈짓을 주고받았다.

방금 보여준 한 수는 그야말로 대단한 것이었다. 지풍을 날려 혈도를 제압하거나 풀어주는 것은 자신들도 할 수 있었다. 문제는 제압한 사람이 자신이란 점이었다.

기련사패쯤 되는 고수들은 자신만의 독특한 점혈법이 있었다. 따라서 함부로 혈도를 풀려 하다간 사지 마비에 걸려 폐인이 될 수도 있었다. 고수에게 혈도를 제압당했을 때 함부로 혈도를 풀지 않고 소림이나 무당의 고수들을 찾는 것도 그런 이유 때문이었다.

비록 자신들의 무공이 소림의 고승이 나서야 할 정도는 아니더라도, 어지간한 고수는 절대 혈도를 풀 수 없었다. 그런데 두 사람의 몸 한 번 살펴보지 않고 단번에 혈도를 풀었으니 바짝 긴장한 것이다.

"누구시오?"

실력만 보자면 허연 수염을 휘날리는 노인이 나왔어야 했는데 상대는 생각보다 너무 젊었다.

유월이 한옆에 놓인 적당한 크기의 상자를 발로 밀었다. 두 개의 상자가 주르륵 그들 앞으로 밀려갔다. 그리고 다른 상자를 끌고 와 그들 앞에 앉았다.

"일단 앉지."

대뜸 유월이 반말을 하자 반사적으로 석용찬의 이맛살이 꿈틀거렸다.

그에 비해 단우강은 매우 침착했다.

"찬아, 앉자꾸나."

못마땅한 표정으로 석용찬이 자리에 앉았다. 순순히 말을 듣는 이유는 오직 유월의 무공이 보통이 아님을 그 역시 알아차렸기 때문이었다.

두 사람의 시선이 빠르게 유월의 신형을 훑었다. 여유롭게 앉은 유월의 모습에서 느껴지는 수많은 허점들.

'이상하군.'

단우강 역시 유월에게 보이는 허점이 의아했다. 방금 전의 한 수에 비해 마주 앉은 모습은 허점투성이였던 것이다. 물론 그건 허점이 아니었다. 유월의 무공 경지가 극마로 진입하면서 나타난 일종의 몸의 변화였다. 적신을 베고 난 직후부터 유월의 몸은 급격히 변하고 있었다.

마치 지금까지 쌓아 올린 공든 탑을 무너뜨리고 새롭게 바닥부터 다져 가기 시작한 것과 다르지 않았다. 물론 그 재료는 이전과 비교할 수 없이 단단하고 고차원적 재료였다. 이 변화는 무공 자체의 문제가 아니라 신체와 기도의 문제였다.

느슨해 보이는 유월의 기도가 더욱 매섭고도 강렬한 것이란 것을, 마공에 비유하자면 진마의 단계인 두 사람이 알아차릴 수 없었다. 오히려 성격이 거칠고 급한 석용찬은 유월을 기습하고 싶은 욕망에 휩싸였다. 단 일장의 음한장이면 상대를 뼛속까지 얼릴 수 있을 것 같다는 자신감이 그를 끝없이 유혹하기 시작한 것이다.

비호와 백위가 창고 안으로 들어갔다. 단우강은 그 모습을 지켜볼 뿐 제지하진 않았다. 그 안에 있을 동생도 동생이었지만 일단 자기 발등에 떨어진 불부터 꺼야 했다.

"보아하니 우릴 아시는 것 같구려."

단우강의 물음에 유월이 고개를 끄덕였다.

"이곳 감숙에 그대 같은 신진고수가 있다는 건 내 들어보지 못했소만."

"나, 칠초나락이다."

순간 두 사람이 동시에 두 눈을 부릅떴다. 그야말로 그들로선 생각지도 못한 인물이 등장한 것이다.

"흑풍대주!"

석용찬이 참지 못하고 소리쳤다.

"믿을 수 없다!"

흑풍대주가 젊다는 것은 풍문으로 들었지만 그렇다고 정말 이렇게 젊은 놈이 흑풍대주란 생각은 전혀 들지 않았던 것이다. 단우강도 같은 심정이었다.

"믿고 안 믿고는 그대들 자유겠지."

저 건방진 말투라니.

욱하고 치민 분노가 석용찬의 양팔 내력이 되어 몰려갔다.

단우강이 그의 팔을 잡으며 제지했다. 산전수전 다 겪은 단우강이었다. 상대는 굳이 흑풍대주를 사칭하지 않아도 될 정도로 강했다. 신중해야 산다.

"나락도를 볼 수 있겠소?"

나락도는 흑풍대주의 상징과도 같았다. 흑풍대주를 아는 사람들은 그의 애병 나락도도 알았다.

유월이 순순히 등에 매달린 나락도를 꺼냈다. 흰 천을 풀자 나락도가 그 묵직한 자태를 드러냈다. 한눈에 봐도 진품이었다. 저런 명품 도에 굳이 나락이란 이름을 써놓을 까닭이 없을 정도로.

'확실히 칠초나락이군.'

그렇다면 이제 문제는 새로운 국면으로 접어들었다.

천마신교는 지금껏 감숙에 영향력을 발휘하지 않았다. 그들이 이제 와서 자신들을 찾아왔다는 것은 의미심장한 일이었다. 분명 이곳에 세력을 확장하려는 것이리라. 단우강은 그렇게 예상했다. 그런데 나타난 시기가 참으로 애매했다. 왜 이곳에서 이런 식으로?

찝찝함을 애써 누르며 단우강이 좋은 어조로 말했다.

"지금껏 귀 교와 우리 사이엔 아무런 은원이 없었소."

"그래서 이렇게 대화만 하는 것이지."

서로 간의 은원이 있었다면 벌써 죽여 버렸을 것이란 간접적인 대답이었다.

'건방진!'

심기 깊은 단우강의 마음까지 울컥했으니 석용찬의 심정은 달리 설명할 필요가 없었다.

그때 창고에 들어갔던 비호와 백위가 커다란 보자기를 둘러메고 밖으로 나왔다.

"대충 다 쓸어 담았습니다."

"먼저 가서 기다리도록."

두 사람이 밖으로 나가려 하자 석용찬이 벌떡 자리에서 일어났다.

"멈춰라!"

비호와 백위가 말 잘 듣는 동네 꼬마 애들처럼 발걸음을 멈쳤다.

하지만 튀어나온 말은 애들의 것이 아니었다.

"왜? 들어주게? 무거운데 잘됐네."

"뭣?"

"아니야? 그런데 왜 불러 세워?"

"이 머리에 피도 안 마른 새파란 새끼가!"

석용찬의 두 눈에 퍼런 불꽃이 일었다. 눈앞의 유월만 아니었다면 주먹이 날아도 열 번은 날았을 상황이었다. 비호가 그의 분노에 불을 질렀다.

"우리에게 선배 대접 받으려고? 꿈이 너무 야무지신데?"

석용찬의 가늘어진 눈에서 살기가 폭사했다. 오른쪽 소맷자락이 내력으로 펄럭였다. 어지간한 고수들의 바지를 저리게 만든 무서운 살기였지만 상대는 비호였다.

비호가 석용찬의 눈짓과 몸짓을 흉내 내며 살기를 뿜어냈다. 왼손으로 오른손 소맷자락을 팔락거렸다. 차라리 제대로 흉내 낸 것보다 더 화가 나는 모습이었다.

"뭐? 어쩌라고."

"이 새끼! 죽어어어어엇!"

석용찬이 참지 못하고 본능적으로 일장을 휘둘렀다.

평생 말 잘 듣던 음한장이 이번만은 그를 배신했다. 딱 한 번의 배신이었는데 그 대가는 너무나 컸다.

서걱!

가슴 서늘한 소리와 함께 무엇인가 바닥으로 떨어졌다.

바닥에서 꿈틀거리는 것은 석용찬의 오른팔이었다.

유월의 손에 들린 나락도에서 피가 똑똑 떨어지고 있었다. 놀란 마음으로 따지면 제 팔이 잘린 석용찬만 하겠냐마는 단우강은 제 팔이 잘린 듯 놀라고 있었다. 유월의 출수를 막는 것은 고사하고, 그의 도가 허공을 가르는 것조차 제대로 확인하지 못한 것이다.

"찬아!"

멍하니 자신의 팔을 내려다보던 석용찬의 뒤늦은 비명이 뿜어지는 핏물처럼 터져 나왔다.

"으아아악!"

유월을 공격하느냐, 석용찬을 치료하느냐의 짧은 갈등은 길지 않았다. 단우강이 석용찬의 팔 혈도를 짚어나갔다. 아픔과 분노로 발버둥 치며 유월에게 달려들려던 석용찬의 수혈을 짚었다. 그가 단우강의 품에서 축 늘어졌다.

그 모습을 보며 비호가 냉정하게 말했다.

"이제 들어주지도 못하겠네. 형님, 가요."

백위도 한마디 던졌다.

"넌 설치지 말고 말 잘 들어라. 요즘 우리 기분이 '영 아니 올시다' 니까."

비호와 백위가 밖으로 걸어나갔다.

단우강은 두 사람은 신경도 쓰지 않았다. 어차피 격장지계로 자신의 마음을 흩뜨리기 위한 수작에 불과했다. 단우강이 핏발 선 눈으로 유월을 노려보았다.

"이런 미친……."

더 이상 말을 잇지 못하는 단우강을 올려다보며 유월이 담담히 말했다.

"이제 은원이 생겼군."

단우강이 이를 악물었다. 무수히 소문으로 들어왔던 흑풍대주였다. 소문에서도 흑풍대주는 강했다. 하지만 현실의 흑풍대주는 소문보다 훨씬 강했다.

"원하는 것이 뭐냐!"

"죽어줘야겠다."

"뭣!"

유월은 모습을 드러냈을 때, 단번에 그들을 죽일까 생각을 했었다. 하지만 그러기에는 미안한 마음이 들었다. 기련사패는 지금껏 수백 명의 무인을 죽여온 자들이었지만 정작 자신들과 은원을 맺은 일은 없었다. 그저 재수없게 걸려 모두 죽게 된 것이다.

단우강의 눈빛이 차갑게 가라앉았다.

"굳이 이런 자릴 마련한 이유는?"

"죽기 전에 부탁할 일이라도 있나?"

벙찐 표정을 짓던 단우강의 입가에 조소가 피어올랐다. 이제야 유월의 속뜻을 짐작한 것이다. 가족이나 제자가 있다면 보살펴 주겠다는 말이었다.

"크하하하하! 이것이야말로 고양이가 쥐 생각을 해주는 격이로군!"

광인처럼 웃어대던 단우강이 웃음을 뚝 그쳤다.

그의 시선이 잠이 든 석용찬을 향했다.

"살려줄 텐가?"

유월의 고개가 무심히 가로저어졌다. 거절의 뜻이었다.

"그럼 둘째와 셋째는?"

아직 찾지 못한 그들에게 생각이 미치는 순간, 단우강의 머릿속에 천둥이 울렸다.

"…설마? 그들도?"

무심한 유월의 고개가 끄덕여졌다.

"그랬군, 그랬어."

이제야 모든 것을 알겠다는 표정이 되었다. 그래, 오히려 잘되었다. 차라리 상대가 마교라면 죽어서라도 여한이 없을 것이다. 어디서 개 같은 놈들에게 병신처럼 당한 게 아니었을까 이를 갈았는데, 마교 흑풍대주쯤 되면 제법 근사하게 죽었다고 생각해도 될 것이다.

"왜 그들을 죽였나?"

"민충식이 교주님 따님에게 찝쩍대었지."

유월은 솔직히 말해주었고 단우강은 탄식했다. 천마의 딸과 관련이 되었다면 이유불문, 죽음은 당연했다.

"그 어린 색골 놈 하나가 우릴 모두 죽이는구나."

단우강이 타오르는 증오심을 억누르며 자신의 최후를 준비했다.

검을 뽑아 든 이래 단 한 번의 패배도 겪지 않았던 자신의 애병을 유월에게 겨누며 단우강이 소리쳤다.

"흑풍대주야! 네놈의 칠초가 얼마나 강한지 어디 한번 보자꾸나! 내 칠백초를 능히 견뎌내어 동생들의 넋을 위로하리라!"

그의 비분에 찬 목소리가 쩌렁쩌렁 창고 안을 울렸다.

단우강이 절초를 내지르며 몸을 날렸다.

칠백초는 고사하고 단 일초 만에 단우강의 심장이 갈렸다. 잠든 석용찬이 곧이어 형 뒤를 따라갔다.

기련사패는 이제 강호에서 사라졌다.

반 시진 후.

후끈한 피내음을 느끼며 정무극이 몸을 일으켰다.

멍하게 앉아 있던 그가 벌떡 자리에서 일어났다. 방금 전 악몽 같았던 상황을 떠올린 것이다.

그가 한옆에 쓰러진 백가정에게 달려갔다.

"이보게, 정신 차리게!"

백가정이 힘겹게 눈을 떴다. 다행히 죽지 않았다. 주위에 쓰러진 무인들을 황급히 깨웠다. 앞서 먼저 죽은 무인들을 제외하곤 모두 생명에 지장은 없었다.

'기련사패… 그 사악한 놈들이 정말 약속을 지켰군.'

일단 목숨을 구하자 참담한 현실이 그에게 밀려들었다. 두 명의 무인이 부상당한 백가정을 챙기는 사이 정무극은 창고 안으로 뛰어 들어갔다. 제발이란 기원을 수없이 반복했지만 언제나처럼 현실은 냉혹했다.

창고는 엉망으로 흐트러져 있었다. 상자들은 모두 열려진 상황이었고 귀한 약재들은 모두 사라져 버린 후였다. 본단에서 보내온 물건들도 모두 사라졌다.

"제기랄!"

예상한 일이었지만 그의 다리에 힘이 쫙 풀렸다.

살아남기 위해서 순순히 창고 문을 연 그였다. 하지만 이제 그 행동의 결과가 평생 그의 발목을 잡을 치명적인 약점이 될 것이다. 승진은 고사하고 이번 사건으로 잘리게 될지도 모를 일이었다.

다른 무인이 지하 창고로 뛰어 내려왔다.

"지금 당장 본단에 보고하겠습니다."

그 말에 멍하니 서 있던 정무극이 퍼뜩 정신을 차렸다.

"뭐라고 했지?"

"본단에 보고를……."

정무극이 힘없이 고개를 끄덕였다.

"일단… 원 부단주에게 연락하도록."

第四十三章

마맥타통

魔刀霸爭

취월루주 성만추(姓滿秋)는 천성이 독한 사람이었다. 열두 살 나이에 점소이로 시작된 그의 인생 행보는 그야말로 가시밭길이었다. 오직 성공을 위해 몸부림쳤지만 가진 돈도, 배경도 없던 그는 천대받는 하찮은 점소이를 벗어날 수 없었다.

영원히 지속될 것만 같았던 고생길에 서광이 비춘 것은 자신이 일하는 객잔에 들른 한 낭인무인 때문이었다. 큰 부상을 입고 객실에 묵은 무인은 다음날 싸늘한 시체가 되어 있었다.

시체를 가장 먼저 발견한 사람이 바로 성만추였다. 그때가 열일곱 살이었는데, 그때 놀라서 방 밖으로 달아났으면 지금의 취월루주란 잘나가는 인생은 없었을 것이다. 인생이 바뀌려 해서였는지 성만추는 겁없이 시체를 뒤졌다. 그의 품에서 한 권의 검법서와 다섯 개의 묘안석(猫眼石)이 든 주머니를 발견했다.

그것이 그의 인생을 송두리째 뒤바꾸어 주었다. 그 길로 고향을 떠났다.

그의 운은 거기에 그치지 않았다. 새로 정착한 난주에서 우연히 인연을 맺게 된 무승에게서 검법서의 기본을 배울 수 있었다. 무공에 무지했던 그였지만 무승의 도움으로 제법 그럴듯한 검술을 익힐 수 있었다. 일류검법은 아니었지만 제 한 몸 지키기에는 충분한 검법이었다.

스스로를 지킬 자신이 생기자 그는 묘안석을 팔았다. 다섯 개의 묘안석 중 네 개를 팔아서 팔천 냥이란 거금을 손에 쥐었다. 그는 그것으로 장사를 시작했다.

결국 그는 취월루를 세우게 되었다. 그 과정에서 그는 자신의 이름 앞에 '악랄한'이란 수식어를 달게 되었다. 천성이 독했지만 악하지 않은 그였다. 하지만 거칠고 거친 화류계에서 성공을 하려면 어쩔 수 없는 일이었다. 마음에 들지 않는 자를 처음에는 때렸지만 나중에는 죽였다. 그의 생존비법이었다.

죽이지 않으면 내가 죽는다.

그렇게 성공을 거듭해 온 그에게 드디어 날벼락이 내렸다.

지금 그는 부서진 취월루 건물 앞에 멍한 표정을 짓고 서 있었다. 수천 냥의 값어치를 지녔던 기녀들은 모두 죽었다. 고용했던 칼잡이도 죽고 손님들도 모두 죽었다. 만약 그날 외출하지 않았다면 자신 역시도 죽었을지 모를 일이었다.

관에서 나온 관리는 정도맹에서 처리할 거란 말만 마치고 돌아갔다. 그들이 범인을 잡으리라곤 애초에 기대조차 않았다. 정도맹 역시 믿을 수 없는 자들이었다.

"루주님."

그날 함께 자신과 외출했던 칼잡이 무석이 다급히 달려왔다.

"알아보았느냐?"

"네. 다행히 매향이를 목격한 자가 있었습니다."

매향이는 바로 세영이 취월루에서 데려간 예은의 기명(妓名)이었다. 그날 죽은 이들 중 유일하게 그녀의 시체만을 찾지 못했다.

"그게 누구냐?"

성만추가 무석을 재촉했다.

"저 아랫길에 사는 인부 하나가 매향이를 목격했다고 합니다. 저희 업소에 가끔 오던 자여서 다행히 매향이를 알아보았다고 합니다."

"과연 살아 있었구나. 그래서 그년이 지금 어디에 있다더냐?"

성만추의 눈에서 이글거리는 살기가 일었다. 모두 죽었는데 혼자 살아남은 것이 수상했다. 일을 벌인 자들과 한통속일 가능성이 있었다.

"아직 찾진 못했습니다. 제가 어떻게든 애들을 풀어서……."

무석의 말에는 자신감이 없었다. 성만추는 그의 입장을 이해했다. 똘똘한 수하들은 그날 취월루에서 모두 죽었기에 제대로 일을 시킬 애들이 없었던 것이다. 도박장이나 어슬렁거리는 파락호들을 구해 일을 시킨들 제대로 결과를 낼 리 만무했다.

게다가 어찌 운 좋게 홍수를 찾아낸다 하더라도 놈들을 처단할 방법이 필요했다. 특히 그날 죽은 칼잡이 용은 참으로 쓸모가 많던 자였다. 그의 죽음이 아쉬웠지만 어차피 죽은 자식 부랄 만지는 격이었다.

그렇다고 만수문에 도움을 청하긴 싫었다. '만수문주 발 닦아주던' 혹은 '만수문주 코 풀어주던' 이란 수식어는 떨쳐 내고 싶은 과거 중 하나였다. 예전 만수문주 밑에서 눈치나 보던 때는 이미 지났다.

성만추가 부채를 펼치며 신경질적으로 부쳐 댔다. 남녀가 교합을 즐기는 그림이 그려진 다소 망측한 부채였는데 취월루주의 상징과도 같은 물건이었다.

"어디가 좋을까?"

주인의 고민을 알아챈 무석이 넌지시 말했다.

"용 형님까지 당한 걸로 봐서 평범한 파락호 놈들은 아닙니다."

"나도 그리 생각한다."

"그렇다면 청수파에게 일을 맡기면 어떨까요?"

펄럭대던 부채가 다시 접혔다. 성만추의 눈이 반짝였다.

"청수파라……."

청수파는 유청수(柳淸水)가 이끄는 흑도방파로 난주 뒷골목 세력 중 제법 이름난 이들이었다. 특히 유청수는 쌍검을 쓰는 이도류의 고수로 만수문에서 영입하기 위해 애쓰고 있다는 소문까지 난 자였다. 이번 일을 믿고 맡기기엔 그만이었다.

"하지만……."

성만추의 주름이 깊어졌다. 문제가 하나 있었던 것이다. 유청수는 실력이 좋은 만큼 지독하게 돈과 여인을 밝히는 자였다. 취월루에도 몇 번이나 와서 외상을 하고 갔다. 하지만 그에게 외상 독촉을 할 기루는 난주에 없었다. 똥에 파리가 끓는 것을 막을 수 없는 것이다.

어쨌든 여인이야 인근 기루의 동업자를 통해 몇 명 빌려 조달할 수 있다지만, 문제는 돈이었다. 자신이 찾아가면 그는 틀림없이 봉을 잡았다고 생각할 것이다. 근래 또 다른 분점을 내기 위해 무리한 사업 확장을 추진하던 그였다. 그들에게 지불할 현금이 없었다. 유청수가 후불로 일을 맡아줄 리가 없었다.

'이걸 써야 하나?'

성만추가 품 안의 주머니를 만지작거렸다. 행운의 상징이라 여기며 가슴속에 늘 지니고 있던 묘안석이었다.

'그래, 하자!'

어차피 복수를 하지 않으면 잠을 못 이룰 것이다.

결심을 굳힌 성만추가 무석을 앞세웠다.

"청수파로 가자."

두 사람이 기루 골목을 빠져나갔다. 그들이 사라진 자리로 누군가 모습을 드러냈다. 종원과 함께 흑풍무를 추던 이조의 막내였다. 언제나 익살스럽던 그였나 싶을 정도로 막내의 눈빛은 날카로웠다.

청수파는 난주의 환락가에서 멀지 않은 곳에 본거지를 두고 있었다.

성만추와 무석이 그들의 본거지로 들어섰을 때 청수파는 마당에서 고기를 구워 먹고 있었다. 마침 유청수도 그곳에 있었다. 유청수가 성만추를 알아보고 뜯고 있던 뼈다귀를 내려놓았다.

입가에 묻은 기름기를 소맷자락으로 슥슥 닦아내며 그가 히죽 웃었다.

"루주께서 이런 누추한 곳까지 어인 일이시오?"

말 자체는 겸손했지만 내용은 상대를 은근히 무시하고 있었다.

목마른 자가 우물을 판다고 성만추는 공손했다.

"진작 찾아뵈었어야 했는데 공사가 다망한 탓에 방문이 늦었소."

"소문 들었소. 상심이 크시겠소."

물론 유청수가 상상도 못할 만큼 컸다. 하지만 성만추는 대수롭지 않다는 듯 껄껄거렸다.

"뭐, 사업을 하다 보면 으레 겪는 일이지요. 하하하."

유청수가 내심 비웃었다. 성만추의 욕심은 뒷골목에서도 유명한 것이었다. 아마도 지금 밤잠을 설치며 이를 갈고 있겠지. 가소롭고도 고소했다.

"한데 어쩐 일로 이곳까지 오셨소?"

"말이 나왔으니 내 단도직입적으로 말하겠소. 이번 일을 저지른 자들을 찾아야겠소. 그 일에 유 대협의 힘을 잠시 빌릴까 하오."

유청수가 과연이란 표정을 지었다. 그가 들어설 때 예상한 일이었다.

"이웃의 어려움에 소매를 걷어붙여야 마땅한 일이오만, 저희도 요즘 바쁜 일이 있어서 시간을 내기가 어렵소이다."

완곡한 거절이었지만 그것이 노골적인 요구란 것을 성만추는 알고 있었다. 이제는 한발 물러설 때였다.

"내 솔직히 말씀드리겠소. 이번 일을 꾸민 자들은 칼질이 능한 자들로 유 대협과 같은 절대고수가 도와주시지 않으면 잡아내기 어려운 자들입니다."

"허허, 절대고수라니요. 과찬이시오."

유청수가 기분 좋게 히죽거렸다. 성만추가 품에서 주머니를 꺼내 유청수에게 건넸다. 슬쩍 받아 든 유청수가 물었다.

"이게 무엇이오?"

"별거 아닙니다. 식구들 데리고 밥이나 한 끼 사드시지요."

유청수가 슬쩍 주머니를 열어보았다. 안에 든 것이 묘안석이란 것을 확인한 유청수는 입이 헤벌쭉 벌어졌다. 근래 값이

오를 대로 오른 묘안석은 한 알에 삼천 냥을 호가했다. 이 정도라면 거절할 수 없는 액수였다.

유청수가 주머니를 품에 넣었다.

"알겠소. 내 시간을 한번 내보리다."

묘안석까지 처먹이고 저딴 소리나 들어야 됨을 성만추는 탄식했다. 하지만 실력 하나는 제대로인 유청수였다.

"우선 매향이라는 기녀 년부터 찾아주시오. 그날 유일하게 살아남았는데 분명 뭔가 알 수 있을 거외다."

"그럽시다. 그건 그렇고 귀한 손님이 오셨는데 대접이 이래서야 되겠소. 갑시다. 내 거하게 한잔 쏘겠소."

"그러실 필요는 없소이다."

"가자니까요."

유청수의 눈매가 매서워졌다. 성만추가 내심 욕을 하며 그의 뜻을 따랐다.

"하하. 그럽시다."

제놈이 한턱낼 리가 없었다. 일도 맡았으니 이제 술과 여자를 대접하란 뜻이었다. 고기 구워 처먹던 이십여 명의 부하들이 일제히 따라나서려 일어섰다.

'젠장, 돈깨나 깨지겠구나.'

어차피 각오한 일이었지만 밀려드는 짜증을 어찌할 순 없었다.

돌아서 나가려던 그들이 모두 멈춰 섰다.

"어? 저 새끼 뭐야?"

수하 하나가 담벼락을 가리키며 소리쳤다. 언제부터 와 있었는지 담 위에 사내 둘이 나란히 앉아 있었다. 이조의 종원과 막내였다.

세영은 취월루에 대해 전혀 신경을 쓰지 않았다. 하지만 종원은 어려서 기루에서 자랐다. 기루를 운영하는 자들이 얼마나 악랄한 자들인지 너무나 잘 알고 있었다.

혹시나 하는 마음에 막내를 보내 취월루주에 대해 알아오라고 시켰는데, 이런 일이 진행 중이었던 것이다.

종원은 세영에게 이 사실을 알리지 않았다. 살다 보면 당사자보다 주위 사람이 나서주어야 할 경우가 종종 있다. 바로 이런 경우였다. 세영도 인간인데 어찌 예은의 과거가 신경 쓰이지 않겠는가? 깨끗이 처리한다고 직접 와서 취월루주와 말 섞다 보면 결국 더러운 소리도 듣게 될 터, 그래서 두 사람이 나선 것이다.

"저 새끼들 끌어 내려!"

비록 큰소리를 치곤 있었지만 자신들 입장에서 이곳은 호랑이 굴이 아닌가? 그런데 그 호구에 머리를 처넣고도 태연한 두 사람의 태도에 유청수는 내심 긴장했다. 환락가에서 산전수전 다 겪은 성만추도 마찬가지였다.

"간이 배 밖에 나온 새끼들이구나. 좋게 말할 때 내려와서 꿇어라."

사내 서넛이 몽둥이를 휘두르며 달려나갔다.

자신이 나서는 것이 당연하다는 듯 막내가 훌쩍 뛰어내렸다.

동네 상인들이나 위협하던 그 몽둥이를 맞아줄 막내가 아니었다.

빡! 빡! 빡!

사내들에게 몸을 던진 막내가 바닥에 착지했을 때 사내 셋은 바닥을 뒹굴고 있었다. 그냥 발차기에 얼굴을 한 대씩 얻어맞았는데 쓰러진 그들의 상태는 간담이 서늘해질 정도였다. 광대뼈가 꺼지고 이가 십여 개는 나가 버린 것이다. 쓰러진 세 사내의 입에서 골병든 자들의 신음이 흘러나왔다.

유청수가 기세를 살리며 소리쳤다.

"상대는 둘뿐이다! 모두 죽여 버려!"

사내들이 검을 뽑아 들고 달려나갔다. 앞서보다 더 날렵한 몸놀림의 사내들이었다.

가장 먼저 달려든 사내의 검이 막내의 어깨를 찍어갔다. 막내의 신형이 빠르게 회전하며 검을 든 팔을 낚아챘다.

우두둑.

사내의 팔이 부러지는 순간, 그가 들고 있던 검은 막내의 손에 들렸다.

왼쪽으로 접근하던 사내의 목을 베어버린 검이 연속 동작으로 오른쪽 사내의 심장에 박혔다.

검을 뽑자 피가 튀었다. 뒤따라 달려들던 사내들이 놀라 흠칫 멈춰 섰다. 하지만 막내는 멈추지 않았다. 사내들의 가슴에서 연속해서 피분수가 일었다. 순식간에 칼잡이 여섯이 죽었다.

장내가 얼어붙었다.

유청수의 양손이 본능적으로 허리에 매어진 쌍검으로 향했다. 그의 손은 떨리고 있었다.

'만만찮은 상대다!'

자신에게 너무 후한 평가였다. 물론 유청수의 검법은 나름 매서웠다. 검으로 비무를 한다면 막내와 호각세를 이룰 실력은 되었다. 하지만 상대를 죽이기 위한 싸움을 한다면 결과는 뻔했다. 실전 경험이나 기도를 떠나 당장 막내의 비격탄을 막아낼 수 없었기 때문이다.

유청수의 시선이 막내 뒤에 선 종원에게로 향했다. 분위기로 봐서 진짜 실력자는 그였다. 아직 십여 명의 부하들이 뒤에 늘어서 있었지만 상대의 실력을 짐작하건대 그들은 병풍만도 못했다. 유청수의 간담이 절로 오그라들 만했다. 그래도 흑도 생활 이십 년의 그였다.

유청수가 배에 힘을 주었다.

"어디서 오신 분들이기에 남의 집에 쳐들어와 행패시오?"

종원이 차갑게 웃었다.

"듣자 하니 우리 형수님을 찾고 있다고?"

"형수?"

유청수가 금시초문이란 표정을 지었다.

"잘못 알고 오신 것 같소. 그런 일 없소."

"좀 전에 직접 듣기도 했건만."

"그게 무슨……?"

순간 유청수가 휙 성만추를 돌아보았다. 성만추가 놀란 얼굴로 물었다.

"설마 매향이를 두고 말씀하시는 거요?"

"그 더러운 입에 귀한 이름 함부로 담지 마라."

유청수의 표정이 일그러졌다. 분노의 대상은 성만추였다. 매향이가 어떤 년인지 몰라도 기둥서방 하나는 제대로 가진 기녀가 틀림없었다.

'망할 새끼. 제대로 알아보지도 않고 우리에게 피를 튀겨?'

자신을 향한 유청수의 살의를 느끼며 성만추가 다급하게 말했다.

"뭔가 오해가 있을 거외다. 내 알기로 매향이 그년은……."

부우웅!

종원이 허공을 가로질러 날아왔다. 옆에 선 유청수는 막아주지 않고 뒤로 물러서 피했다.

종원이 어깨로 성만추의 몸통을 박아버렸다.

"크악!"

끊어진 연처럼 뒤로 날아간 성만추가 모닥불 위에 고기를 굽기 위해 세워둔 나무를 부수며 뒤로 나자빠졌다. 고깃덩어리 위에서 성만추가 숨을 할딱거렸다. 갈비뼈가 부서져 폐를 찔렀는지 신음 소리가 새어 나왔다.

그 무서운 광경에 모두들 숨조차 쉬지 못했다. 종원이 쓰러진 성만추에게 걸어갔다. 그를 내려다보며 싸늘하게 말했다.

"경고했지, 형수님 이름 입에 담지 말라고."

꽈직!

종원이 모질게 그의 가슴을 밟았다. 그대로 성만추가 절명했다.

그 잔혹한 손속에 모두들 뒷걸음질을 치며 눈치만 살폈다.

종원이 이번에는 유청수에게로 걸어갔다.

유청수도 뒷걸음질을 쳤다. 직감상 절대 이길 수 없는 상대였다. 부하들이 보고 있지만 않았다면 벌써 살려달라고 무릎을 꿇었을 것이다.

그때 뒤에 선 사내 하나가 용기를 내어 소리쳤다.

"서라!"

종원이 슥 돌아보자 사내가 벌벌 떨며 소리쳤다.

"우, 우리 두목님 뒤에 누가 있는지 아느냐?"

그 갸륵한 충성심에 종원이 피식 웃었다.

"누가 있느냐?"

"듣고도 정말 후회하지 않을 자신이 있느냐?"

"해봐, 인마. 진짜 무서우면 그냥 갈지."

그러자 사내가 용기 내어 소릴 쳤다.

"마교의 흑풍대가 우리 뒤를 봐주고 있다!"

"뭐?"

종원이 깜짝 놀랐다. 하지만 이어지는 사내의 말에 헛웃음이 나왔다.

"두목님은 흑풍대주와 호형호제하는 사이시다!"

종원과 막내가 마주 보며 어이없다는 표정을 지었다. 보아하니 유청수는 부하들에게 제대로 허풍을 떤 모양이었다.

종원이 한심하다는 듯 쳐다보자 유청수는 조금 민망해졌다. 못 배우고 무식한 부하들에게나 통할 허풍이었다.

종원이 유청수에게만 들리게 나직이 말했다.

"그래, 흑풍대주에게 안부나 전해주고. 알지? 다시 낯짝 보이면 네 대갈통으로 공 차고 논다. 먹는데 찾아와서 미안해. 고기 맛있겠네. 많이 먹어라."

종원이 미련없이 돌아섰다. 그 뒤를 막내가 따랐다. 살려주는 대신 시체 뒤처리나 잘하란 전음이 유청수에게 전해졌다. 유청수는 연신 고개를 끄덕여 댔다. 복수? 유청수에게 그런 마음은 없었다. 척보면 척이라고. 상대는 자신과 다른 물에서 노는 무인이었다. 제발 이대로 그냥 가주기만 바랄 뿐이었다.

두 사람이 대문 밖으로 나오자 그제야 뒤가 시끄러워졌다. 흑풍대에 놀라 달아난 것이라며 뒤늦은 욕설이 난무했다. 두목 만세란 외침이 들렸다.

건들건들 유설표국으로 돌아가던 종원이 뒤늦게 막내의 손에 들린 부채를 발견했다. 취월루주가 가지고 있던 부채였다.

"그 흉측한 건 왜 가져왔냐?"

막내가 환하게 웃으며 대답했다.

"선물입니다. 형수님 선물."

*　　　*　　　*

비명을 지르며 예은이 잠에서 깨어났다. 온몸을 적신 땀이 그녀가 얼마나 무서운 악몽에 시달렸는지를 잘 보여주었다.

취월루주가 칼잡이를 보내 자신을 죽이는 꿈이었다. 어딘지 알 수 없는 곳을 끝없이 쫓겨 다니다 결국 죽는 꿈. 평소 기녀들을 인간 취급하지 않았던 그였다. 때리고 싶으면 언제든 채찍을 들었고, 그의 눈 밖에 나서 죽은 기녀들이 한둘이 아니었다. 그럼에도 아무도 저항하지 못했다. 평생을 따라다닐 악몽이었다. 문득 며칠 전 송가장에서 본 시체들이 기억났다. 언젠가 취월루주에게 그렇게 죽게 될까 두려운 마음이 들었다.

예은이 침상에서 일어나 창가로 걸어갔다. 이미 해는 중천에 떠 있었다. 피곤한 탓이었는지 늦잠을 잔 것이다.

유설표국의 후원에 웃통을 벗은 흑풍대원들이 땅을 파헤치며 일을 하고 있었다. 송가장이 완전 폐허가 되자 흑풍대는 유설표국으로 모두 이동하였다. 새로운 거처를 마련하기 전까지 일단 표국을 거점으로 삼기로 결정한 것이다.

곧바로 표국 후원에 공사가 시작되었다. 앞서 송가장과 같은 큰 공사는 아니었지만 임시로 적의 침입을 방비할 기관 장치들이 만들어지기 시작한 것이다. 오천산에 적신의 흑풍대가 설치했던 기관 장치들이 유설표국으로 옮겨졌다. 덕분에 본단의 지원 없이 공사가 진행될 수 있었다.

작업을 하던 흑풍대원 중 하나가 꾸벅 인사를 건네자 예은이 당황해서 창문을 닫았다. 인사라도 하고 닫을 걸 뒤늦게 후

회했지만 그렇다고 다시 문을 열고 인사할 순 없는 노릇이었다.

예은이 한숨을 내쉬었다. 다들 그녀에게 친절했지만 정작 본인은 이방인이 된 기분이었다.

예은은 한참이 지나도록 방 밖으로 나가지 못했다. 세영이 와줬으면 좋겠지만 바쁜 일이 있는지 정오가 다 되도록 코빼기도 보이지 않았다. 배가 고팠지만 혼자 나다니기도 그래서 식은 차로 허기를 채우며 앉아 있었다. 어제까진 노씨 부인이 방으로 식사를 가져다줬는데 오늘은 어쩐 일인지 소식이 없었다.

그때 누가 방문을 두드렸다. 노씨 부인인가 싶어 예은이 반갑게 문을 열자 진명과 무옥이 방 밖에 서 있었다. 세영을 제외하고 다행히 가장 낯이 익은 사람들이 바로 그들이었다.

진패가 비설을 데리고 민가로 피신할 때 함께 동행했기에 그나마 안면이 있었던 것이다.

"안녕하세요?"

무옥이 반갑게 인사를 건넸다.

"아, 네. 안녕하세요."

어색한 인사에 무옥이 방 안을 살피며 말했다.

"잠시 들어가도?"

"아… 물론이죠."

서슴없이 방 안으로 들어서는 무옥에 비해 진명은 조금 어색하고 미안한 표정으로 방 안으로 들어왔다.

"잠은 편하게 주무셨어요?"

무옥이 친근하게 물어왔다. 사내들만 득실대는 이곳에 무옥의 존재는 그녀에게 큰 위안이 되었다.

"…네."

"편하게 있으시면 돼요."

말처럼 쉬운 일이 아니었지만 예은은 다시 네라고 대답했다.

"참 말씀이 없으신 것 같아요."

사실 그렇진 않았다. 아직 분위기 파악이 안 됐을 뿐이지.

진명이 무옥의 옆구리를 쿡 찌르며 말했다.

"너 같으면 지금 상황에서……."

"뭐 어때. 이제 한 식구가 될 텐데."

한 식구란 말에 부끄러운 마음이 들었고 결국 예은의 볼이 붉어졌다.

"그런데 어쩐 일로?"

그녀의 물음에 무옥이 아차 했다.

"함께 식사하러 가자고 들렀어요. 배고프시죠? 아침에 잠시 들렀는데 주무시는 것 같아서요."

예은이 또다시 당황했다. 지금까지처럼 그냥 따로 식사를 하면 좋으련만 어디 가서 누구와 밥을 먹자는 말인가?

"한데… 그분은?"

무옥이 의미심장한 미소를 지으며 그녀를 놀렸다.

"누구요?"

뒤에 선 진명이 못 말린다는 표정을 지었다.

"…세영님은."

세영님이라니. 그 어색함에 무옥이 깔깔거렸다.

진명이 미안한 얼굴로 말했다.

"이해하세요. 이 녀석 넉살이 워낙 좋아서. 그래도 자꾸 보면 익숙해질 겁니다."

네란 말만 반복할 수밖에 없는 그녀였다.

"흥! 네 마음대로 날 평가하지 말라고."

"너 지금 잘했다는 거야?"

"흥! 내 깊은 뜻을 네가 짐작이나 하겠어?"

"깊은 뜻? 내가 맞춰볼까? 어색한 분위기를 바꾸기 위해 네나름대로 지금 최선을 다한다, 이거지?"

진명이 정곡을 찌르자 무옥이 입을 삐죽 내밀었다.

"그렇다면?"

"대실패야! 더 어색해졌어."

무옥이 정말이냐란 표정으로 예은을 돌아보았고, 결국 예은은 살짝 미소를 지었다. 무시무시한 사내들의 분위기에 비해이 두 사람은 아옹다옹 옆집의 신혼부부 같은 느낌을 주고 있었다. 예은이 웃은 것은 무옥 때문이 아니라 두 사람의 기분좋은 분위기 때문이었다.

그렇게 세 사람이 방을 나섰다. 그들이 향한 곳은 흑풍대가식사를 하는 주방이 달린 방이었다. 문을 열고 들어가자 화끈한 열기가 느껴졌다.

열일곱 개의 시선이 일제히 예은에게로 집중되었다. 그들은 바로 세영의 이조원들이었다.

화들짝 놀라 되돌아 나가려는 예은을 무옥이 억지로 잡아끌었다. 분위기를 보니 일부러 자리를 만든 것 같았다.

그녀가 무옥에게 끌려 탁자로 가자 이조원들이 일제히 자리에서 일어났다.

"환영합니다, 형수님!"

우렁찬 외침이었다. 모두들 진정으로 축하해 주는 얼굴이었다.

정작 세영은 그 자리에 없었다.

예은이 무옥의 손에 이끌려 억지로 자리에 앉았다.

"우와! 미인이십니다!"

"부럽다, 부러워."

"정말 축하드립니다."

이조원들의 진심이었다. 흑풍대의 임무가 언제나 그렇듯 생사의 고비를 힘겹게 넘어서는 그들이었다. 더구나 이번 하산 후 겪은 일들은 그 어느 임무보다 힘겨운 싸움의 연속이었다. 지난 적신과의 싸움에서 이미 세 명의 동료를 잃은 그들이었다. 가장 피해가 컸던 삼조에 비해 낫긴 했어도 울적한 분위기는 어쩔 수 없었다.

이런 때에 세영이 혼인할 여인을 데려온 것은 그들에게 큰 활력과 기쁨이 되는 일이었다. 부럽기도 했고 진심으로 행복을 빌어주고 싶은 마음들이었다.

그런 왁자지껄한 분위기 속에 예은은 그저 자신의 앞에 놓인 음식만 내려다보고 있었다. 하루가 멀다 하고 기루의 손님들에게 무시와 멸시를 받던 그녀였다. 그런 같잖은 손님들 따윈 단칼에 베어버릴 수 있는 무서운 사내들이 모두 입을 모아 축하 인사를 보내자 그녀의 마음은 기쁨과 부끄러움으로 가득 찼다.

때마침 문이 열리며 세영이 안으로 들어섰다. 예은이 안도했다.

세영의 손에는 커다란 보따리가 들려 있었다.

"이거 맞을지 모르겠소. 대충 눈짐작으로 치수를 재어서."

세영이 내민 보따리 안에는 새 옷이 차곡차곡 개어져 있었다. 아침부터 난주 시내를 돌며 예쁜 옷이란 옷은 다 사가지고 온 세영이었다.

머리를 긁적거리는 세영에게 야유가 쏟아졌다. 세영이 짐짓 인상을 썼지만 야유 소리는 더욱 커졌다.

"벌써부터 공처가가 되신 겁니까?"

"총각들 서럽습니다, 서러워!"

예은은 울컥 눈물이 나오려 했다. 천한 기녀 출신으로 이런 호강을 받아서 될 일인가 걱정이 될 만큼.

"전……."

그녀가 입을 열자 조원들의 웅성거림이 잦아들었다.

조용해진 분위기 속에서 그녀가 결국 눈물을 보였다.

"이런 대접을 받을 자격이 없어요. 전… 고작……."

그녀의 심정을 모두들 이해했다. 그녀가 기녀 출신이란 것을 이미 알고 있었다. 세영은 그런 것을 감출 성격이 아니었다. 그 누구도 그녀에 대해 편견을 갖고 있지 않았지만 언제나 그렇듯 편견을 만드는 사람은 정작 본인 자신이 아니던가?

그 마음을 이해한 세영이 그녀의 손을 마주 잡았다. 예은은 얼굴이 화끈 달아올랐지만 그렇다고 손을 빼진 않았다.

"난 강호인이오."

세영의 말에 예은이 고개를 끄덕였다. 그것도 아주 무서운 강호인이란 것을 느끼고 있었다. 그를 만난 지 이제 고작 며칠째인데, 그녀는 자신이 죽을 때까지 볼, 아니, 취월루의 모든 기녀들이 평생 볼 시체를 이미 다 봐버렸으니까.

충격적인 고백이 이어졌다.

"난 마인이오."

쿠웅―

예은의 가슴이 철렁 내려앉았다. 어쩌면 마음속 깊은 곳에서 예감한 일인지 몰랐다. 하지만 설마 세영이 진짜 마인일 줄은 상상도 하지 못한 일이었다.

그녀가 놀란 눈을 치켜뜨자, 예상한 바라는 듯 세영이 담담하게 말을 이었다.

"천마신교 흑풍대 제이조장, 그게 내 신분이오."

예은의 심장이 방망이질 치듯 두근거렸다.

'흑풍대!'

들어본 적이 있는 이름이었다. 기루를 찾은 강호인들이 마교 이야기를 꺼낼 때면 반드시 등장하는 이름이었다. 마교에서도 가장 강하고 무서운 이들만이 모였다는 그곳. 인간성을 모두 잃어버린 괴물 같은 마인들의 집단. 대부분 이러한 이야기들이었다. 그가 이런 무서운 집단의 조장이라니.

예은이 자신을 응시하는 이조원들을 슬며시 돌아보았다.

회미한 미소를 머금은 채 자신을 응시하고 있는 그들은 그야말로 이웃집 오라버니와 같은 느낌들이었다.

'이들이 흑풍대라고?'

믿기지 않았다. 괴물까진 아니더라도 자신이 들은 흑풍대라면 이보단 훨씬 더 무서운 사람들이 모여 있으리라 여겼다.

세영이 조금 격정적인 눈빛으로 다시 입을 열었다.

"오히려 자격이 없는 사람은 나요. 언제 죽을지도 모르는 처지에 그대를 내 고달픈 인생에 끌어들인 내가."

예은이 절대 그렇지 않다고 고개를 흔들었다.

진심이 담뿍 담긴 세영의 고백이 계속되었다.

"이런 나라도 괜찮겠소?"

예은의 시선이 세영의 얼굴에 머물렀다. 문득 또다시 그의 등에 나 있던 수많은 상처가 떠올랐다. 앞으로 그의 몸에는 또 얼마만큼의 상처가 나게 될까? 그 상처가 하나둘씩 늘 때마다 가슴을 졸이며 살아야 할 것이다. 그럼에도 불구하고.

"당신이야말로 제게 과분한 사람이에요."

그러자 세영이 고개를 내저었다.

"절대 그렇지 않소. 아픈 과거 따윈 개나 물어가라고 하시오. 주어진 현실에 충실히 살아가는 것. 그게 진짜 대단한 삶이라 생각하오."

세영의 삶의 철학이자 인생관이었다. 이조원들이 과거에도 몇 번 들었던 이야기였다. 분명 배울 점이 있는 삶의 자세였다. 물론 그들 중에는 예은이 조금 못마땅한 이들도 있었다. 기왕이면, 좀 더 좋은 처지에 있는 여인이면 더 좋지 않을까란 생각. 하지만 결국 그들은 마인들이었다. 대부분 어려서부터 억척스럽고 거친 여인들 손에서 자라난 그들이었기에, 신분이나 직업의 귀천 따윈 정파 놈들 똥구멍에나 쳐 넣어라란 마음들이었다.

잠시 생각에 잠겨 있던 예은이 조심스럽게 입을 열었다.

"다만, 한 가지 약속을 해주세요."

예은의 말에 모두들 숨을 죽였다. 혹시 마교를 그만두란 말이 나올까 긴장했다. 하지만 그녀의 요구는 뜻밖이었다.

"절대 절 두고 먼저 죽지 마세요."

지키고 싶다고 지킬 수 있는 약속이 아니었지만 그녀가 바라는 것은 그것뿐이었다.

"그 약속만 지켜주신다면… 저도 이제 마인의 여인이에요."

예은이 정식으로 세영을 받아들인 것이다.

"우와아아아!"

두 사람을 축하하는 함성 소리가 다시금 울려 퍼졌다.

예은이 다시 한마디를 덧붙였다.

"아, 그리고 한 가지 더 부탁드릴 게 있어요."

"뭐요?"

예은이 세영이 사 온 옷 보따리에서 마음에 드는 옷 한 벌만 꺼냈다.

"전 이거면 충분해요. 나머진 다시 환불해 주세요."

"그래도."

"필요없는 옷을 사는 건 낭비예요. 저와 함께 가서 바꿔요."

예은의 딱 부러진 태도에 모두들 흐흐 하고 웃었다. 앞으로 세영의 신세가 훤히 그려지는 순간이었다.

때가 되었다는 얼굴로 종원이 자리에서 벌떡 일어났다.

"막내가 선물을 준비했답니다."

옆에 앉아 있던 막내가 예은에게 부채를 건넸다.

부채의 망측한 그림들을 확인하자 예은이 깜짝 놀랐다.

"…이건?"

분명 취월루주가 항상 들고 다니던 그 부채였다.

어리둥절한 그녀에게 막내가 씩 웃으며 말했다.

"취월루주가 미안하다고 전하더군요."

여전히 영문을 모르겠다는 예은이었다. 그에 비해 세영과 다른 조원들은 어떻게 된 일인지 단번에 알아차렸다. 두 사람이 후환을 완전히 없애고 왔을 것이다.

"자식들, 쓸데없는 짓을 했구나."

말은 그러했지만 세영은 분명 그 마음 씀씀이를 고마워했다.

세영이 예은의 손을 꼭 잡으며 속삭였다.

"이제 그는 걱정하지 않아도 되오."

"아!"

예은은 그제야 상황을 짐작했다. 무서우면서도 후련한 기분이었다.

종원이 한껏 목청을 높였다.

"이런 좋은 날 제가 그냥 있을 순 없지요!"

그 순간 모든 이조원들은 눈앞에 마격뢰가 떼굴떼굴 굴러온 것처럼 뜨악했다. 아니나 다를까, 그 누구도 원하지도 시키지도 않은 축하 노래가 그의 입에서 흘러나왔다.

채 세 소절이 지나기가 무섭게 모두들 귀를 막았지만 음치의 특징답게 이미 종원은 자신의 노래에 취해 있었다. 거기에 한술 더 떠 종원이 막내에게 신호를 보냈다. 흑풍무를 추려는 것이다.

'그것만은 안 돼!' 란 모두의 바람을 철저히 배신한 채 두 사람이 노래에 맞춰 춤을 추기 시작했다. 술기운이라도 올랐음 모르겠는데 추는 이들이나 보는 이들 모두 맨 정신이었다. 세영마저 예은을 볼 면목이 없이 손으로 얼굴을 가렸다.

다들 예은 보기가 부끄러워 고개를 숙였다.

"막내 놈은 전생에 무슨 죄를 지었길래."

"요즘 보면 저놈도 은근히 즐긴다니까."

모두들 외면했지만 예은만은 박수를 쳐주었다.

짝짝 맑은 박수 소리에 두 사람은 더욱 신명났다.

못 보고 안 들리는 여인이 아닐진대, 그렇다면 지금 쳐주는 박수는 그야말로 축하에 대한 예의상 치는 박수임을 깨달아야 했다. 하지만 그걸 깨달을 종원이었다면 이런 괴이한 춤을 개발해 내진 않았을 것이다. 종원과 막내의 춤이 더욱 기괴해졌다.

종원이 그 푸짐한 엉덩이를 이리저리 흔들며 소리쳤다.

"뭐야! 왜 안 봐! 나 부끄러워? 내가 부끄러운 거야?"

모두들 입을 맞춰 '네'라고 하려던 그때 세영의 등 뒤에서 그들의 마음을 대변하는 말이 흘러나왔다.

"부끄럽다! 정말 부끄럽다! 우리 조 같았으면 퇴출이다, 영구 퇴출!"

어느새 방 안으로 들어온 비호가 혀를 차며 고개를 내젓고 있었다.

그러자 '이래도? 이래도?'란 반항심으로 종원과 막내가 더욱 열심히 엉덩이를 흔들어댔다.

비호가 슬그머니 예은 옆으로 다가갔다.

"원래 위를 보면 아래를 알고, 아래를 보면 위를 안다고 했습니다. 저 괴이한 몸짓을 보니 아시겠죠? 여기 위험해요."

그러자 예은이 나지막이 조심스럽게 말했다.

"전… 좋은데요."

"앗싸!"

물론 이건 종원의 입에서 나온 감탄사고.

"좋구나!"

이건 막내의 신명이었다.

비호가 다시 너스레를 떨었다. 비호 식의 축하였다.

"저 춤이 좋다니요! 과연 이조는 소문대로 멀쩡한 사람도 미쳐 나가는군요. 자, 지금이라도 늦지 않았어요. 더 좋은 남자 소개해 줄 테니까 당장 일어나요. 이 나사 빠진 마귀 소굴을 빠져나가자고요!"

예은이 살짝 미소를 지으며 세영의 팔을 붙잡았다. 마치 영원히 놓지 않겠다는 그런 느낌으로.

"우우."

비호에 대한 야유가 다시 쏟아졌다. 비호가 대번에 울상을 지었다.

"와, 이거 무지 서럽네."

그러자 세영이 히죽 웃으며 말했다.

"그럼 너네 조 가서 놀아! 훠어이!"

새를 쫓듯 손사래 치자 비호가 소리쳤다.

"흥! 못할까 봐요! 평아! 평아!"

문밖에서 기다리던 갈평이 안으로 삐죽 고개를 들이밀었다.

"아, 귀찮게 왜 자꾸 불러요!"

그의 앞에는 용도를 알 수 없는 작은 수레가 놓여 있었다.

"이런 일은 애들 좀 시키지. 꼭 날 시켜. 나, 이조에 발령 내……."

탁!

비호가 문을 닫아버렸다.

그 모습에 이조원들의 폭소가 터져 나왔다.

드르륵.

다시 문이 열리려 하자 비호가 문을 거칠게 닫았다.

"꼴도 보기 싫으니까 사라져!"

억지로 문이 열리며 들어선 이는 진패였다.

"이놈아! 나도 꼴 보기 싫다! 제발 가라!"

"평이는요?"

"네 충성스런 오른팔님께서는 이미 가셨다. 일조에 자리 남는 거 없냐고 물어보더라."

비호가 입을 삐죽 내밀었다.

그러자 흑풍무로 이조원 모두를 부끄럽게 만든 종원이 한마디 했다.

"부끄러워 마십시오!"

"끙!"

결국 비호가 얼굴을 가리고 말았다.

진패가 그런 비호에게 마지막 일격을 날렸다.

"이놈만 조심하면 됩니다! 아시겠죠, 제수씨?"

제수씨란 말에 다시 한 번 예은이 감격했다. 정말 행복했다.

장난스런 분위기를 진정시키며 진패가 차분하게 말했다.

"모두 집합이다! 아, 제수씨는 편히 식사하시고요."

어린애들처럼 소리치고 장난치던 그들이 한순간에 진지해졌다.

돌변이란 표현이 적당할 그 변화에 예은은 놀랐다. 그들의 얼굴에서 웃음기가 사라지자 순식간에 무서운 사내들로 바뀌었다.

다만 세영만이 예의 그 사람 좋은 미소를 지으며 다정하게 말했다.

"편하게 있으시오. 적어도 지금 이곳은 강호에서 가장 안전한 곳이니까."

세영까지 나가자 그곳에 그녀 혼자 남았다.

탁자 위에 놓인 부채를 쳐다보던 그녀가 그것을 구석에 놓인 음식찌꺼기 통에 던져 버렸다.

창문을 활짝 열며 예은이 크게 기지개를 켰다. 그리고 태어나 처음으로 행복해지겠다고 결심했다.

＊　　　　＊　　　　＊

유설표국의 임시 연무용 창고에 흑풍대가 모두 집합했다.

유월은 경계를 서는 인원까지 모두 집합시켰다.

창고에 모인 인원을 진패는 본단의 큰 행사에 참석할 때처럼 정식으로 도열시켰다. 거기에 각 조장들이 조원들을 무공 수위에 맞춰 열을 세웠다. 지금까지 이런 적은 단 한 번도 없었기에 모두들 내심 긴장하고 궁금해했다.

단상에 올라선 유월이 자신에게 집중되는 시선을 하나하나 마주 보았다. 굳건한 얼굴들이 오늘따라 지쳐 보였다. 하지만 유월을 향한 눈빛에 담긴 충성심만은 여전했다.

낙하산 인사가 아닌 일반 조원부터 시작해 조장을 거쳐 대주에 이른 그의 출세는 모두의 마음을 진심으로 움직였다. 조원들 중에는 유월이 일반 조원인 시절 선배로 있던 이들도 다수 있었다. 후배로 있을 때나 대주가 되었을 때나 유월은 항상 변함이 없었다. 의리 강하고 믿음직한.

대주가 되었다고 건방을 떨지 않았다. 그렇다고 옛정에 매여 공사를 구분 못하는 어리석음도 없었다. 대부분의 수장들이 가지는 강압적인 권위도 유월에겐 해당사항 없음이었다.

적신과의 대결은 그 믿음과 존경심을 더욱 굳건하게 만들었다. 자고로 마인들 세계에서 가장 큰 힘을 발휘하는 것은 역시 실력이었다.

유월이 차분한 어조로 말을 시작했다.

"지난 싸움에서 우린 동료를 많이 잃었다."

숙연한 분위기 속에 검운과 세영, 그리고 이삼조원들의 얼굴에는 감출 수 없는 분노와 아쉬움이 서렸다.

"화를 낼 필요도, 미안해할 것도, 그리워할 필요도 없다. 우리 역시 언젠가 그들을 만나게 될 것이니까."

목숨 따위 두렵지 않은 이들이었다. 다만 동료를, 가족을 두고 떠나기 아쉬울 뿐. 이 순간 엽평이 가볍게 한숨을 내쉰 것도 마가촌에서 기다리고 있을 아내와 자식 때문이었다.

명령, 충성, 명분, 기세, 자존심……

마인이 죽을 수 있는 수많은 이유가 있을 수 있다. 기꺼이 죽을 수도 있을 것이다. 하지만 궁극적으로 죽고 싶은 사람이 어디 있을까? 모두의 바람은 무사히 임무를 마치고 돌아가는 것. 오직 그것이었다.

애초에 사설이 긴 유월이 아니었다. 곧바로 유월이 본론을 꺼냈다.

"앞으로의 싸움은 더욱 힘들어질 것이다. 그래서 특별히 너희들에게 작은 선물을 준비했다."

선물이란 말에 작은 동요가 일었다. 전혀 예상치 못한 일이었던 것이다.

갈평이 이동식 수레를 끌고 나왔다. 칸칸이 나눠진 그곳에는 마룡창과 청룡창에서 가져온 영약들이 가득 실려 있었다.

특히 청룡창에서 가져온 영약들은 예상 밖으로 많았다. 마침 그날 도착했던 정도맹의 기밀 상자에는 천년설삼이 자그마치 열 뿌리나 들어 있었던 것이다. 원래 그곳에 보관된 것과 합치니 모든 조원들에게 나눠줄 수 있는 물량이 확보된 것이다.

수레에 실린 것을 확인한 일조의 서웅이 깜짝 놀라 소리쳤다.

"설마 그거 천삼이?"

서웅은 천년설삼을 '천삼이'란 별칭으로 불렀다. 일천 천(千)이 아니라 하늘 천(天) 자를 써서 하늘에 나는 삼이라며, 자기 같은 일반 마인은 천장이나 째려보며 침이나 삼켜야 한다고 농담하곤 했던 것이다.

그러자 비호가 작은 목곽에 든 소마환단을 꺼내 들며 수레를 끌고 온 갈평을 향해 농담을 던졌다.

"소마환단도 있지! 물론 평이 네 건 없지."

"전 괜찮아요. 밤중에 조장님 피를 쪽쪽 빨아 먹을 거니까."

"너 요즘 감이 늘었어. 제법 웃겨."

"흐흐. 누구 조원인데요."

다들 흥분하고 기뻐했다. 비록 천마신교의 최정예라 불리는 그들이었지만 일반 조원인 그들이 소마환단이나 천년설삼을 복용할 기회는 결코 쉽지 않았다. 천년설삼은 가격으로 따지면 그들의 월봉으론 평생 아껴 쓰며 모아야 겨우 한 뿌리 살 수 있을 정도였다.

백위가 목청을 높였다.

"이거 빼내온다고 대주님이 무리하셨다. 알고들 먹어!"

자신이 인심 쓰려고 짐까지 도맡아 들었던 백위였지만 역시 유월에 대한 존경심은 백위를 따를 사람이 없었다. 끙끙대며 지고 왔던 그것도 목 축인다고 술 한잔 마시면서 다 잊어버린 그였다.

감격스런 눈빛이 유월에게 모여들었다. 물론 이런 분위기는 유월이 매우 싫어하는 것이었기에 일은 빠르게 진행되었다.

"자, 모두에게 지급하도록."

각 조장들이 나서서 자신의 조에 소마환단과 천년설삼을 하나씩 나눠 주었다. 선배들에게는 천년설삼이, 후배들에게는 소마환단이 지급되었다. 게다가 그 약뿐만 아니라 내력을 쉽게 받아들이게 하는 박력단까지 추가로 지급되었다. 막내의 박력단이 더 커 보인다며 바꾸려던 종원이 세영에게 뒤통수를 얼어맞고 울상을 지었다. 이런 기분이라면 둘이 밤새 노랠 부르고 춤을 춰도 참아줄 수 있을 것 같았다.

그러나 그들에게 정작 큰 선물은 그것이 아니었다. 모두에게 약이 지급되자 유월이 뜬금없는 질문을 던졌다.

"너희들, 날 얼마나 믿나?"

난데없는 질문이었지만 지금 상황에선 의미심장한 질문이기도 했다.

모두들 침묵한 채 말없이 유월을 응시할 뿐이었다.

결국 대답은 비호가 맡았다.

"지금 다 칼 물고 죽어라고 명령해 보세요. 그럼 얼마나 믿는지 아시게 될 테니까."

장담컨대 단 한 명도 빠지지 않고 자결할 것이다. 그래서 그들이 흑풍대인 것이다.

"좋다. 지금부터 한 시진 동안 너희 목숨은 내 것이다. 약을 복용한 후 내가 이끄는 대로 내력을 운용한다. 여태껏 너희들이 배워왔던 것과는 조금 다를 것이다."

그 순간 모두는 알 수 있었다. 유월이 그들에게 새로운 심법을 가르쳐 주려 한다는 것을. 그들에게 있어서 그것은 기연이었다. 하지만 유월의 입장에서는 매우 부담스럽고도 위험한 일이기도 했다.

구화마공이 천마의 무공이라면 일반 마인들은 삼화마공(三禍魔功)을 익히고 있었다. 천마의 구화마공도 이 삼화마공을 기반으로 오랜 세월 발전한 것이었다. 원래 끊고[斷], 태우고[炎], 깨뜨린다[破]는 세 가지 뜻에서 시작한 삼화마공은 구화마공에 이르러서는 끌어당기고[引], 쫓고[追], 빨아들이고[吸], 얼리고[氷], 지지고[雷], 없앤다[滅]의 의미가 추가되면서 그 화(禍)가 아홉 개로 늘어났다. 그만큼 마공이 강력해졌음을 이름에서도 알 수 있는 것이다.

어쨌든 다른 심법을 익히는 것은 교에 대한 배신으로 간주되었다. 기본 심법인 삼화마공에 따라 묵룡단 휘하의 무공연구기관인 무원각(武原閣)에서 무공이 개발되고, 오 년에 한 번씩 새로 개선된 무공서가 지급되었다.

만약 무원각에서 이 사실을 알게 된다면 매우 불쾌하게 여길 것이다. 아니, 어쩌면 호시탐탐 유월을 노리는 사령각주의 집중 감사를 각오해야 할 일이었다. 물론 유월은 전혀 그런 것을 개의치 않았다.

일반 마인들도 아니고 흑풍대쯤 되는 이들이 그런 복잡한 정치적인 사안들을 모를 리 없었다. 다들 크게 감격했다.

현재 유월은 구화마공을 바탕에 둔 구화마도식을 익히고 있었지만 예전 일반 조원 시절에는 그 역시 삼화마공을 익혔었다. 얼마 전까지는 전혀 생각지 않았지만 극마로 진입한 이후, 무공에 대한 눈이 자연스럽게 달라졌다.

삼화마공에서 몇 가지 개선점이 느껴진 것이다. 물론 큰 단점은 아니었다. 오랜 세월 갈고닦아진 삼화마공은 거의 완벽한 상태였다. 삼화마공을 익혔던 유월이 구화마도식을 익힐 수 있었던 것만 해도 그 증거였다.

흑풍대 식의 개선점, 그것이 올바른 표현이라 할 수 있었다.

흑풍대처럼 빠른 움직임과 비격탄을 주로 사용하는 이들이라면 조금 다른 방식으로 심법을 운용하는 것이 더 효과가 크다는 것을 깨달은 것이다. 그것은 굳이 일부러 생각해서 발견한 것이 아니었다. 짧은 바지를 입은 사람을 보며 '바지가 짧구나'란 마음이 드는 것과 같은 이치였다.

비호가 고개를 내저었다.

"아까 대주님 질문은 잘못되었습니다. 저희가 물어야겠습니다. 도대체 저희를 얼마나 믿으시기에 이런 무리를 하십니까?"

이번에는 유월이 웃었다. 단 한 명이라도 이 사실을 외부에 유출하면 유월이 곤란해질 것이 틀림없었기 때문이다. 하지만 유월은 걱정하지 않았다. 절대 이 사실은 유출되지 않을 것이다.

"반역을 하는 게 아닐까 걱정할 필요는 없다. 기존의 심법에서 우리에게 맞게끔 아주 조금 변형되었을 뿐이니까."

"저흰 걱정 안 한다니까요. 대주님이 걱정이지."

그렇게 모든 준비가 끝이 났다. 유월이 마지막으로 당부했다.

"만약 심법 도중에 무리가 간다고 여겨지면 그대로 왼손을 들어라. 내가 도와줄 테니, 절대 억지로 내력을 운용해선 안 된다."

"알겠습니다!"

"복용하라."

우렁찬 대답과 함께 모두들 약을 복용했다. 박력단을 먼저 복용한 후라 천년설삼을 받은 이들은 생으로 그것을 씹어 삼켰다.

"영약은 복용 후 첫 심법이 가장 중요하다. 모든 정신을 집중해라."

본격적인 유월의 지도가 시작되었다. 유월이 혈도를 하나씩 불러주었다. 처음 시작은 원래 익혔던 심법과 다르지 않았다. 구십여 개의 내력이 같은 속도로 같은 혈맥을 따라 흘렀다.

내력이 명문혈에 도착했을 때 첫 변화가 있었다.

"명문에서 내력을 잠시 멈춘 후, 신주혈로 정확히 반만 내보낸다. 그리고 스물을 센다."

아직 패마의 단계에서 내력을 나눠 정확히 반만 내보내는 것은 그리 쉽지 않은 일이었다.

"정확해야 그 효과가 크다. 최선을 다하라."

두 사람의 손이 들려졌다. 과연 상대적으로 무공이 약한 진명과 무옥이 가장 먼저 도움을 요구했다.

예상했다는 듯 유월이 그들에게 다가가 동시에 양손을 그들의 등에 가져다 대었다. 한 줌의 내력이 흘러들어 가 그들의 내력을 이끌기 시작했다. 두 사람에게 있어 그것은 참으로 신기한 경험이었다.

"이제 신주혈의 내력을 역으로 명문으로 끌어당긴다."

진명과 무옥에게 있어 두 번째 고비였다. 그들의 내력이라면 불가능한 주문이었지만 앞서 들어갔던 유월의 내력이 그들의 내력을 이끌어주고 있었다. 그것은 마치 단 한 명의 신장(神將)이 수천의 군사를 이끌고 중원을 질주하는 그런 느낌과 같았다.

"후우―"

진명과 무옥의 입에서 한숨이 터져 나왔다. 고비를 넘긴 것이다.

유월이 나지막이 모두를 독려했다.

"침착하게. 조급하면 오히려 몸을 버린다. 천천히 정확히 따라 해라."

다시 유월이 길을 안내했다. 원래의 구결이었다. 흑풍대원들은 낯익은 그 느낌에 안도했다. 그렇게 한숨 돌리는가 했더니 새로운 길이 열렸다.

시간이 흐를수록 손을 드는 인원들이 늘어났다. 각조의 막내와 내력이 떨어지는 이들이 먼저 손을 들었다. 그때마다 유월은 하나하나 그들 사이를 돌며 한줄기 내력을 주입해 심법을 도왔다. 힘들어하던 그들의 표정이 편해졌다.

유월의 구결은 원래의 구결과 새로운 구결을 번갈아 오고 갔다.

그렇게 일주천이 끝났다. 원래보다 세 배의 시간이 더 걸렸다.

"지금 천돌혈이 따끔거리는 사람은 손을 들어라."

일반 조원들 대부분이 손을 들었다. 손을 든 진명과 무옥은 완전 땀에 흠뻑 젖은 상태였다. 이렇게 무사히 끝마친 것도 유월의 도움이 아니었으면 꿈도 꾸지 못할 일이었다.

손을 들지 않은 사람은 각 조장들과 서웅과 갈평, 엽평, 종원 등의 최고참들이었다. 같은 패마의 단계라도 그들의 수련 경지는 다른 이들보다 훨씬 깊었던 것이다. 사마의 단계에 든 검운은 물론이고.

"지금 손을 든 사람은 지금까지의 과정을 같은 속도로 반복한다. 앞서의 느낌을 정확히 살려서 해야만 너희가 복용한 약의 효과가 극대화된다. 이건 매우 중요한 과정이다. 이주천할 때까지 반복한다."

뒷줄에서 도움을 주던 유월이 이제 앞으로 걸어나왔다.

"들어라. 지금부터의 과정은 매우 중요하다. 기혈이 틀어질 수도 있으니 집중을 기해야 한다."

유월의 말에 조장들을 비롯한 고참들의 표정이 진지해졌다. 이미 일주천한 이 느낌은 분명 전과 달랐다. 힘들지만 기분 좋은, 처음 올라간 산의 정상에 섰을 때의 느낌과 비슷했다. 하지만 그들의 심법은 이제부터였다.

"두 번째는 앞서의 속도 두 배로 심법을 운용한다. 정확히 두 배 속도가 되도록 최대한 노력해야 한다."

말처럼 쉬운 일이 아니었다. 초행길을 다녀온 곳을 전력질주로 뛰어서 찾아가란 말이었다. 게다가 딱 두 배의 속도를 맞추기란 쉬워 보이지 않았다.

모두들 진지하게 그 말에 따랐다. 무공에 대한 집념이 남달리 강한 데다 이미 사마의 경지에 접어든 검운은 그 과정이 어렵지 않았다. 총명한 비호나 세영 역시 정확히 유월의 지시대로 심법을 운용했다. 길치인 백위는 그마나 혈맥을 찾는 것만큼은 길치가 아니었기에, 그 뒤를 이어 열심히 기를 운용하고 있었다. 진패 역시 묵묵히 심법삼매경에 빠져들었다.

다시 일주천이 끝났다. 조장들에 비해 고참들은 땀을 뻘뻘 흘리고 있었다. 함께한다는 마음이 아니었다면 견디기 힘든 고비가 여럿 있었다. 하지만 사람의 경쟁심이란 참으로 대단한 것이어서 혼자서는 못할 것들도 함께하면 가능할 때가 있었다. 고참들의 경우가 그러했다.

유월이 조장과 고참들에게 물었다.

"중환혈이 따끔거리는 사람 손을 들어라."

그러자 거기까지 잘 따라온 고참들이 손을 들었다.

"방금 속도로 심법을 반복한다. 삼주천할 때까지다."

고참들이 두말 않고 심법에 빠져들었다. 그래도 한 번 해보았다고 처음보다 한결 편안한 얼굴이었다.

이제 남은 사람은 각 조장들이었다.

유월이 새롭게 요구했다.

"다시 지금 속도의 두 배로 달린다."

비호는 절대 무리한 요구란 생각이 들었다. 지금까지의 속도만 해도 혈맥이 찢어질 듯 아팠다. 속도를 더한다면 분명 혈맥이 터져 죽게 될 것이다. 비호가 무리라는 말을 꺼내려는데 검운의 입에서 '끙' 하는 소리가 들렸다. 이미 검운이 두말 않고 출발선을 내달린 것이다.

비호는 물론이고 망설이고 있던 조장들은 부끄러웠다. 저런 독한 마음이었기에 검운은 가장 먼지 사마의 경지에 들 수 있었을 것이다. 그리고 지금 이 순간에도 가장 최선을 다하는 것도 검운이었다. 질 수 없다. 거기에 유월이 독려했다.

"천년설삼을 복용한 직후다. 지금 해내지 못하면 영원히 이런 기회는 오지 않는다."

영원히란 말이 그들의 마음속에 박혔다.

'절대 그럴 순 없지.'

모두들 이를 악물었다. 이제부터는 그야말로 자신과의 싸움이었다.

심법의 속도가 더해지자 모두의 몸에선 땀이 그야말로 폭포수처럼 줄줄 흘렀다. 정확히 그 두 배인지 아닌지조차 알 수 없었다. 어쨌든 최선을 다해 최고의 속도를 내려고 노력한 것이다.

약을 복용하지 않았다면 절대 불가능한 일이었다. 정신력에 약발까지 보태져 그들은 생사를 넘는 심법에 빠져들었다.

무시무시한 속도로 내력이 혈맥을 돌자 엄청난 고통이 밀려들었다. 숱하게 칼을 맞아봤지만 이런 고통은 아니었다. 온몸이 갈가리 찢어지는 고통이었다.

나이 탓이었을까? 진패가 한계를 느꼈다. 그의 몸이 파르르 떨리며 금방이라도 가슴이 터질 것만 같았다. 정신력의 차원을 넘어선 한계였다.

그때 유월이 가만히 진패의 등에 손을 대었다. 그 누구보다 든든한 유월의 손이 닿은 것을 느끼자 진패의 마음이 차분해졌다.

유월의 내력이 진패의 몸에 섞였다. 앞서 다른 조원처럼 길만 잡아주는 차원이 아니었다. 정순한 유월의 내력이 그의 몸속으로 쏟아져 들어갔다. 터질 것 같던 심장이 진정되었다. 그토록 어렵게 느껴지던 기의 움직임이 장강의 물결처럼 도도히 흐르기 시작한 것이다.

'대주님!'

울컥 마음이 동요하자 유월의 담담한 전음이 들려왔다.

"마음을 평안히 하게. 진수와 놀아주는 마음으로 편안히."

문득 진패는 마가촌에 있을 아이를 떠올렸다. 하산하기 전 만들어준 나무칼로 산속을 뛰어다니고 있을 모습에 미소가 지어졌다. 진패의 마음이 편안해졌다. 진패가 고비를 넘겼다.

조장들은 마지막 고비를 향해 달려가고 있었다.

갑자기 유월이 소리쳤다.

"대추혈에서 내력을 모두 멈춰!"

울컥!

비호와 백위가 피를 토했다.

하지만 유월은 그것은 신경조차 쓰지 않았다. 모두의 내력이 대추혈에 모였다는 것을 안 순간,

핏! 핏! 핏! 핏! 핏!

다섯 줄기의 지풍이 그들의 등에 연이어 쏟아졌다. 지풍은

계속 이어졌다. 순식간에 백여 개의 지풍이 다섯 조장들의 등에 박혔다.

어느 순간, 유월이 소리쳤다.

"모든 내력을 백회혈로 집중시킨다!"

모두들 반사적으로 유월의 말에 따랐다.

꽈꽝!

머릿속에서 뇌격뢰가 폭발한 것만 같았다.

"쓰러지지 마!"

유월의 외침이 환청처럼 저 멀리서 들려오는 것만 같았다. 모두들 이를 악물었다.

다시 유월의 지풍이 그들의 등을 향해 날아들었다.

끝없이 이어질 것 같던 지풍이 드디어 멈췄다.

유월이 긴 한숨을 내쉬었다.

검운이 가장 먼저 눈을 떴다. 뒤이어 다른 조장들이 하나둘씩 눈을 뜨기 시작했다. 뒤이어 심법삼매경에 빠져 있던 일반 조원들이 하나둘씩 눈을 뜨기 시작했다. 심법 속도의 차이가 있었기에 거의 같은 시간에 심법 수련이 끝난 것이다.

비호가 멍한 얼굴로 물었다.

"방금 무슨 일이 일어난 겁니까?"

그러자 유월이 미소를 지으며 말했다.

"마혈이 방금 타통되었다. 모두 축하한다."

"네엣!"

모두들 깜짝 놀라 눈을 둥그렇게 떴다. 그들뿐만 아니라 모든 조원들까지도 깜짝 놀랐다.

마공에 있어 마혈의 타통은 강호에서 말하는 생사현관의 타통과 같은 의미였다. 물론 마혈이 타통되었다고 당장 패마가 사마가 되고 사마가 진마가 되진 않았다. 그것은 육체적 능력에 큰 힘을 보태는, 예를 들자면 보이지 않는 무거운 돌을 짊어진 육체에서 그 돌을 빼내준 것과 같은 의미였다. 같은 초식이라도 더욱 빠르게, 더욱 강하게 위력을 낼 수 있는 의미이지, 그 자체로 무공의 단계를 올라설 순 없었다.

하지만 대부분 진마급 이상의 고수들이 마혈을 타통했다는 점으로 볼 때, 정말 크나큰 기연이 아닐 수 없었다.

"속도를 배가시켰던 것이 그럼 마혈 타통을 위한 일이었습니까?"

"너희들에게는 그랬지. 아무래도 이번 기회가 좋다 싶었다. 영약 흡수만을 위해서라면 원래는 두 배 정도의 속도로 두 바퀴 정도만 돌려줘도 충분하다."

땀에 흠뻑 젖은 유월의 모습을 보며 다들 아무 말도 하지 못했다. 유월 정도의 고수가 땀을 저렇게 흘렸다는 것은 육체적 문제가 아닐 것이다. 혹시나 사고라도 날까 걱정해서 모든 심력을 소모했기 때문이리라.

아무리 천년설삼을 복용했다고 해도 마혈 타통은 쉬운 일이 아니었다. 유월이 날려준 지풍이 자신들의 혈맥이 뒤틀리거나 터지는 것을 막아주었기에 가능한 일이란 것을 알았다.

"도대체 우릴 얼마나 부려먹으시려고 이러시는 겁니까?"

앙탈처럼 들렸지만 그건 비호 식의 감사 인사였다.

백위의 허리가 깊숙이 숙여졌다.

"대주님, 정말 감사드립니다."

그의 목소리가 창고 안을 우렁차게 울렸다. 백위 식의 감사였다.

검운과 세영 식은 좀 더 간단했다. 그들이 가볍게 목례했다. 그들은 감사하다고 말하지 않았다.

진패는 격정에 찬 눈빛으로 말없이 유월을 응시했다. 자신과 눈이 마주친 유월이 씩 웃었다. 진패의 가슴이 울컥했다.

유월이 창고 밖으로 걸어나갔다.

"오늘 하루는 이곳에서 오직 심법만 연마하며 쉬도록. 명령이다."

"경계 근무도 않는 겁니까?"

경계를 맡은 조의 물음에 유월이 대답했다.

"오늘 하루 표국은 내가 지킨다!"

유월이 창고 밖으로 걸어나갔다. 그가 창고 밖으로 나가자 모두들 폭풍이 지나간 듯 한숨을 내쉬었다.

엽평이 축하한다는 의미로 검운에게 엄지손가락을 치켜들어 주었다. 엽평 역시 오늘 칠팔 년간 꾸준히 연마해야 얻을 수 있는 내력을 얻었다. 조원들의 재능에 따라 많게는 칠팔 년, 적게는 삼사 년의 내력을 얻은 것이다. 그것은 모두에게 있어 큰 행운이자 기연이었다. 모두들 너무나 기뻤다.

갈평이 비호의 옆구리를 쿡 찌르며 넌지시 말했다.

"한턱 쏴요."

"갈 선생, 제게 왜 이러십니까? 다른 조로 가시는 것 아니십니까?"

"소심하게 왜 이래요! 진짜 피 빨아버릴까 보다."

아웅다웅거리는 두 사람 옆에서 서웅이 진패에게 정중히 고개를 숙이며 축하했다.

"축하드립니다."

"고맙다."

진패의 마음이 울컥했다. 유월이 남몰래 도와주지 않았더라면 어떻게 되었을까? 일조라는 자부심 가득한 조원들의 사기가 뚝 떨어졌음은 둘째 치고라도 자신을 어떻게 위로할까 고민하는 서웅의 얼굴을 대하는 것은 죽고 싶을 정도의 고역이었을 것이다.

유월은 아무도 모르게 내력을 넣어 도와주었다. 그런 유월의 마음 씀씀이가 너무나 고마웠다. 이깟 마혈 타통 따위 그에게 중요하지 않았다. 십여 년 내력이 더 생긴 것도 마찬가지였다.

'대주! 그래, 갈 데까지 한번 가봅시다! 대주가 가라면 지옥 끝까지라도 들어갈 테니까.'

진패가 돌아서며 소리쳤다.

"이놈들아! 대주님 명령 못 들었냐? 모두 착석!"

第四十四章

마검

魔刀霸爭

휘영청 밝은 달이 떠올랐다.

유월이 홀로 표국의 지붕 위에 앉아 달을 올려다보고 있었다. 시원한 가을바람이 한밤의 정취를 더해주고 있었다.

흑풍대원들은 창고에 틀어박혀 유월의 명령을 수행했다. 유월이 그런 명령을 내린 이유를 그들은 너무나 잘 알았다. 영약의 효력이 조금이라도 남아 있을 때, 최선을 다해 그것을 자신의 내력으로 흡수해야 했다. 영물의 내단이라면 모를까, 일반 영약은 첫 심법이 지난 후부터 그 약효가 급속도로 떨어지기 때문이었다.

등 뒤로 누군가 살금살금 다가오고 있었다. 딴에는 최대한 발소리를 줄이고 있었지만 유월의 귀에는 천둥소리처럼 크게 기척이 느껴졌다. 누군지는 굳이 돌아보지 않아도 알 수 있었다. 어설프면서도 더없이 부드러운 기운, 비설이었다.

비설이 그 하얀 두 손으로 유월의 눈을 가리며 장난을 걸어왔다.

"네가 일곱 번 칼을 휘두르면 상대를 지옥으로 보낸다는 그 흑풍대주냐?"

"그렇다."

김이 팍 세는 대답이었다. 권마처럼 같은 장난으로 받아주길 바랐지만 유월은 어디까지나 유월이었다. 비설의 입이 한 발이나 나왔다.

"에계? '그렇다' 라니요! 이러면 재미없어요!"

유월이 피식 웃자 비설이 깔깔거리며 그 옆에 나란히 앉았다.

"헤헤. 뭐 하고 계셨어요?"

"밤바람이 좋구나."

"달이 너무 밝아요. 오늘같이 평화로우면 얼마나 좋을까요?"

비설의 진심이었다. 큰 싸움이 끝나서인지 오늘의 이 평화는 더욱 소중히 느껴졌다.

문득 유월은 안쓰러운 마음이 들었다.

"대천산으로 돌아가고 싶으냐?"

"아버지가 보고 싶긴 해요. 하지만……."

비설이 말끝을 흐렸다. 혹시나 하는 마음에 유월이 담담히 말했다.

"혹시 일전에 내가 한 말 때문이라면 신경 쓸 필요 없다. 네가 돌아가고 싶다면 내일이라도 돌아갈 것이다."

이제 문제는 비설만의 문제가 아니라 우리 모두의 문제란 말을 상기시킨 것이다.

비설이 고개를 내저었다.

"그래서가 아니에요. 솔직히 말씀드리자면 지금 돌아가면… 영원히 대천산을 내려오지 못할까 두려워요."

그랬다. 두려운 마음에 쫓기듯 돌아가긴 싫었다. 아버지가 다시 보내주지도 않을 것이며, 아니, 그 이전에 아버지가 주는 그 안락함에 스스로도 내려오고 싶지 않을 것이란 두려움이 들었다.

잠시 침묵이 흘렀다. 불어온 바람이 두 사람의 머리카락을 가볍게 휘날렸다.

"어른이 되면… 조금 쉬워질까요?"

유월은 아무 대답도 할 수 없었다. 과연 어른이 되면 그녀가 겪고 있는 모든 문제들이 쉽게 느껴질까? 아닐 것이다. 자신 역시 아무것도 모르던 그 어린 시절이 문득문득 그리워질 때가 있으니까.

"오라버니."

비설이 눈빛을 반짝이며 물어왔다.

"오라버니는 어렸을 적 꿈이 뭐였어요?"

유월의 입장에선 가슴이 짠해지는 물음이었다. 제대로 꿈을 뛰보기도 전에, 보이지 않는 운명에 떠밀려 온 인생이었다.

유월이 머뭇거리며 대답을 못하자 비설이 재빨리 재잘거렸다. 좋았던 분위기가 칙칙해질까 걱정이 된 것이었다.

"자, 그럴 줄 알고 준비한 것이 있지요."

비설이 시전의 약장수처럼 쾌활하게 목청을 높였다.

"자, 모든 강호인이 좋아하는 사지선답 문제가 왔습니다! 깊이 생각할 필요가 없어요! 팍팍 찍어요!"

그녀를 보고 있으면 절로 기분이 좋아진다. 미소를 감추지도, 더 이상 동생에게 미안해하지도 않았지만 한편으로 새롭게 생겨난 두려움도 있었다. 이 싸움에서 끝까지 그녀를 지켜줄 수 있을까? 문득 유월은 적신이 남긴 마지막 말이 떠올랐다.

귀도.

적신이 마지막까지도 철저히 믿고 있던 그 존재. 적신과 같은 사내에게 그런 신임을 받을 수 있다는 것은 그가 얼마나 무서운 존재인가를 단적으로 나타내는 증거였다.

그 적신이 진서열록 삼위라 했다. 그럼 비운성을 제외한 또 다른 누군가가 존재한다는 의미. 두려웠다. 비설의 밝은 모습을 볼 때마다, 그녀를 반드시 지켜주겠다는 각오를 세울 때마다 절로 드는 두려움이었다. 그녀를 잃고 싶지 않았다.

문득 비검의 얼굴이 떠올랐다. 그녀는 송가장을 떠났다. 갈 길을 묻지 않았다. 묻지 않아도 다시 만나게 될 테니까. 문득 그녀가 보고 싶었다. 목숨을 걸고 지켜주고 싶은 대상이 비설이라면, 비검은… 그녀의 손에 죽고 싶었다. 기왕 죽는다면 그녀의 손에 죽고 싶었다. 유월은 마음속 깊은 곳의 진심을 애써 부정했다. 그녀의 손에 죽고 싶다는 것은 곧 그녀와 함께 살고 싶다는 열망이란 것을.

세상의 한 점 티끌도 묻지 않은 밝은 얼굴로 비설이 첫 번째 보기를 내놓았다.

"일번, 천하제일인이 되어 마도천하의 대업을 이룬다!"

유월이 고개를 저으며 웃었다. 단 한 번도 생각해 본 적이 없는 일이었다.

"왜요? 멋진 꿈이잖아요!"

"그럼 교주님보다 강해져야 하는데. 그래도 될까?"

"아앗! 그런 문제점이 있었군요. 그건 좀 곤란한데요……."

비설의 솔직함에 유월이 미소를 지었다.

"뭐, 일번은 통과! 그럼 이번, 강호에서 가장 아름다운 여인을 아내로 맞는다!"

말을 해놓고도 왠지 부끄러워지는 비설이었다. 은근히 천하제일미란 칭찬을 받으며 자란 그녀였다. 비검을 만난 이후 한풀 꺾이긴 했어도, 왠지 자신을 두고 말한 것 같아 얼굴이 화끈거렸다.

'너처럼 아름다운 여인 말이냐?' 란 물음으로 시작되는 대답이 나오면 얼마나 좋을까마는 유월은 담담히 고개를 내저었다.

"이런 좋은 꿈을 왜 버려요!"

"혼인은 생각해 본 적이 없다."

"그럼 평생 혼자 사실 거예요? 설마 독신주의?"

"그렇진 않다만… 그저 내 일을 이해해 주는 여인이면 족하다."

"으음, 겨우 그 정도 조건이라면 경쟁률이 어마어마하겠는걸요?"

"칭찬이냐?"

"아마도요."

비설은 골똘한 생각에 잠겼다. 차라리 조건이 까다로워야 경쟁자들이 뚝뚝 떨어져 나갈 텐데. 그래야 그 조건에 맞추기 위해 노력이라도 해볼 텐데.

"삼번은 없느냐?"

유월의 물음에 비설이 퍼뜩 정신을 차렸다.

"아, 삼번……."

보기 네 개 정도는 금방 꾸며낼 수 있을 것 같았는데, 막상 지어내려니까 마땅한 보기가 없었다. 그러고 보니 참으로 유월에 대해 아는 것이 없었다.

유월이 미소를 지으며 말했다.

"삼번은 내가 내마. 삼번, 설이가 하고자 하는 일을 잘 마칠 때까지 무사히 지켜준다. 정답은 삼번이다."

"피—"

비설이 입을 삐죽 내밀었다.

원래라면 정답은 유월의 마음속에 아로새겨진 사번, 복수였다. 하지만 유월은 근래 들어 그게 정답인지조차 혼란스러웠다.

비설이 기지개를 켰다.

"아! 어쨌든 좋다! 여기 앉아 있으니까 너무 좋아요!"

나란히 앉아 하늘을 올려다보며 두 사람은 잠시 밤 정취를 즐겼다.

"대답하기 곤란할지도 모를 질문이 있는데 해도 될까요?"

유월이 그러라고 허락한 후에도 비설은 한참이나 뜸을 들였다.

"오라버니는 좋아했던 여인이 있었나요?"

어렵게 물은 질문에 비해 답은 너무나 쉽게 나왔다.

"있었지."

"에엑! 정말요?"

"그럼 난 지금까지 여인을 한 번도 안 사귀었다고 생각했느냐?"

"그건 아니지만… 그 여인은 어찌 되었죠? 혹시……."

심각한 얼굴로 비설이 조심스럽게 물었다.

"죽었나요?"

"왜 그렇게 생각하지?"

"그냥요."

"그녀는 다른 남자에게 시집가서 잘살고 있다."

"에에엑?"

비설이 눈을 동그랗게 뜨며 물었다.

"왜요?"

"헤어졌으니까."

"에에에에엑!"

비설에게 있어 유월은 그저 한 여인만을 위해 죽을 때까지 마음을 바치는 그런 유형의 사내였다.

유월이 그녀의 머리카락을 헤집듯 쓰다듬었다.

"녀석. 사귀다 헤어지기도 하고 다시 새사람 만나기도 하고. 남녀 사이란 게 그런 것이지."

"전 이해할 수 없어요."

비설이 결코 이해할 수 없는 대상은 그 헤어졌다는 여인이었다. 자신이라면 이런 남자를 결코 그냥 보내주지 않았을 것이다. 그녀가 죽었냐고 물은 것도 그런 이유였다.

"자세히 얘기해 주세요."

그 순간 비설이 깜짝 놀랄 정도로 유월의 눈빛이 날카롭게 번뜩였다. 혹시 자신이 버릇없이 굴어서 그런가 놀랐는데 그게 아니었다.

유월이 벌떡 자리에서 일어났다.

"옆으로 물러서거라."

깜짝 놀란 비설이 시키는 대로 물러섰다. 긴장한 얼굴로 비설이 유월이 노려보는 담장 너머의 어둠을 함께 바라보았다. 조금 전과 조금도 다르지 않은 풍경이었다.

"앗!"

비설의 입에서 비명이 나오는 순간.

저 멀리 한 점의 빛이었던 것이 순식간에 그들을 향해 날아왔다.

퍼억!

날아온 것이 유월의 가슴에 일장을 내질렀다.

양팔로 가슴을 막은 유월이 주르륵 뒤로 밀려났다. 발밑의 기왓장을 부서뜨리며 유월이 지붕 끝까지 밀렸다.

그제야 날아온 것의 정체를 파악한 비설이 깜짝 놀라 소리쳤다.

"구양 숙부!"

빛처럼 빠르게 날아든 이는 바로 육마존의 하나인 마검 구양진이었다. 노기 가득한 그의 목소리가 쩌렁쩌렁 울려 퍼졌다.

"나락! 이놈!"

유월이 양 주먹을 쥐었다 펴기를 반복하며 가슴을 방어했던 두 팔을 늘어뜨렸다. 그리곤 가볍게 허리를 숙여 인사를 건넸다.

"오셨습니까?"

마검이 살기를 내뿜으며 소리쳤다.

"그래, 오셨다! 진작 왔어야 했는데 내 이제 소식을 듣고 이제야 오셨다! 자, 죽을 각오는 되었느냐!"

크게 놀란 것은 비설이었다. 그녀가 재빨리 유월의 앞을 막아섰다.

"숙부님, 일단 진정하세요."

"설이 넌 비켜서거라."

그런다고 순순히 말을 들을 비설이 아니었다. 비설이 마검의 팔을 매달리듯 붙잡았다. 차마 비설을 내던져 버릴 순 없었던지 마검이 비설을 매단 채로 유월을 노려보았다.

유월은 그 분노를 이해했다.

풍마의 죽음.

예전 인명록을 팔던 여가휘의 뒤를 봐주며 등장한 사람이 바로 풍마였다. 그런 풍마를 유월이 베었다. 비록 교를 떠났지만 한때 풍마는 마검의 절친한 친구였다. 이제 그의 죽음에 대해 마검이 알게 된 것이리라. 은밀히 처리했다고 생각했지만 역시 강호에 비밀은 없는 법이었다.

비설이 놀란 마음을 애써 누르며 마검을 졸랐다.

"숙부님, 천하의 역적도 변명할 기회는 준다잖아요. 일단 들어봐요. 무슨 사정이 있겠죠."

마검이 눈을 가늘게 뜬 채 유월을 추궁했다.

"좋다! 변명해 보거라."

"드릴 말씀이 없습니다."

그 대답이 마검의 화를 부채질할 것이란 것을 알았지만 사실 딱히 할 말은 없었다. 풍마가 교를 배신하고 인명록을 팔아넘기려 했다는 것은 자신조차도 충격이었으니까.

마검의 얼굴에 싸늘함만이 감돌았다.

"그렇겠지. 당연히 할 말이 없겠지."

"다만… 그 일은 임무였습니다."

"무슨 그딴 임무가 있단 말이냐? 선배를 베는 것도 임무란 말이더냐? 도대체 그 임무를 누가 맡겼단 말이더냐!"

"풍마 선배는 이미 교를 배신한 상황이었습니다."

"그는 단지 교를 떠났을 뿐이다."

마검이 아는 풍마는 절대 마교를 배신할 사람이 아니었다. 하늘이 두 조각 난다 해도 믿을 수 없는 일이었다.

마검이 검을 뽑아 들었다. 육마존 중 가장 강하다는 마검의 검이 뽑혀 나오자, 그 기도만으로도 비설은 숨이 막혀왔다. 뭐라 말려야 했건만 침조차 삼키기 어려웠다.

유월에게 겨눠진 마검의 검에 필살의 의지가 담겼다. 유월의 기도가 상상 이상이란 것 따윈 그에게 중요하지 않았다. 자신은 마검, 죽이고자 한 상대를 반드시 죽여온 불패의 마검이었다.

"세상에 남길 말이 있느냐?"

그에 비해 유월은 나락도를 뽑지 않았다. 여전히 그는 차분했다.

"없습니다. 단지 여쭙고 싶은 것이 있습니다."

"무엇이냐."

마검의 마음을 격동시킬 하나의 물음이 밤공기를 갈랐다.

"선배께선 또 다른 신교에 대해 알고 계셨습니까?"

"……!"

마검의 검이 서서히 내려오기 시작했다.

별채에 작은 술상이 차려졌다. 간단히 안주를 챙겨온 비설은 침묵만으로 일관하는 두 사람 사이에 있다가 방을 나갔다. 마지막 유월의 말은 그녀로선 절대 이해할 수 없었고, 마검의 반응은 더욱더 이해할 수 없었다.

마음 같아선 두 사람에게 그게 무슨 말이냐고 따지듯 묻고 싶었지만 비설은 그렇게 어리석은 여인이 아니었다. 모든 일에는 시기가 있는 법, 적어도 지금의 시간은 자신의 것이 아니었다.

그녀가 방을 나가고도 한참이 지나도록 마검은 아무 말도 하지 않았다. 눈을 지그시 감은 채 불상처럼 앉아 있을 뿐이었다. 유월 역시 아무 말 없이 묵묵히 탁자 위의 술병만 응시할 뿐이었다.

칠순이 넘은 마검의 주름이 오늘따라 유난히 짙어 보였다.

"한잔 따르라."

육마존이라고 해도 대주나 단주들에게는 예를 갖춰주는 것이 관례였지만 마검은 유월을 아랫사람 대하듯 하고 있었다. 한풀 꺾인 노기가 느껴졌다.

유월이 정중히 그의 잔을 채웠다. 마검은 유월의 잔은 채워주지 않은 채 술을 마셨다. 술이라면 사족을 못 쓰는 권마에 비해 마검은 일절 술을 마시지 않는다고 알려졌었는데, 지금 그의 심정을 대변하는 행동이기도 했다.

"한 잔 더."

그렇게 마검이 석 잔의 술을 마신 후에야 이윽고 그 물음에 대한 이야기를 꺼냈다.

"그들을 만났더냐?"

"그렇습니다."

마검은 분명 그들의 존재에 대해 알고 있었다. 마검이 알고 있었다면 어쩌면 육마존들 모두 알고 있을지도 모른다는 생각이 들었다. 문득 비격탄을 만든 귀령신마에게 생각이 미쳤다. 어쩌면 배신자인지도 모를 그도 저들의 존재를 알고 있을까?

"누굴 만났더냐?"

"귀면을 먼저 만났습니다."

유월은 정직하게 대답했다. 마검이 배신자일 수도 있다는 가정은 일단 접어두기로 했다. 본능에 따른 판단이었다.

귀면이란 말에 그의 얼굴이 파르르 떨렸다. 분명 마검은 귀면을 알고 있었다.

"그 아이… 많이 컸겠군. 어찌 되었느냐?"

"죽었습니다."

예상한 대답이었는지 마검은 깊은 한숨만 내쉬었다.

"다음은 누구냐?"

"비검입니다."

순간 마검의 눈이 번쩍 뜨였다.

"그 아이를 죽였느냐?"

"그녀는 살아 있습니다."

이번에는 마검의 안도가 느껴졌다. 그 솔직한 감정 표현을 보며 유월은 그에게서 배신자의 기운은 느낄 수 없었다. 만약 그가 또 다른 신교 쪽 인물이었다면 이런 질문들은 아무 의미가 없는 질문이었으니까.

물론 자신을 속이기 위한 술수일 수도 있었다. 그 희박한 가능성을 유월은 배제하지 않았다. 노강호들의 심계는 때론 날생강보다 매워서, 피를 토해내며 피눈물을 흘릴 때가 되어서야 때늦은 후회와 부질없는 원망만을 남기는 법이니까.

앞선 두 사람에 비해 마검은 적신을 알지 못했다. 하지만 그가 귀도의 수하란 말에 마검이 자리에서 벌떡 일어나서 격앙된 목소리로 물었다.

"귀도라고 했느냐?"

"그렇습니다."

마검의 표정에서 몇 가지 감정이 드러났다. 놀라움과 분노, 그리고 피할 수 없는 숙명에 대한 안타까움까지.

"그가 살아 있단 말이냐?"

"그런 것 같습니다."

마검이 털썩 자리에 주저앉았다. 어느새 그의 얼굴에는 피곤함이 한가득 묻어나고 있었다. 마검은 더 이상 묻지 않았고 무거운 침묵만이 방 안을 지배했다.

한참이 지난 후에야 마검이 입을 열었다.

"왜 넌 묻지 않느냐? 그들에 대해."

"선배께선 이미 제가 드린 질문의 답을 주셨습니다."

또 다른 신교에 대해 마검은 분명히 알고 있었다. 전대에 얽힌 복잡한 은원에서 시작된 일이란 확신까지 함께.

"정녕 궁금한 것이 그것뿐이더냐?"

"묻는다고 알려주시겠습니까?"

두 사람의 시선이 얽혔다. 산전수전 다 겪어온 자신의 노련함으로도 쉽게 읽어낼 수 없는 맑은 눈빛. 정파 놈들 따위에게나 볼 수 있는 순수함. 하지만 절대 순수하지 않은 그것. 만약 그랬다면 놈은 자신의 마안을 이토록 담담히 받아내지도, 지금까지 살아남지도 못했을 것이다.

문득 그 눈빛은 또 다른 누군가를 떠올리게 했다. 마검이 비운성의 모습을 떠올렸다.

'교주, 당신은 진정 이 싸움의 끝을 보려는 것이오.'

역대 교주 중 가장 무르다는 평가를 받아온 비운성이었다. 틀린 평가였다. 그는 역대 교주 중 가장 무서운 인물이다. 교주가 눈앞의 흑풍대주를 통해 교의 운명을 결정지을 대승부수를 던졌다는 것을 마검은 직감했다. 풍마의 배신이 이해가 갔다. 그 고지식한 친구는 결국 그들의 편에 선 것이리라.

마검이 침울하게 입을 열었다.

"과거 육마존들의 권한이 대폭 축소된 이유를 알고 있나?"

전대의 육마존은 각기 자신만의 무력 단체를 이끌고 있었지만 전대 천마에 의해 모두 해산되었다. 유월이 아는 것은 그 정도였다.

"모릅니다."

"그럴 테지. 그 일에 대해서 함구령이 내려졌으니."

그 말은 곧 육마존을 비롯한 노마인들은 일의 내막을 알고 있다는 뜻이었다.

마검의 입에서 놀랄 만한 이야기가 나왔다.

"반란이 일어나서였다."

유월은 내심 크게 놀랐다. 그런 큰일이 있었음에도 지금까지 비밀이 유지되었다는 것은 그만큼 그에 대한 비운성의 명이 지엄했기 때문일 것이다.

그에 비해 마검은 조금 대수롭지 않다는 듯 편하게 말을 이었다.

"놀랄 일도 아니고, 새로울 것도 없다. 반란은 언제나 있어왔으니까. 본 교가 힘의 논리를 앞세우는 공포정치를 포기하지 않는 한 그건 어쩔 수 없는 일이지. 반란은 지금껏 단 한 번도 성공하지 못했지. 하지만……."

마검의 마지막 말에 무게가 실렸다.

"전대의 반란은 그 성격이 달랐지. 반란에 참여했던 모두가지금 살아남았으니까. 전대의 반란은 성공했다."

유월의 짙은 눈썹이 꿈틀거렸다. 이해할 수 없는 말이었다.

"그들이 바로 지금의 육마존들이다."

유월의 놀람은 이제 시작에 불과했다.

"전대 교주에 의해 우리의 권력이 축소된 것이 아니다. 우리스스로 힘을 버렸지."

유월로서는 전혀 이해할 수 없는 말끝에 마검이 불쑥 물었다.

"그 반란의 주모자가 누군지 알고 있나?"

마검의 두 눈이 번뜩였다. 본능적으로 유월의 심장이 세차게 뛰기 시작했다. 절대 들어서는 안 될 말이 마검의 입에서 흘러나올 것만 같았다.

이어지는 말은 예감한 충격 그 이상이었다.

"바로 지금의 비 교주다."

유월의 머릿속이 멍해졌다. 아무 생각도 들지 않았다. 넋 나간 얼굴로 멍하게 듣고 있는 유월에게 새로운 충격이 가해졌다.

"자네가 만난 그들은 전대 교주를 모시던 자들이네. 자신이 진짜라는 그들의 주장은… 사실이네."

쿵!

마검은 쇠망치로 유월의 머리를 후려치고 있었다.

게다가 다음 말은 더더욱 충격적이었다.

"전대 교주는 바로 비 교주의 아버지였네. 비 교주가 아버지를 친 것이지."

쫘앙!

유월이 탁자를 내려쳤다. 부서진 탁자 사이로 술병과 안주들이 쏟아졌다. 평생의 놀람과 혼란을 다 모은다 해도 지금 이 순간만 할까?

유월의 두 눈에서 살기가 폭사되어 나왔다. 오히려 차분한 쪽은 마검이었다. 그 거친 성정이 이토록 참는다는 것이 어색하리만치.

하산 이후 이해할 수 없는 일들을 연이어 겪은 유월이었다.

다 참을 수 있었다. 비운성에 대한 믿음이 있었기 때문이다. 그런 유월에게 마검의 말은 절대 받아들일 수 없는 것이었다.

유월이 진실을 똑바로 말하란 눈빛을 쏘아붙였다. 마검은 자신의 말이 한 치의 거짓도 없다는 눈빛으로 응대했다.

"믿고 안 믿고는 자네 판단이겠지."

더 이상 할 말이 없다는 듯 마검이 자리에서 일어났다.

방을 나서려던 마검이 문 앞에 멈춰 섰다. 등을 돌린 채 그가 말했다.

"그날의 선택에서 난 비 교주를 선택했네. 우리 모두 그랬지. 물론 지금 이 순간에도 비 교주에 대한 충성심은 변함이 없네. 그가 죽으라면 망설이지 않고 죽을 것이네. 하지만 가끔 생각한다네. 그날의 내 선택이 과연 올바른 것이었을까 하고."

말을 마친 마검이 떠나갔다. 그때까지 유월은 멍하니 깨어진 술병을 내려다보며 앉아 있었다.

한참 후 유월이 나직이 말했다.

"…웃기지 마!"

가슴속 깊은 곳에서 맹렬한 열기가 솟구쳐 올랐다.

그 무엇으로도 막을 수 없는 맹렬한 마기였다.

第四十五章

유월비검

魔刀爭霸

가질 수 없는 것일수록 미련의 접착력은 더욱 강력해진다. 물엿을 뒤집어쓴 듯, 그 끈끈하고 찝찝한 느낌은 '이제 포기하자'란 결심만으론 쉽게 씻어내기 힘들다. 미련은 곧 열망이다.

난주 외곽의 선화객잔의 구석 자리에서 시켜둔 음식이 다식도록 젓가락을 들지 않는 비검의 심정도 그러했다. 송가장을 떠나온 그녀는 여전히 난주를 떠나지 못하고 있었다. 떠나지 못하는 것은 유월에 대한 미련 때문이었다.

힐끔거리며 자신을 훔쳐보는 시선들이 느껴졌다. 죽립이나 면사를 쓰지 않은 날이면 으레 따라붙는 시선들이었는데 오늘따라 그 시선이 짜증스럽게 느껴졌다.

비검이 병째로 술을 들이켰다. 빈속이어서 그런지 죽엽청의 알싸함이 금세 온몸으로 퍼져 나갔다. 내력으로 취기를 누르지 않았기에 그녀의 얼굴은 노을처럼 붉게 물들어갔다.

자신을 향하던 시선들 중 유독 음흉함이 강했던 시선 하나가 이제 노골적으로 자신을 훑기 시작했다. 오늘 같은 날은 귀찮게 하지 말라는 바람을 무시하며 그 시선이 그녀에게 다가왔다.

기생오라비 같은 놈이 마주 앉았다. 딴에는 옷이며 장신구며 제법 꾸민다고 꾸몄는데 척 봐도 여인깨나 울리고 다녔을 개자식이었다.

"하하. 홀로 술을 드시는 모습이 너무 아름다워서 그냥 지나칠 수가 없었습니다. 제 술 한잔 받으시죠?"

비검이 피식 웃었다. 그녀 웃음에 담긴 가소로움이 사내에게는 일단계 접근 성공으로 보였는지 허락도 구하지 않고 비검의 잔에 술을 채웠다. 비검은 그를 죽이리라 마음먹었다.

비검이 창문 쪽에 팔을 받치고 머리를 비스듬히 기댔다. 그 황홀한 자태에 사내가 침을 꿀꺽 삼켰다. 사내는 타오르는 욕망을 애써 감추었다.

"전 일도멸마(一刀滅魔) 풍소(豊蔬)라 하오."

비검이 창밖으로 시선을 돌리며 툭 내뱉었다.

"거창하군."

반말에 그 내용까지 상대를 깔보는 말이어서 상당히 기분이 상했을 텐데 풍소는 오히려 호탕하게 웃었다.

"하하. 과연 강호의 여협답게 호탕하시군요. 마음에 듭니다."

문득 비검은 왜 자신이 유월에게 빠져들었는지 깨달았다. 유월에게는 이런 재수없는 가식이 없다. 저 발정과도 같은 수작질도 없다.

유월 앞에서 자신은 평범한 여인에 불과하다. 그런 면에서 어쩌면 유월이 여인을 유혹하는 기술로는 가장 고수일지도 모른다. 물론 자신이 의도하지 않았겠지만.

거기에 생각이 미치자 비검은 절로 미소가 지어졌다. 헤어진 지 얼마나 되었다고 벌써 그가 보고 싶었다. 이제 떠나야 한다고 마음먹자 그 그리움은 주체할 수 없을 정도로 커져 가고 있었다.

유월을 향한 애틋한 미소가 제 죽을지 모르는 풍소의 애간장을 태웠다. 풍소는 당장이라도 달려들어 확 안아버리고 싶다는 욕망을 애써 참았다.

"저도 한잔 주시지요."

풍소의 목이 바짝바짝 타 들어갔지만 비검은 그에게 술을 따라주지 않았다.

'얼굴값을 하시겠다. 좋지, 좋아.'

풍소가 애써 미소를 지어 보였다. 그의 머릿속에 꽉 들어찬 것은 굳이 설명하지 않아도 될 오직 한 가지뿐이었다.

그때 또 다른 군상들이 등장했다. 시끌벅적 떠들어대며 사내 둘이 객잔 안으로 들어선 것이다.

"도대체 얼마나 예쁘길래 이 난리냐?"

"일단 보시라니까요."

끌려온 사내는 추풍검(秋風劍) 승백(勝白)이었다. 풍소가 만수문의 초청을 받고 난주로 왔다면 승백은 백화방의 초대를 받은 무인이었다. 두 사람뿐만 아니라 만수문과 백화방은 그들의 모든 인맥을 동원해 무인들을 끌어들이고 있었다.

비검을 본 승백의 입이 쩍 벌어졌다. 태어나 이렇게 깔끔하면서도 아름다운 여인은 단언컨대 단 한 번도 본 적이 없었다.

그런 승백의 인상이 확 찌푸려졌다. 비검과 마주 앉은 풍소를 발견한 것이다.

승백은 풍소를 예전부터 알고 있었다. 애초부터 가는 길이 달라 관심이 없는 자였지만 여자라면 환장을 하는 풍소에 대한 지저분한 소문들은 언제나 눈살을 찌푸리게 했다.

게다가 이번에 만수문의 청탁을 받고 칼을 빌려주러 왔다는 사실도 이미 알고 있는 바였다. 한 번쯤 검을 겨눠야 할 상대였다. 그런 그가 천하에 두 번 보기 어려운 미녀와 동석을 하고 있었으니 자연 기분이 언짢아졌다.

승백의 눈매가 매서워지자 풍소가 싸늘하게 말했다.

"여전히 네 검은 가을바람처럼 가볍군."

쾌검을 칭하는 말이 아니라 조롱이었다. 미인을 보기 위해 후배의 손에 끌려온 추태를 비웃는 것이었다.

승백이 수치심에 얼굴이 달아올랐다. 못 볼 꼴을 보인 것은 분명했다. 물론 그렇다고 벙어리가 된 것은 아니었다.

"자고로 영웅호색이라 했다. 네놈처럼 제 분수도 모르고 대가리부터 쳐 들이밀려는 색골과는 다르겠지?"

그러자 풍소가 껄껄거리며 비검에게 말했다.

"신경 쓰시지 않아도 될 비천한 자입니다."

비검은 그의 말을 듣고 있지 않았다. 그녀의 멍한 시선은 창밖을 향해 있었다.

이번에는 풍소의 얼굴이 수치심으로 붉어졌다. 그 좋은 기회를 놓칠 승백이 아니었다.

"애달픈 색심의 메아리가 여기까지 들리는구나."

참지 못하고 풍소가 버럭 소릴 질렀다.

"닥쳐라! 이 주둥아리 노란 개잡놈아!"

"고 쥐방울만 한 거 한번 흔들어볼 거라고 애쓴다, 이 후레자식아!"

두 사람이 서로에게 난잡한 욕설을 퍼부어댔다. 승백을 데려온 사내까지 함께 욕설을 퍼붓자 장내는 이내 시끄러워졌다.

말없이 창밖을 응시하는 비검의 귀에는 아무 소리도 들리지 않았다.

그녀의 세상은 어느새 조용해져 있었다. 주위의 소란은 마치 다른 세계의 일인 듯 그녀만의 공간이 만들어졌다.

처음 유월과 만났을 때가 떠올랐다. 방문을 열고 들어오던 유월. 자신을 바라보던 그 날카롭던 눈빛. 유월의 얼굴이 변하며 이번에는 따스한 웃음을 만들어냈다. 동시에 그녀도 미소를 지었다.

유월의 말이 그녀의 마음속에 울려 퍼졌다.

"일이 모두 끝나면… 네 손에 죽어주지."

말이 끝나는 순간 자신을 향해 웃음을 짓던 유월의 표정이 무섭게 바뀌었다. 자신과 생사혈투를 벌일 때의 그 무서운 얼굴로. 비설이 의식적으로 다른 얼굴을 떠올렸다. 이번에 떠오른 얼굴은 죽음을 각오하고 달을 올려다보던 담담한 얼굴이었다.

"…괜찮아."

죽음을 받아들이던 유월의 서글픈 미소였다. 보고 싶지 않았기에 비검의 고개가 내저어졌다. 그녀의 의식은 필사적으로 또 다른 유월의 모습을 그려냈다.

"너에게도 한없이 서툴기만 하던 시절이 있지 않았나?"

유월이 웃음은 비설을 향해 있었다. 질투가 났다. 자신이 질투심을 느낀다는 것에 화가 났다. 하지만 그 분노보다 앞서는 것은 유월에 대한 그리움이었다.
'돌아가자. 돌아가서 다신 강호에 나오지 말자.'
평생 무공만 수련하고 살다 보면 그를 잊을 수 있을 것이다.

그녀만의 세상이 깨어졌다. 풍소와 승백의 듣기 싫은 욕설이 그녀의 귀를 때리듯 들려왔다. 싸워도 열 번은 더 싸웠을 그 시간 동안 그들은 여전히 욕질만 해대고 있었다.

갑자기 피곤함이 몰려왔다. 그녀의 손바닥에서 아지랑이가 피어오르는가 싶더니 이내 두 개의 비수가 만들어졌다. 무형비란 지고한 절기로 죽일 가치도 없는 자들이었지만 절대비도에 피를 묻히기도, 손조차 대기 싫은 자들이었다.

막 무형비를 날리려는 순간, 비검의 눈이 커졌다. 그녀가 헛것을 봤다는 표정으로 눈을 깜박였다. 하지만 그녀를 놀라게 한 대상은 객잔 문을 열고 그녀 쪽으로 걸어오고 있었다. 유월이었다.

"왜 당신이?"

비검이 자리에서 벌떡 일어났다.

그제야 싸움을 해대던 풍소와 승백이 분위기를 파악했다.

서로를 뚫어질 듯 응시하는 유월과 비설의 모습에 두 사람이 동시에 인상을 찌푸렸다.

유월이 풍소와 승백 사이를 가로질러 걸어왔다.

풍소가 신경질적으로 소리쳤다. 욕설을 퍼붓던 끝이어서 자연 입이 거칠었다.

"이 잡종새긴 뭐야!"

빠악!

유월의 주먹에 가슴을 강타당한 풍소가 뒤쪽 벽으로 날아갔다. 그 옆에서 우물쭈물하던 승백이 뒤이어 날아든 유월의 주먹에 턱이 부서지며 뒤로 날아갔다.

유월은 여전히 비검만을 노려보며 다가오고 있었다.

비설은 느꼈다. 유월은 화가 나 있었다. 격분이라 표현해야할 정도의 분노. 만난 이래로 이토록 화난 유월의 모습을 그녀는 본 적이 없었다. 무엇인가에 큰 충격을 받았음이 틀림없었다.

이윽고 비검 앞까지 걸어온 유월이 그녀의 목을 움켜쥐었다. 비검은 아무 반항도 하지 않았다.

"너!"

비검은 아무 말도 하지 않은 채 유월을 응시했다.

휘리릭!

허공에서 누군가 모습을 드러냈다.

"그 손 놔라!"

카랑카랑한 일갈을 내지르며 유월을 향해 일검을 내지르는여인은 숨어서 비검을 지켜주는 화령이었다.

쉬이익!

따앙!

그녀의 검이 유월의 손가락에 튕겨 날아갔다. 유월의 왼손으로 화령이 빨려 들어가듯 날아갔다. 오른손으로는 비검을, 왼손으로는 화령의 목을 움켜쥔 유월의 몸은 거대한 불꽃에 휩싸인 것처럼 마기로 불타오르고 있었다.

자신을 노려보는 그 무서운 눈빛에 화령이 자신도 모르게 눈을 질끈 감았다. 비검에 대한 무한한 충성심도 몸이 느끼는 공포심을 이겨내지 못했다.

"이 아이는 놓아줘."

비검은 차분했다. 유월이 화령을 움켜쥔 손을 놓았다. 화령은 그 자리에 주저앉고 말았다. 유월에게서 뿜어져 나오는 마기를 견딜 수가 없었다.

화령을 놓아준 대신 유월이 비검을 자신의 얼굴 앞으로 바짝 당겼다.

"너 뭐야? 너희들 도대체 누구야!"

유월을 바라보던 비검의 눈에 눈물이 맺혔다. 유월이 거칠게 행동해서가 아니었다. 멱살을 쥐고 흔들어대도 유월을 다시 만난 것이 너무나 기뻤다. 그런 자신의 처지가 슬픈 것이다. 그를 다시 만나지 못한다는 것이 슬픈 것이다.

한줄기 눈물이 그녀의 볼을 가르며 흘러내렸다.

그녀의 눈물에 유월의 손에서 힘이 빠져나갔다. 뻗쳐 나오던 마기가 잦아들었다.

서로의 얼굴은 가까웠다. 비검이 유월의 볼에 손을 가져다 대었다. 따스한 체온이 서로에게 전해졌다. 누가 먼저랄 것도 없이 자연스럽게 두 사람의 입술이 맞닿았다. 짧지만 강렬한 입맞춤이었다.

두 사람이 동시에 눈을 떴다. 유월의 시선을 피해 비검이 고개를 숙였다. 그녀의 몸이 가늘게 떨리고 있었다.

돌아서 나가려는 비검의 팔목을 유월이 붙잡았다.

유월이 말했다.

"가지 마."

비검이 두 눈을 질끈 감았다. 자신이 하고 싶은 말이었다. 나와 함께 떠나자고. 진짜를 가리기 위해 서로 죽고 죽이는 이깟 싸움 따윈 잊어버리고 멀리 떠나 버리자고. 이 싸움은 우리 싸움이 아니라고.

비검이 유월의 팔을 뿌리치려 했다. 유월은 그녀의 팔을 놓아주지 않았다. 오히려 유월이 비검의 손을 잡아끌었다.

쉭쉭쉭쉭!

나락도가 객잔 벽을 가루로 만들었다.

비검의 손을 잡아끌며 유월이 밖으로 날아갔다. 그의 품에 안기다시피 한 비검이 함께 날았다. 온몸을 태우며 번쩍였다가 어둠 속으로 사라지는 밤하늘의 벼락처럼 두 사람은 그렇게 사라졌다.

화령이 뒤늦게 일어났다. 자신의 검을 주워 들었다.

그녀가 두 사람이 사라진 곳을 바라보았다.

"…아가씨."

그녀가 한숨을 내쉬었다. 비검의 마음이 어떤 것인지 알 수 있었다. 자신도 여인이었기에. 그 사랑이 얼마나 위험한 결과를 낳을지도.

화령이 천천히 객잔을 나섰다. 발정난 개 두 마리는 그때까지도 죽는 소릴 내며 일어나지 못했다.

*　　　　*　　　　*

내 꿈은 언제나 악몽이었다.

대지가 울렁이고 하늘이 무너져 내리는.

오늘의 꿈은 달랐다.

우리 집안은 멸문당하지 않았다. 그 악몽 같았던 날은 평범한 일상의 하루로 끝났다. 그날 여동생은 연을 만들어달라고 졸랐고, 나는 고황죽과 창호지로 커다란 방패연을 만들었다. 처음 만든 연이었지만 남다른 손재주 탓인지 연은 하늘 높이 날아올랐다. 연을 날리며 동생은 행복하게 뛰어다녔다.

평화로운 나날이 지났다. 난 관청의 관리가 되었다. 창고의 재고를 정리해 보고하는 말단관직이었지만 그 일은 적성에 맞았다.

환갑을 앞둔 아버지는 정정했고 어머니는 여전히 아름다웠다. 동생은 어머니의 눈매를 닮은 멋진 여성으로 성장했다. 내가 혼인을 하지 않으면 저도 하지 않겠다며 고집을 부리던 동생은 어느새 두 아이의 부모가 되어 있었다. 혼인식하던 날 미안하다며 한쪽 눈을 찡긋하던 그날의 동생은 너무나 아름다웠다.

'너도 어서 좋은 배필을 만나야지.'

언제나 어머니의 걱정은 오직 그것이었다. 무뚝뚝한 아버지는 마음에 둔 여인이 없냐고 넌지시 물어오셨다.

꿈속의 말은 귀로 들리지 않았다. 마치 무성극에 나오는 배우들처럼 말을 했지만 소리는 들리지 않았다. 하지만 무슨 말을 하는지 알 수 있었다. 말은 마음으로 들려왔다.

…꿈속의 시간은 이형환위의 신법처럼 공간과 시간을 훌쩍 훌쩍 뛰어넘고 있었다.

아버지의 환갑 잔칫날, 난 그녀를 만났다.

그녀의 이름은 비검이었다. 그녀는 아버지의 절친한 친우의 딸이었다. 그녀는 너무나 아름다웠다.

우린 첫눈에 서로에게 반했다. 우리의 사랑을 방해하는 것은 아무것도 없었다. 처음 차를 마셨던 다루(茶樓)는 깔끔했고, 함께 봄나들이를 하며 보았던 벚꽃은 아름다웠다. 커다란 느티나무 아래서 난 그녀와 처음 손을 잡았다.

다시 공간이 바뀌었다.

드넓은 설원.

나는 새하얀 눈이 끝없이 펼쳐진 설원을 그녀와 달리고 있었다. 그녀의 피부는 눈보다 깨끗했다. 빙산 너머 떠오른 태양을 담은 그녀의 눈빛은 너무나 맑았다.

그녀가 얼음 위를 아이처럼 뛰어다녔다. 얼음 위를 미끄러지며 장난을 치던 그녀가 균형을 잡지 못하고 엉덩방아를 찧었다. 바닥에 주저앉아 그녀가 까르르 웃었다. 나도 함께 웃었다.

내가 손을 내밀자 그녀가 그 손을 마주 잡으며 일어났다. 그녀의 따스한 체온이 손바닥을 통해 전해졌다. 꿈이란 것을 의식했지만 또 다른 의식은 간절히 바랐다. 제발 꿈이 아니기를.

그녀가 어딘가를 향해 손가락을 가리켰다. 그녀의 손끝에

가파른 설산을 배경으로 오두막집 한 채가 보였다.

우린 약속이나 한 듯 동시에 고개를 끄덕였고 함께 달려갔다.

통나무로 만들어진 오두막은 아이들에게 읽히는 책에서나 나올 것같이 아담하고 예쁜 집이었다. 너무나 아기자기해서 오히려 현실감이 없는 그곳으로 그녀와 함께 들어섰다.

그녀가 배가 고프지 않느냐고 물어왔다. 그렇다고 대답하자 그녀가 솜씨 발휘를 해보겠다며 소매를 걷어올렸다.

그녀의 손이 도마질을 시작했다. 도마질 소리는 세상의 그 어떤 소리보다 듣기 좋았다. 난 사랑한다고 말했다. 도마질 소리가 더욱 경쾌해졌다.

요리를 기다리며 난 한옆에 마련된 벽난로에 불을 피웠다. 장작이 타올랐다. 쪼그리고 앉아 불을 쬐니 너무 따스했다.

그녀가 잠시 도마질을 멈췄다. 그녀가 날 돌아보며 행복하다고 말했다.

행복.

문득 그 말이 낯설게 느껴졌다.

지금 더없이 행복한데, 그랬기에 그 말은 당연하고 기분 좋은 것이 되어야 했는데. 내 꿈에 현실이 틈을 비집고 들어오기 시작한 순간이었다.

난 애써 행복하리라 마음먹었다. 난 행복할 것이다.

그녀에게 나도 행복하다란 말을 해주었다. 여전히 어색하다는 생각이 들었다. 하지만 그녀는 환하게 웃어주었다.

드디어 모락모락 따스한 김이 나는 요리가 차려졌다.

처음으로 맛보는 그녀의 요리다. 맛이 좀 없으면 어쩌랴.

한데 진짜 맛이 없었다.

표정 관리에 실패한 나에게 그녀가 눈을 흘겼다. 보란 듯이 그녀가 국을 마셨다. 자신만만하던 그녀의 표정이 우엑 하며 찌푸려졌다.

미안함에 어쩔 줄 몰라 하는 그녀의 표정이 너무나 귀여웠다. 국을 버리려는 그녀의 손을 붙잡았다. 난 한 방울도 남김없이 국을 후루룩 마셨다. 말리던 그녀가 결국 배시시 웃었다.

그녀와 나란히 침상에 기대앉았다. 그녀가 내 어깨에 기대왔다. 그녀의 머리카락에서 봄풀의 향긋함이 묻어났다.

창밖으로 눈발이 거세지고 있었지만 실내는 너무나 따뜻했다.

우린 지상의 방 한 칸을 얻었다.

우린 행복하다.

그리고 그녀와 나의 행복은 딱 거기까지였다.

…그래서 내 꿈은 언제나 악몽이다.

창밖에서 메아리 같은 소리가 들렸다.

칠초나락.

칠초나락? 그게 뭐지? 처음 듣는 소리였다. 지나가는 행인이 일행을 부르는 소리일 것이다. 또다시 같은 소리가 들려왔다. 이번에는 그 소리가 더욱 커졌다.

칠초나락.

내게 기댄 그녀의 몸이 떨리기 시작했다. 그녀의 공포심이 전해져 왔다. 그냥 지나가는 사람들이라고 그녀를 안심시켰다. 하지만 그녀는 계속 떨었다.

비겁!

이제 밖에서는 그녀를 찾고 있었다. 우릴 찾아온 손님인 것이다.

그녀가 공포에 질린 얼굴로 말했다.

귀도.

귀도? 역시 처음 듣는 말이었다. 누구냐고 묻자 그녀가 날 빤히 쳐다보았다. 서글픔이 가득 담긴 눈빛이었다. 만약 이 꿈이… 그녀의 꿈이었다면… 이미 그녀는 꿈에서 깨어버린 것이리라.

가야 해요.

그녀의 얼굴 가득 서글픈 수심이 넘실댔다. 이해할 수 없는 일이었다. 난 보내지 않을 것이다.

다시 나를, 그리고 또 그녀를 부르는 소리가 들렸다. 소리는 손을 내밀면 잡을 수 있을 정도로 다가와 있었다.

내가 벌떡 일어났다. 그녀가 내 손을 잡았다.

가면 죽어요.

그녀는 울고 있었다. 난 분노했다. 보이지 않는 것이 눈앞의 그녀를 울리고 있다. 실체 없는 것이 숨 쉬는 삶을 짓밟을 순 없다. 난 주위를 돌아보며 무엇인가 찾았다. 날 죽일 그 무엇인가를 내가 죽일 것이다.

흥분한 내가 문 옆에 세워진 것을 주워 들었다. 막대기라 생각했던 그것은 묵직한 도였다. 나락이란 글귀가 새겨져 있었다. 기분 나빴다. 하지만 나락도는 내 손에 익숙하게 느껴졌다.

난 점점 꿈에서 깨고 있다.

용감하게 문을 열었다. 찬바람이 휘몰아쳐 들어왔다. 난 그녀에게 나오지 말라고 당부했다. 이건 남자인 내가 해결할 일이라고 큰소리쳤다.

눈보라 속에 우뚝 선 사내는 검은 피풍의를 두르고 있었다.

사내의 얼굴 부분에는 흐릿한 안개가 피어올라 아무리 노려봐도 알아볼 수 없었다.

따라 나온 그녀가 내 앞을 막아섰다.

살려주세요.

그녀는 애절했다. 그녀는 여전히 울고 있었다. 그녀의 눈물을 누군가와 공유하고 있다는 사실이 내 피를 거꾸로 돌게 만들었다. 손에 들린 도가 징징거리며 울기 시작했다.

울지 마.

그녀에게, 나락도에게 소리쳤다.

난 그녀를 내 등 뒤로 잡아당겼다. 다시 애원하는 그녀에게 소리쳤다.

그만 해!

처음으로 그녀에게 화를 냈다.

나를 응시하는 그녀의 눈빛에는 이제 체념이 담겼다.

걱정 마. 내가 쫓아버리면 끝날 일이다.

너 누구냐.

내 물음에 안개 속의 얼굴이 웃었다. 난 느꼈다. 그는 분명히 웃고 있었다. 가소로움의 웃음이었고 승리의 웃음이었다.

그에게 달려들었다. 내 몸은 가벼웠고 단 한 번도 휘둘러 보지 않았던 도에서 도기가 뻗쳤다. 이제 내 꿈은 현실을 바탕에 둔 꿈으로 바뀌어가고 있었다. 난 점점 깨고 있었고, 난 깨기 싫었다.

죽어.

귀도를 베었다. 하지만 귀도는 쓰러지지 않았다. 피한 것인지 그냥 막은 것인지조차 알 수 없었다.

나락도가 어지럽게 허공을 갈랐다.

도기, 도강, 어도.

내가 할 수 있는 모든 절기가 쏟아져 나왔다. 하지만 귀도는 죽지 않았다. 귀도는 실체가 없는 실체였고, 비현실적인 현실이었다.

나는 초조했다. 한 방에 놈을 날려 버리고 그녀와 오두막 안으로 다시 들어가고 싶었다. 이곳은 너무 춥다.

귀도의 주먹이 날아들었다.

가볍게 휘두른 그 주먹은 너무나 빨라 피할 수 없었다.

꿈속이었지만 너무나 아팠다. 난 비탈길에서 발을 헛디딘 늙은 노새처럼 볼품없이 뒹굴었다. 나를 살려달라는 그녀의 애원이 들렸다. 난 벌떡 일어났다.

귀도가 처음으로 입을 열었다.

내 칼은 명분이 없다고 했다. 그래서 죽어도 부끄럽고 살아도 부끄럽다고 했다. 난 웃기지 말라고 소리쳤다.

어금니를 앙다물고 그를 향해 몸을 던졌다. 어깨로 몸통을 가격한 후 다시 그의 목을 휘감아 꺾어버릴 작정이었다. 하지만 나의 어깨는 그의 몸에 닿지 못했다. 대신 그의 발이 나의 턱에 닿았다.

허공을 붕 날아오를 때 하늘이 보였다. 쏟아져 내리는 눈 사이의 하늘은 어둡고도 검었다.

다시 바닥을 뒹굴었다. 턱이 깨어질 듯 아팠다. 부러진 이가 우수수 흘러나왔다. 눈물이 흘러내렸다. 아프고도 분한 눈물이었다.

귀도가 그녀에게로 다가갔다.

나는 도망가라고 소리쳤다. 하지만 그녀는 그러지 않았다.

귀도가 그녀의 뺨을 때렸다.

난 다시 달려들었다. 턱이 너덜거렸다.

내 주먹은 이내 그의 손에 붙잡혔다.

난 다시 내팽개쳐졌다. 내 가슴을 그가 지그시 짓밟았다. 억울함과 분함, 그녀를 잃을지도 모른다는 두려움에 난 뒤집어진 거북이처럼 몸을 버둥거렸다.

날 내려다보는 귀도의 안개가 멸시와 경멸을 뿜어내고 있다.

그녀가 귀도의 발에 매달렸다. 나를 짓밟고 있는 발에 매달려 그녀가 애원했다. 그녀의 눈물이 내 가슴을 적신다.

그녀를 바라보는 귀도의 얼굴은 더욱 흐려져 있었다. 그녀를 바라보는 귀도의 표정을 읽을 수가 없었다.

귀도가 돌아섰다. 그녀가 그의 뒤를 따라 걸었다.

안 돼, 가지 마!

말소린 나오지 않았다. 들리지 않았는데도 그녀가 돌아보았다.

가슴 시린 안타까움이 담긴 그녀의 눈동자는 이내 눈바람 너머로 사라졌다.

차가운 바닥에 누운 채 나는 울고만 있었다.

눈은 더욱 세차게 쏟아졌다. 몸에 눈이 쌓이기 시작했다.

귀도.

난 이제 완전히 현실로 돌아와 있었다. 지금은 꿈도 현실도 아닌 그런 상황이었다. 왜 이런 꿈을 꾸는 것일까? 귀도에 대한 두려움 때문일까? 거의 난 꿈을 깨기 직전이었다.

그 꿈의 끝 자락에서 누군가 나를 내려다보고 있었다.

사내였다. 아주 무섭게 생긴 사내였다. 사내의 얼굴은 내 명패에 새겨진 악귀상과 닮아 있었다. 사내의 몸이 다섯 빛깔로 바뀌어갔다. 내 가슴에 새겨진 색과 같았다.

그는 자존심이 잔뜩 상한 얼굴로 날 내려다볼 뿐이었다.

나는 멍하니 그를 올려다보고만 있었다. 나로서는 그의 정체를 알 수 없었다. 어차피 꿈이었기에 그가 누구인지 상관이 없었다. 어서 깨고 싶을 뿐이었다.

그가 쏟아지는 눈발을 지그시 올려다보며 물었다.

진짜 마인이 되고 싶으냐?

그 순간, 난 눈을 번쩍 뜨며 꿈에서 깨어났다.

유월이 눈을 떴을 때 비검이 내려다보고 있었다.

벗어둔 옷으로 가슴을 가린 그녀의 새하얀 어깨는 꿈속의 눈처럼 깨끗했다.

비검의 시선은 유월의 가슴에 가 있었다. 매끈한 근육 위로 새겨진 수많은 상처들. 그중에서도 비검의 시선은 오직 오색혈수인의 상처에 고정되어 있었다.

비검의 손바닥이 유월의 상처에 포개졌다.

유월의 가슴에 새겨진 손바닥은 그녀의 손바닥보다 훨씬 컸다.

'이 상처……!'

그녀의 눈빛이 흔들렸다.

유월이 그녀의 팔을 잡아끌었다. 그녀가 유월의 가슴에 포개지듯 안겼다.

"다행이야."

눈을 떴을 때 그녀가 사라진 후였다면 얼마나 아쉬웠을까? 떠나지 않은 그녀가 너무 고마웠다.

동굴 천장에서 맑은 물이 똑똑 떨어지고 있었다.

두 사람이 나란히 누운 곳은 오천산 꼭대기의 천연동굴이었다. 어제 아침만 해도 상상도 못했던 밤이 지나간 것이다.

한참 동안 두 사람은 아무 말이 없었다.

"악몽 꿨지?"

유월이 대답 대신 고개를 끄덕였다.

귀도에 대한 강박관념이 자신의 무의식을 자극한 것이리라. 문득 유월은 귀도에 대해 묻고 싶었다. 하지만 묻지 않았다. 귀도는 자신의 운명의 길 끝에 서 있는 인물이었다. 언젠가 반드시 만나게 될 것이다. 문득 마지막에 나타났던 사내의 얼굴이 떠올랐다.

비검이 다시 물었다.

"어젠 왜 그렇게 화가 나 있었지?"

"……."

마검의 말이 진실일지도 모른다는 생각 때문이었을 것이다. 비운성을 완전히 믿지 못하는 자신의 약한 마음 때문일지도 몰랐다. 어쨌든 어제 그 순간은 스스로를 주체하지 못할 정도로 혼란스러웠다.

결국 그 혼돈의 중심에는 배신감이 자리하고 있으리라. 아니, 배신감이란 말은 어울리지 않았다. 비운성은 자신에게 해줄 수 있는 모든 것을 베풀어준 사람이다. 그가 아니었다면 지금의 자신은 존재하지 않을 것이다. 그가 자신을 배신한 것은 없다. 그런데 왜 화가 났을까?

지금까지 자신이 해온, 자신이 죽여온 그 모든 것의 명분이 무너졌다는 상실감 때문일까? 명분 없는 도살자의 칼로 전락한 자신의 신세에 대한 분노였을까?

역시 아닐 것이다. 지금까지 '천마신교의 흑풍대주' 란 자리를 자랑스럽게 여긴 적은 단 한 번도 없었다. 명분을 따지는 것은 변명에 불과하다. 복수를 위한 힘을 키우고 싶다는 욕망에서 시작한 길이었다. 자신의 길은 희미해져 갔기에 더없이 서글픈, 그러나 여전히 복수를 위한 길이었다.

어쩌면 자신에게 그 모든 것을 숨긴 비운성에 대한 섭섭함 때문일지도 모르겠다. 그렇게 사랑을 줬으면 진실도 함께 줬어야 한다는 섭섭함.

천장에서 떨어지는 물방울을 응시하며 유월이 물었다.

"정말 너희가 진짜 천마신교인가?"

비설이 빤히 유월의 얼굴을 응시했다.

"이젠 나조차도 헷갈려."

농담처럼 말했지만 그건 그녀의 진심이었다. 그녀가 유월의 가슴에 새겨진 오색혈수인을 떠올렸다. 유월이 오색천마혼을 불러낸 것과 분명 관련이 있는 상처일 것이다. 이런 상처를 남길 수 있는 유일한 사람의 얼굴이 떠올랐다.

'…아버지.'

과거에 어떤 일이 있었던 것일까?

천마혼과 오색천마혼… 그리고 두 개의 천마신교.

자신이 진짜라고 믿어온 천마신교.

그가 진짜라고 믿어온 천마신교.

자신이 가장 사랑했던 사람과 이제 막 사랑을 느낀 사람. 그 두 사람 아버지와 유월은 분명 끊을 수 없는 인연을 맺고 있었다. 만약 그것이 최악의 악연이라면? 그녀의 마음 한구석이 저리듯 아파왔다.

비검이 흘러내린 옷자락을 끌어 올렸다. 아직 동굴 안은 어두웠지만 그녀의 눈에는 주위가 대낮처럼 밝게 보였다. 유월의 눈에는 더욱 밝을 것이다. 부끄러운 마음이 들었다.

그녀의 마음을 읽은 것일까? 유월이 그녀의 손을 잡았다.

"우리… 아무도 찾지 못하는 곳으로 도망갈까?"

그 유월답지 않은 제의에 비검이 피식 웃었다. 비검이 웃자 유월이 따라 웃었다. 두 사람의 웃음소리가 동굴 안에 울려 퍼졌다. 한참을 웃던 유월이 다시 진지하게 말했다.

"네 뜻에 맡길게."

"그런 말은 바람둥이나 하는 말이야. 지키지 못할 약속 따윈 하지 마."

유월이 비검 쪽으로 몸을 돌렸다.

진지한 눈빛으로 그녀를 바라보며 유월이 말했다.

"농담 아냐."

"무리하지 말래도."

마주 보는 고집스런 눈빛들이 깊어졌다. 결국 비검이 화난 목소리로 말했다.

"설이 그 아이는 어쩌고? 네가 그렇게 충성을 다 바치는 비운성은? 너 하나만 믿고 따르는 흑풍대 수하들은 어쩌고? 다 버릴 수 있어?"

유월의 눈빛이 잠시 흔들렸다. 하지만 이내 매정한 말이 흘러나왔다.

"상관없어."

비검의 눈동자가 파르르 떨렸다. 이내 그녀가 입술을 꼭 깨물었다.

"웃기지 마. 하룻밤 같이 잤다고 네 여자인 듯 굴지 마."

비검이 옷으로 몸을 가리며 유월의 품에서 벗어났다. 지금까지 그 어떤 남자도 보지 못했던 그녀의 새하얀 등이 유월의 눈에 가득 담겼다. 그 환상적인 몸매가 유월의 가슴을 뛰게 만들었다.

그녀 말처럼 자신은 무리를 하고 있었다. 하지만 적어도 지금 이 순간만은 모든 것을 다 떨쳐 버리고 그녀와 어디론가 떠나고 싶었다. 그래서 꿈속에서처럼 그렇게 아기자기 행복하게 살고 싶었다. 하지만 꿈처럼 현실도 악몽으로 끝을 맺게 될지도 모른다는 두려움도 함께 들었다.

풍덩.

그녀가 동굴 안의 작은 연못으로 뛰어들었다.

유월이 자리에서 일어났다. 벌거벗은 유월의 몸에는 셀 수 없이 많은 상처들이 새겨져 있었다.

비검이 유월의 벌거벗은 몸을 보지 못하고 그대로 물속에 잠겼다.

그녀가 다시 물 밖으로 고개를 내밀었을 때, 유월은 그녀 앞까지 다가와 있었다. 이렇게 만나지 않았다면… 정말 원없이 사랑할 수 있는 사내.

비검이 쓸쓸하게 말했다.

"변한 건 아무것도 없어."

유월의 맑은 눈빛이 반짝였다.

"이미 많은 것이 변해 버렸어."

비검이 한숨을 내쉬었다. 비검의 손이 유월의 얼굴을 매만졌다. 뺨에 그어진 상처를 따라 비검의 손길이 흘러내렸다.

"당신… 이러지 마. 당신답지 않아. 설사 이대로 달아난다고 해도 이 강호에 우리가 숨을 곳이 있으리라 생각해? 절대 없어. 만약 무사히 숨었다 해도 당신은 반드시 이 결정을 후회하게 될 거야. 가슴에 한을 품은 남자와 사는 것… 여자로서 너무 힘들어. 그런 고통은 내게 있어 아버지 한 명으로 족해."

비검이 유월을 감싸 안았다. 차가운 물속이었지만 그녀의 따스한 체온이 전해져 왔다.

"현실에서 도피하지 마. 모든 일이 끝났을 때… 우리 둘 다 살아남는다면 그때는… 어쩌면."

어쩌면이란 표현을 쓸 수밖에 없는 사랑이었다.

유월이 그녀를 꽉 껴안으며 말했다.

"절대 널 죽게 하지 않겠어. 네가 죽으면 나도 죽는다."

자신을 안은 유월의 팔에 힘이 들어갔다. 진실일 것이다. 감격스러웠고 또 유월이 고마웠다.

"같이 죽는 건 쉬워. 문제는 함께 사는 거겠지."

비검이 유월을 밀어냈다. 그녀의 손은 뒤로 밀려나는 유월의 눈동자처럼 안타깝게 떨리고 있었다.

"가… 가서 네가 해야 할 일을 해."

第四十六章

마영추

魔刀
霸爭

무림맹의 군사 제갈회는 당대 최고란 수식어가 낯설지 않은 인물이었다. 그만큼 그는 두뇌회전이 빨랐고 상황 파악이 정확했다. 내심 그는 이 강호상에 진정한 호적수는 마교의 총군사 사도빈밖에 없다는 생각을 품고 있었다.

그런 그가 지금 인상을 굳히고 있었다. 자신이 존경해 마지 않는 무림맹주 마영추의 고집 때문이었다.

"난주로 가봐야겠네."

이미 결심을 굳힌 얼굴로 그가 다시 한 번 같은 말을 반복했다.

"좋은 생각이 아닙니다."

제갈회 역시 같은 말로 그를 설득했다.

훌륭한 모사들이 대부분 그렇듯 제갈회는 주인의 눈치를 살펴 자신의 뜻을 꺾는 이가 아니었다.

"난주는 그들의 놀이터가 아니지."

마영추가 굳이 난주로 직접 가야 한다는 이유였다.

"그렇다고 저희 안방도 아니지요."

난주는 참으로 애매한 지역이었다. 구파일방 중 정도맹에 가장 비협조적인 공동파와 기련사패가 반씩 영향력을 발휘하는 그곳은 사천당문과 갖가지 세외 세력들이 호시탐탐 진출을 노리는, 그야말로 장악하기도 어렵고 지키기는 더 어려운 곳이었다.

마영추가 굳이 그곳으로 가겠다는 결심을 굳힌 이유를 제갈회는 짐작할 수 있었다. 오늘 아침에 날아든 보고 때문일 것이다. 취월루라는 기루에서 큰 싸움이 벌어져 일반인들 수십 명이 죽었다는 보고였다. 마교의 흑풍대가 그곳에 가 있다는 것을 알고 있는 상황이었다. 마영추는 그들의 소행이 틀림없다고 확신하고 있었다. 마영추의 협의(俠義)는 실로 큰 것이어서 일반 백성들이 무림인들의 싸움에 말려들었다는 사실이 그에게 큰 분노를 안겨줬을 것이다. 제갈회는 그의 고집을 이해할 수 있었다.

제갈회가 이해할 수 없는 것은 오히려 흑풍대였다. 자신이 파악하고 있는 흑풍대는 일반인들을 싸움에 몰아넣는 이들이 아니었다. 그렇게 단정 지을 수 있을 정도로 그들은 충분히 강한 자들이었으니까. 그런 자들이 기루의 기녀들과 손님들까지 몰살시켰다는 사실은 의외를 넘어 왠지 모를 불안감까지 불러오고 있었다. 뭔가 일이 벌어지고 있는 것이 틀림없었다. 주작단이 촉각을 곤두세우고 있으니 곧 새로운 정보가 들어올 것이다.

"좀 더 조사를 한 뒤에 가시는 것이 좋을 듯합니다."

"언제까지 말인가?"

앞서 걸어가던 마영추가 제갈회를 향해 돌아섰다. 화원에 핀 해당화가 바람에 흔들렸다.

"그들은 선을 넘었네."

"원래 선이 없는 자들입니다."

"이대로 방치하다가 공동파와 충돌이라도 일어난다면……."

물론 그건 큰일이었다. 지난 오 년간의 평화로 모두들 몸이 근질거리기 시작했다는 것을 제갈회는 느끼고 있었다. 강호인에게 평화란 다음 싸움을 위해 잠시 쉬는 기간에 불과할 뿐이니까. 강호인에게 절대 영원한 평화 따윈 없다. 하지만 지금 시점에 무림맹주가 난주로 가는 것만큼 위험한 일은 아니었다.

'그걸 모를 분이 아닌데.'

게다가 공동파에 그다지 좋은 감정이 아니었던 마영추가 그들에 대한 걱정을 앞세우고 있었다.

'왠지 낯선 느낌이군.'

근래 몇 년간 간혹 느끼던 감정이었다. 그리고 그 낯선 느낌은 오늘따라 유독 강하게 느껴졌다.

"조용히 다녀오지. 현무단 애들만 대동하고."

그건 더욱더 안 될 일이었기에 제갈회가 단호히 고개를 내저었다.

"절대 안 됩니다."

두 사람 사이에 잠시 눈싸움이 벌어졌다. 하지만 제갈회는 마영추의 시선을 피하지 않았다. 목숨을 내놓더라도 절대 말리겠다는 의지였다.

결국 마영추가 한숨을 내쉬었다.

"알겠네. 자네 뜻에 따르지."

"감사합니다. 무례했던 점 용서해 주시기를."

마영추가 그깟 일은 신경 쓰지 말라고 손을 가볍게 내저었다.

"천마의 딸이 하산했네. 죽지 않아야 할 사람들이 죽어나가고 있네. 조금씩 강호가 움직이고 있어. 일어나지 않아야 할 일이 일어날지도 모르네. 난 걱정이 되네."

의미가 뚝뚝 끊어지는 말이었지만 그의 진심이 느껴졌다.

칠년지약이 깨어질까 걱정하는 것이리라. 하지만 그건 자신이 걱정하고 해결해야 할 문제였다.

"감정적으로 대처하시기에는 너무나 민감한 사안입니다."

"그렇겠지."

마영추가 해당화 너머의 비원(秘園)을 바라보았다.

무림맹의 중심에 위치한 비원은 무림맹 내에서도 가장 은밀

184 마도쟁패

하고 경계가 철저한 곳이었다. 바로 무림맹주의 가족들이 기거하는 곳이었다. 젊은 시절 강호 분쟁에 말려 처자식을 잃은 마영추였다. 오직 남은 가족은 노모 한 분뿐이었다.

당대의 비원은 오직 하나의 진법만이 유지되고 있었다. 삼 년 전부터 그의 노모는 치매를 앓기 시작했고 그 병이 점차 깊어졌다. 결국 마영추는 젊은 시비 하나만 남겨둔 채 원래 그곳을 지키던 현무단의 무인들을 모두 물렸다. 모두들 이해할 수 있는 일이었다. 공직에, 그것도 강호를 대표하는 자리에 있는 그였다. 그의 모친을 두고 이런저런 말이 나도는 것은 그 누구도 바라는 바가 아니었다.

"어머니를 모시고 한 며칠 고향에 다녀와야겠네. 어제 잠시 정신이 드셨는데, 고향집을 가고 싶어하시네."

요즘 같은 시기의 출맹은 그리 찬성할 일이 아니었지만 그조차 제갈회는 말리지 못했다. 다행히 고향은 이곳 낙양에서 멀지 않았다.

"그러시지요. 잠시 쉬었다 오시는 것이 좋을 것 같습니다."

"현무단만 데리고 조용히 다녀오겠네."

"언제 출발하시렵니까?"

"말 나온 김에 오늘 출발하지."

"알겠습니다. 곧 준비하겠습니다."

제갈회가 정중히 인사를 하곤 돌아섰다. 마영추는 곧장 화원을 가로질러 비원으로 들어섰다. 마영추가 진법 안으로 들어섰다. 매일 들르는 곳이었기에 능숙하게 생문을 향해 정해진 바닥을 밟았다.

진법을 지나온 마영추가 노모가 거처하는 건물로 들어섰다.

모친의 방에서는 낯익은 광경이 펼쳐지고 있었다.

"이 악귀 같은 년! 썩 물러가라!"

시비에게 모질게 고함을 내지르는 칠순을 훌쩍 넘은 노파는 바로 마영추의 모친인 성 부인이었다. 바닥에 나뒹구는 것은 시비가 차려온 밥상이었다.

성 부인이 마영추를 향해 달려와 그의 손을 잡았다.

"대협! 잘 오셨소. 저 망할 년 좀 죽여주오! 독이 든 음식으로 날 죽이려 한다오!"

"알겠습니다."

정중히 말한 후 마영추가 시비를 향해 짐짓 매섭게 호통 쳤다.

"네 이년! 어서 가서 깨끗한 음식으로 다시 가져오너라."

그러자 하루 이틀 일이 아닌 듯 시비가 한마디 말도 없이 조심스럽게 밖으로 나갔다.

"으헤헤헤헤. 고맙소, 고마워."

아이처럼 천진한 웃음을 짓는 성 부인이 치매에 걸린 것은 삼 년 전의 일이었다. 연로한 나이에도 후덕함과 대협을 아들로 둔 부모로서의 품위를 잃지 않던 그녀였다. 그런 그녀가 하루아침에 정신줄을 놓아버린 것이다. 소식을 들은 일가친척들과 강호원로들은 매우 안타까워했다.

문득 성 부인이 눈을 가늘게 뜨며 고개를 갸웃거렸다.

"한데 뉘시우? 어디서 많이 본 면상인데."

"소자 추아입니다. 어머님의 아들이지요."

"내 아들?"

여전히 고개를 갸웃거리던 성 부인의 안색이 굳어졌다.

"이놈! 네놈이 무슨 망발을 하느냐? 내 아들은 강호에서 제일 높은 사람이다! 네깟 놈이 흉내 낼 인물이 아니다!"

마영추가 씩 웃었다. 자조의 웃음 같기도 했고, 냉소를 띤 웃음 같기도 했다.

"그게 바로 접니다."

"이 썩어빠진 마귀 같은 놈! 내 아들을 어쨌느냐! 어서 불러와라!"

성 부인이 침상 위를 위태롭게 방방 뛰며 발악하듯 고함을 질러댔다.

몸부림치는 성 부인의 손을 잡자 그녀가 소리쳤다.

"이제 네놈이 날 죽이려 드는구나! 우리 아들이 널 용서치 않을 것이야!"

마영추가 조금 차가워진 눈빛을 성 부인에게 보냈다.

그 기세에 눌린 성 부인이 흠칫 놀라며 이불을 뒤집어썼다.

마영추가 웅얼거리는 소리가 들려오던 이불을 젖혔다. 차갑게 내려다보는 아들의 눈빛을 마주 보며 성 부인이 배시시 웃었다.

"배고파, 나 밥 줘!"

이번에는 아이처럼 떼를 쓰기 시작한 그녀였다.

마영추가 침상에 걸터앉았다. 성 부인이 마영추의 어깨자락을 잡아 흔들어대기 시작했다.

"밥, 밥 달라니까!"

마영추가 차갑게 내뱉었다.

"이제 그만 하시지요."

정중했지만 더없이 차가운 감정이 실린 그 말에 성 부인의 손길이 잠시 멈췄다. 스윽 돌아보는 마영추의 눈빛이 달라져 있었다. 지난 삼 년간 하루도 빠짐없이 들러 문안인사를 하던 그 눈빛은 분명 아니었다. 제갈회가 직접 봤다면 어금니를 꽉 깨물며 돌아섰을 그 눈빛은 더 이상 대협 마영추의 것이 아니었다.

마영추가 차분하게 입을 열었다.

"없는 병 만들어 미친 척하느라 수고 많으셨소."

성 부인의 안색이 하얗게 질렸다. 뭐라 말을 하려 했지만 입이 열리지 않았다. 성 부인은 알 수 있었다. 상대가 모든 것을 다 알았다는 것을. 과연 그 말처럼 그녀는 지난 삼 년 동안 치매에 걸린 행세를 해왔던 것이다.

성 부인이 한숨을 내쉬었다. 드디어 올 것이 온 것이다. 참으로 오랜만에 성 부인 본연의 차분한 목소리가 흘러나왔다.

"우리 아들은… 네가 죽인 것이냐?"

마영추가 묵묵히 고개를 끄덕였다.

성 부인이 두 눈을 지그시 감았다. 울컥 솟구치는 눈물을 애써 참았다. 흉수 따위에게 보여줄 눈물이 아니었지만 한줄기

눈물이 결국 그녀의 주름진 뺨을 타고 흘러내렸다.

"…어떻게 이런 일이."

짐작하고 있던 일이었다. 그래도, 그래도 천만분의 일일지라도 아들이 살아 있을지 모른다는 희망으로 살아온 지난 삼 년이었다. 치매에 걸린 것처럼 위장해서라도 살고자 했던 그 모든 의지가 지금 이 순간 와르르 무너져 내렸다.

"어흐흐흑."

그녀의 입에서 애절한 울음이 흘러나왔다. 밤마다 남몰래 흘렸던 눈물이 이제는 메말라 버릴 때도 되었건만, 눈물은 또 다시 넘쳐흐르기 시작했다.

아들이 이상해졌다는 것을 느낀 것은 삼 년 전이었다. 낯선 느낌부터 시작된 그 이질감은 점차 심해져 갔다. 처음에는 일이 힘들어서 그러나 싶었다. 자신의 손을 잡아주는 그 따스한 손길도 여전했고, 어미를 공경하는 효심도 여전했지만 분명 아들은 달라졌다. 오직 제 살을 찢고 나온 어미만이 느낄 수 있는 변화였다.

시간이 흐를수록 점점 아들이 바뀌치기 당했다는 확신이 강해졌다. 처음에는 자신이 노망이 들었을지도 모른다는 생각이 들었다. 아니, 진심으로 그런 것이라면 좋겠다는 생각을 했다. 하지만 자신은 절대 미치지 않았고 아들은 분명 바뀐 것이다.

그 사실을 알리기 위해 갖은 노력을 다했지만 모두 허사였다. 그녀가 눈치를 챘을 그 무렵에는 이런저런 이유로 평생을 자신과 함께해 온 시비들이 하나둘씩 바뀌어갔다. 말로는 낙

향했다고 했지만 자신에게 인사 한마디 없이 떠날 사람들이 아니란 것은 그녀가 모를 리 없었다.

명절이면 찾아오던 친족들의 발길도 뚝 끊어졌다. 마영추가 자신의 병을 앞세워 못 오게 했음이 틀림없었다.

새로 온 시비는 메마른 감정 한 조각조차 지니지 않은 여인 이었다. 분명 강호인이었고, 마영추의 명을 받은 감시자임이 틀림없었다. 자신을 지켜주던 현무단 무인들에게 그 사실을 알렸다. 하지만 그들은 자신의 말을 믿지 않았다. 노망난 노인 네로 생각할 뿐이었고, 미처 그들을 설득하기 전에 현무단 무 인들도 모두 철수했다. 대신 한 발짝도 밖으로 나갈 수 없는 진법이 펼쳐졌다. 자신을 지켜주기 위함이 아니라, 자신이 도 망가지 못하게 하려는 진법이었다.

그날 이후 성 부인은 치매에 걸린 듯 행동하기 시작했다. 살 아남기 위함이 아니라 복수를 위한 노력이었다. 경계와 감시 를 무너뜨리기 위한 그녀의 필사적인 노력.

그러나 그 노력에도 불구하고 오늘 마영추가 본색을 드러낸 것이다.

"언제부터 알고 있었더냐?"

"처음부터 알고 있었소. 무림맹주를 키워내신 분이 그렇게 쉽게 정신을 놓을 순 없겠지요."

가슴이 싸늘해져 왔다. 그것을 알고 있음에도 지난 삼 년간 눈앞의 이 가짜 마영추는 싫은 내색 한 번 하지 않고 자신을 대 해왔다. 무서운 자였다. 아, 그렇기에 아들이 당했겠지.

성 부인은 죽음을 예감했다. 어차피 각오한 일이었기에 그건 서럽지 않았다.

"왜 그랬느냐?"

그녀의 물음에 마영추가 차분히 대답했다.

"강호가 본디 그렇지요."

여전히 정중함을 잃지 않는 그 모습에 성 부인은 치를 떨었다. 애써 노기를 억누르며 성 부인이 물었다.

"강호라고 인간이 사는 곳이 아니었더냐?"

"인간이라고 어디 선한 인간들만 있겠습니까? 이런저런 잡것들도 적당히 섞여 사는 곳이지요."

"그렇게 쉽게 보낼 아이가 아니었다. 꼬맹이 때부터 다른 사람의 어려움을 외면하지 못하던 아이였어."

"강호란⋯ 착한 사람부터 죽어나가는 곳이지요."

짜악!

여든이 넘은 노파의 마지막 힘을 담은 손길이 마영추의 뺨을 후려쳤다.

마영추는 피하지 않았다. 대신 나지막이 물었다.

"당신을 지금까지 살려둔 이유가 뭔지 아시오?"

성 부인은 그저 한숨만 내쉴 뿐이었다.

"죽기 전에 그가 그럽디다. 어미만은 제발 살려달라고."

다시 성 부인의 눈에서 눈물이 솟구쳤다.

"하늘이 용서치 않을 것이다!"

하늘이 무서웠다면 어찌 이런 일을 저질렀을까?

"그대 같은 좋은 부모를 만났다면 나 역시 어찌 이런 삶을 살았겠소."

"핑계다. 돌이킬 수 없는 악행을 저지른 자들의 추악한 변명이다."

"그럴지도 모르겠소."

마영추가 묵묵히 다음 말을 이었다.

"당신을 살려둔 마지막 이유가 있소."

"무엇이냐?"

"바로 오늘을 위해서지요."

"그게 무슨 헛소리냐!"

불안한 마음에 성 부인이 눈을 부릅뜨며 마영추를 추궁했다. 뭔가 좋지 못한 일을 꾸미는 것이 직감적으로 느껴졌다.

시비가 방 안으로 들어왔다. 이제 그녀는 벙어리처럼 묵묵히 밥을 나르고 뒷수발을 들던 시비가 아니었다. 강호인의 기도를 내뿜기 시작한 것이다.

여인을 향해 마영추가 친근하게 말했다.

"연아, 준비는 다 되었느냐?"

그러자 연이라 불린 여인이 정중히 고개를 숙였다.

"네, 사부님."

그녀의 이름은 가연(柯燕). 바로 가짜 마영추의 제자였다.

"드디어 때가 된 것이옵니까?"

"귀도님의 명령이 내려왔다."

"아!"

"그간 수고했다."

가연이 크게 감격했다. 그녀가 두 손을 합장하듯 모으고 중얼거리듯 구결을 외기 시작했다.

우두두두두둑.

놀라운 현상이 벌어지기 시작했다.

그녀의 얼굴과 몸이 서서히 변하기 시작한 것이다. 주름이 생겨나고 척추가 휘기 시작했다. 마치 누에가 나비가 되듯 그녀는 완벽한 변신을 했고, 이윽고 그녀는 성 부인이 되었다. 키도 얼굴도, 백발의 머리카락까지도 완벽히 성 부인이 된 것이다.

팔십 평생 강호인의 어미로서 산전수전 다 겪어온 성 부인이었지만 눈앞의 광경에 그녀는 크게 경악했다.

마영추가 스윽 성 부인을 돌아보았다.

"도, 도대체 너희들은 누구냐!"

그러자 마영추가 서늘한 미소를 지으며 말했다.

"어머니가 이 강호의 역사를 바꿀 것입니다."

마영추가 손을 내밀어 가볍게 성 부인의 이마를 스치는 순간, 그녀의 신형이 서서히 뒤로 쓰러졌다.

마영추가 가연에게 말했다.

"해야 할 일은 알고 있겠지?"

"오늘만을 기다려 왔습니다."

자리에서 일어난 마영추가 창문을 열었다. 저 멀리 진법 너머로 그들을 태우고 갈 마차가 도착하고 있었다. 가연이 작은 짐 상자를 가져와 성 부인을 담았다. 늙은 그녀의 몸이 상자에 포개지듯 담겼다.

창밖을 응시하던 마영추가 툭 내뱉었다.

"적신이 죽었다."

그 말에 가연이 깜짝 놀랐다. 이어지는 말은 더욱 놀라운 것이었다.

"단 하룻밤 사이 적신의 흑풍대가 전멸했다."

"누구에게 말입니까? 설마 비운성 그자가 직접 나선 것입니까?"

분주히 움직이는 현무단 무인들을 멍하니 바라보던 마영추가 고개를 내저었다.

"그들은 칠초나락이 이끄는 흑풍대 손에 당했다."

"제자는 믿을 수 없습니다."

"나도 처음에는 믿을 수 없었지."

"…사부님."

"칠초나락. 대단해. 정말 대단한 친구야."

그에 비해 여전히 불신을 감추지 못하고 있는 가연이었다.

"하지만 그는 알아야 해."

마영추가 작게 읊조렸다.

"진짜 싸움은 이제부터라는걸."

두두두.

느릿하게 비탈길을 오르던 마차가 이윽고 평지로 들어섰다. 좌우에 펼쳐진 논에는 사내들이 열을 맞춰 일을 하고 있었고, 새참을 머리에 인 아낙네들의 발걸음이 빨라지고 있었다.

아침나절의 평화로운 광경이었지만 마차 대열의 선두에 선 중년 사내의 눈빛은 조금도 긴장을 늦추지 않고 있었다. 혹시나 있을지 모를 암습에 대비하는 본능적인 방비는 그의 젊은 시절부터의 습관이었다.

그는 바로 무림맹주의 호위를 맡고 있는 현무단주 손익(孫翼)이었다.

마차를 호위하는 인원은 불과 이십여 명, 그조차도 모두 평상복 차림이었기에 그 누구도 이 마차가 무림맹주가 탄 마차라는 것을 짐작하지 못했다. 오늘의 출맹은 제갈회의 명령에 따라 극비리에 진행된 것이었기에 맹의 고위층 인사들도 오늘의 출맹을 알지 못했다.

목적지는 낙양에서 말을 달리면 불과 반나절 거리였다. 마교는 물론 사도맹의 영역과도 먼 곳이었기에 매우 안전한 여행이었지만 손익은 긴장을 늦추지 않았다.

마차와 나란히 말을 달리던 일조의 막내 동원(東元)이 그에게로 달려왔다.

"조장님, 노마님께서 쉬어가기를 청하십니다."

손익이 고개를 끄덕였다. 여든이 넘은 나이에 이런 여행 자체가 매우 힘든 일이었다. 그나마 기력이라도 남아 있을 때라 가능한 일이었다.

손익이 조원들을 돌아보며 쉬어가겠다는 명을 내렸다.

좌우로 펼쳐진 논길을 지나 큰 공터가 나오자 손익은 마차를 멈추게 했다. 손익이 말에게 내려 마차로 걸어갔다.

"잠시 쉬어가겠습니다."

손익의 말에 마차 문이 열렸다. 여행이 힘들었는지 성 부인은 피곤한 기색이었다. 물론 그녀는 성 부인으로 위장한 가연이었다. 나란히 앉은 마영추가 그녀의 땀을 닦아주었다.

"어머니, 시장하시죠?"

먹는 이야기가 나오자 성 부인이 재촉했다.

"밥, 밥 줘!"

아이처럼 생떼 쓰는 그 모습은 진짜 성 부인의 그것과 조금도 다르지 않았다.

"준비해 주게."

조금 난처한 표정을 짓는 마영추의 모습에 손익이 내심 한숨을 지었다.

"곧 준비해 올리겠습니다."

돌아서는 손익의 마음이 아팠다. 치매가 들기 전, 성 부인은 그야말로 품위있는 귀부인이었다. 무림맹 식구는 물론 강호명숙들도 그녀를 존경하고 좋아했다. 그런 그녀였기에 안타까움은 더욱 심했다.

성 부인의 점심은 손익이 직접 준비를 했다. 미리 싸온 국과 죽을 데우는 사이, 조원들도 교대로 식사를 했다. 원래 출맹 시 현무단원들은 육포나 마른 떡과 같은 간단한 식사를 하게 마런이었다.

구석진 바위에 걸터앉아 육포를 씹고 있던 막내 동원에게 고참인 영수(令洙)가 다가왔다.

"녀석, 고향에 두고 온 계집애라도 생각나느냐?"

막내 생활에 이 눈치 저 눈치 고생이 많은 동원이었다. 입은 좀 거칠지만 영수는 꽤나 괜찮은 선배였다.

"계집이 아니라 미희라고 몇 번이나 말씀드립니까?"

동원이 따지듯 묻자 듣는 둥 마는 둥 영수는 딴소리를 했다.

"좀만 참아라. 곧 꽃필 날이 올 것이다. 너라고 언제나 막낼까?"

"전 후배 들어오면 정말 잘해줄 겁니다."

"말속에 뼈 있네."

"아앗! 선배님이 못 대해주신다가 아니고요."

동원이 씩 웃으며 머리를 긁적였다. 영수 같은 선배만 있다면 평생 후배 노릇 해도 힘들지 않을 것이다. 하지만 사람 사는 것이 어디 뜻대로 될까? 자신을 못마땅하게 여기는 선배도 있고, 실수를 봐주지 않는 선배도 있었다.

"아따, 그놈의 벼 잘 익었다. 고향에도 이제 추수할 때가 되었겠구나."

고향으로 향하는 영수의 마음을 동원이 슬쩍 붙잡았다.

"선배님."

"왜?"

"혹시 마인들을 직접 보신 적 있으세요?"

영수가 고개를 돌려 동원을 바라보았다. 갑자기 뭔 뜬금없는 소리냐란 얼굴이었는데 이내 동원의 질문을 이해했다. 동원이 현무단에 들어온 것은 불과 이 년 전이었다. 이미 칠년지약으로 강호가 조용하던 시절이었다. 직접 마인들을 본 적이 없는 그였기에 자연 호기심이 많으리라.

"보기만 했을까. 직접 싸우기도 했다."

"정말입니까?"

"이놈아! 그깟 게 뭐라고 거짓말을 해!"

"와!"

동원이 감탄했다. 이제 스물셋이 된 동원이었다. 비록 가전 무공을 잘 익혀 젊은 나이에 현무단에 입단했지만 강호 경험은 거의 초출이나 다를 바 없었다.

영수가 물로 입을 헹구며 말했다.

"칠년지약이 있기 전에는 말이지, 정말 분위기 살벌했지. 멸마대는 하루에 몇십 명씩 죽어나가고. 마교에서 얼마나 살수들을 보내왔든지. 한순간도 방심할 수 없었던 시절이었다."

"저도 얘긴 들었지만, 정말 살수도 보냈나요?"

"왜? 마교는 살수도 안 쓸 것 같아?"

"왠지 어울리지 않잖아요."

그러자 영수가 목청을 슬쩍 낮췄다.

"그럼 우리가 천마를 죽이기 위해 살수를 보냈다는 것은 상상도 못하겠네."

"네에!"

동원이 깜짝 놀란 눈을 떴다.

"당시 정도맹에서 천마 암살에 책정된 예산이 얼마인지나 알아? 일 년에 무려 만 냥이다, 만 냥. 모르긴 해도 마교 쪽은 그 두 배는 될걸."

동원이 어이없다는 표정을 지었다.

"왜 그런 짓을 하죠?"

"왜? 비겁한 짓이라고?"

동원이 당연히란 마음을 담아 눈에 힘을 주었다.

영수가 미소를 지었다.

"그게 바로 정치다. 예를 들어 소림사를 들어보자. 강호의 태산북두니 어쩌니 금칠을 하지만 그들이라고 그 큰 살림을 시줏돈만으로 운영할 수 있을 것 같으냐? 속가제자도 키워 내보내고, 사업하는 장사치들 이런저런 이권을 봐줘서 떡고물도 얻어먹고. 뭐, 그런 거지. 겉으로 깨끗해 보일수록 뒤로 구린 경우가 허다하지. 어쩌면 구린 것이 아니라 당연한 것이겠지."

동원이 왠지 모를 답답한 마음에 한숨을 내쉬었다.

영수는 순진한 후배에게 공연한 말을 했나 싶었지만 그렇다고 후배를 순진무구한 놈으로 키울 생각은 조금도 없었다. 순진하면 죽는다. 그게 바로 영수가 생각하는 강호였다.

동원이 다시 물어왔다.

"그럼 흑풍대나 철기대 이런 소문들도 다 부풀려진 것이겠네요."

마인 이야기를 꺼낼 때부터 동원이 정작 듣고 싶은 이야기는 바로 그들이었다.

영수가 고개를 내저었다.

"그건 아니다. 걔네들은 진짜야."

"직접 보셨어요?"

"우리가 걔네들이랑 마주쳐? 이놈아! 그건 우리 정도맹이 작살났을 때나 있을 일이지. 우리 일이 뭐냐!"

동원이 아하 하는 웃음을 지었다.

"멸마대에 있는 친구들한테 들은 얘기들이지."

"그럼 흑풍대와 철기대 중 어디가 더 강한가요?"

"그야 뭐… 호랑이와 사자가 싸워 누가 이기냐는 물음과 같지. 어디서 어떤 상황에서 싸우느냐에 따라 다르지."

"그자들 이야기 좀 해주세요."

"궁금하냐?"

"당연히 궁금하죠."

칠년지약 이후 맹에 입맹한 신입들은 마교의 무서움을 몰랐다. 그들은 마인을 단 한 번도 보지 못한 이들이 대부분이었는데, 그들에게 마교는 저 먼 산에 사는 호랑이 이야기같이 현실감이 없는 존재였다. 동원 역시 그와 다르지 않았다. 그런 그들이 가장 궁금해하는 것이 천마였고 둘째가 육마존, 그다음이 바로 흑풍대와 철기대에 관한 이야기였다. 그들에 대한 온갖 낭설들이 많았는데, 살과 허풍이 붙을 대로 붙은 그 이야기는 멸마대의 그것처럼 전설이 되어 있었다.

"보통 후배들은 천마에 대해 묻는데 넌 어째 흑풍대나 철기대냐? 안 궁금해, 천마?"

"궁금하긴 한데… 실감이 안 가잖아요. 어차피 한 번도 만날 일도 없을 테고. 반면에 철기대나 흑풍대는 살다 보면 한 번쯤 만나지 않겠어요?"

"이놈아! 재수없는 소리 마라."

동원의 뒤통수를 장난스럽게 때린 후 영수가 모처럼 후배에게 입보시를 할 모양인지 여기저기 귀동냥한 이야기를 풀어놓기 시작했다.

"우선 인원으로 따지면 흑풍대가 백, 철기대는 삼백이다."

흥미진진한 얼굴로 동원이 고개를 끄덕였다. 그 정도는 이미 알고 있었다.

"보통 그 두 집단을 말할 때 흑풍대는 가볍고, 철기대는 무겁다는 게 중론이지."

"그게 무슨 뜻인가요? 설마 철기대가 더 세다는 뜻은 아니지요?"

"물론이지. 흑풍대가 어둠처럼 다가든다면, 철기대는 폭풍처럼 몰아쳐 오지. 한마디로 온다는 것을 알아도 막을 수 없다는 존재들이지."

"선배님은 어느 쪽이 더 무서운가요?"

"둘 다 무섭지."

"에이, 그러지 말고 하나만 고르라면?"

"굳이 고르라면 난 철기대가 더 무섭다. 삼백이나 되는 고수들이 개조된 갑주에 장창을 꼬나 쥐고 돌진해 온다고 생각해

봐. 젠장, 생각만 해도 밥맛 떨어지네."

그때 동원이 말을 자르며 끼어들었다.

"개조된 갑주라니요?"

"예전 철기대는 말 그대로 쇠로 만들어진 갑주를 입었다고 하더라. 하지만 그 갑주가 개발되고 또 개발되어 당대에 이르러선 그 무게가 획기적으로 가벼워졌다고 하더군. 방어력은 더욱 좋아졌고 말이야. 한마디로 그 살벌한 놈들이 보의(寶衣)까지 처입었다고 보면 되지."

동원이 잠시 그 모습을 상상하는가 싶더니 이내 몸서리를 쳤다.

"그런 철기대인데 흑풍대와 동급이란 말인가요? 그럼 흑풍대도 굉장하겠군요."

"그렇겠지. 시가전이나 산악전이 벌어지면 흑풍대가 유리할 테고, 이런 너른 평지에서 붙으면 아무래도……."

영수의 말이 딱 끊어졌다.

그가 벌떡 자리에서 일어났다. 동원이 놀란 얼굴로 영수가 바라보는 곳으로 고개를 돌렸다.

저 멀리 길 끝에서 뿌연 먼지가 일고 있었다. 마치 사막에서 불어닥치는 모래폭풍 같은 먼지가 다가오고 있었다.

"뭐죠?"

동원이 긴장된 얼굴로 물었을 때, 영수의 얼굴은 점차 굳어져 가고 있었다.

그 모래바람이 좀 더 다가왔을 때 영수가 마차 쪽으로 달려갔다.

"단주님!"

영수의 외침에 모두들 깜짝 놀라 경계 태세를 갖췄다. 식사를 하던 이들이 모두 검을 쥐며 자리에서 일어났다.

손익이 영수에게로 황급히 달려왔다.

분명 달려오고 있는 것은 말을 탄 무인들이었다. 한두 명이 아니었다. 한눈에 봐도 백여 명은 훌쩍 넘을 숫자였다. 그때 뒤에서 누군가 외쳤다.

"뒤쪽에서도 옵니다!"

손익이 돌아보자 과연 저 멀리 언덕길 너머에 먼지가 일고 있었다.

손익이 재빨리 명을 내렸다.

"일단 마차를 길 밖으로 뺀다."

두 가지 경우가 손익의 머릿속을 빠르게 스쳐 갔다.

첫째는 그럴 리는 절대 없겠지만 자신들을 노리는 경우였다.

하지만 절대 그럴 리는 없었다. 이곳은 낙양의 정도무림맹 세력권 내였다. 이곳에서 맹주의 암습이란 상상할 수도 없는 일이었다. 게다가 칠년지약이 끝나지 않은 지금의 경우라면 더욱 그러했고, 오늘의 출맹은 극비리에 진행된 일이었다.

그렇다면 두 번째 가능성일 것이다. 앞뒤 세력 간의 무력충돌이었다. 분명 그럴 가능성이 높았다. 하지만 이런 대규모 인원이 분쟁을 일으켰다면 제갈회가 내보냈을 리 없을 텐데. 뭔가 착오가 생긴 것일까?

'젠장! 뭐지?'

마차를 숨기며 빠져나갈 수도 없었다. 사방은 시야가 확 트인 논이었다.

분위기가 심상치 않음을 느낀 마영추가 마차 안에서 물었다.

"무슨 일인가?"

"확인해 볼 일이 생겼습니다. 일단 마차에서 나오지 마십시오."

나무 위로 고참 조원 하나가 몸을 날려 올라갔다. 주위를 살피던 그가 새파랗게 질린 얼굴로 나무에서 뛰어내렸다.

"사방에서 몰려오고 있습니다. 거의 삼백에 가까운 숫자입니다."

"삼백?"

손익은 믿을 수 없다는 표정을 지었지만 이내 불안한 내색을 감췄다. 자신이 동요하면 모두가 동요하게 될 것이다.

손익이 침착하게 소리쳤다.

"모두 침착해라. 이곳은 우리 영역이다."

멀리서 불어닥친 바람은 이내 현실이 되어 그들 앞에 모습을 드러냈다.

그들이 가까이 왔을 때, 손익의 심장이 철렁 내려앉았다.

보통 말의 두 배는 됨직한 커다란 한혈마는 묵빛으로 빛나는 갑옷을 두르고 있었다.

장창을 든 이들 역시 검은빛을 내는 갑주와 투구를 착용하고 있었다. 오직 보이는 것은 그들의 눈이었다. 그들의 왼쪽 가슴에 하나의 문구가 새겨져 있었다.

폭풍철기(暴風鐵騎).

하얗게 질린 영수가 침을 꿀꺽 삼키며 나지막이 말했다.
"철기대!"
옆에 서 있던 동원의 심장이 철렁 내려앉았다. 죽음의 그림자를 가득 안고서 그렇게 삼백의 철기대가 그들을 향해 다가오고 있었다.

*   *   *

반 시진 후, 한 마리의 긴급 전서매가 정도무림맹의 제갈회에게 도착했다.
암호로 적힌 내용은 너무나 간단했다.

천룡기 분실.

맹주 실종을 알리는 급보였다.

*   *   *

다시 반 시진 후. 제갈회가 주작단의 무인들을 이끌고 그곳에 도착했다.

한발 앞서 도착한 청룡단의 무인들이 사건 현장을 완전 봉쇄한 채 수색을 하고 있었다.

말에서 내린 제갈회의 마음은 참담했다. 끝까지 맹주의 출맹을 말려야 했다는 자책감이 그를 옥죄고 있었다. 그리고 가장 큰 의문 하나. 도대체 어디서 비밀이 샌 것일까?

당시의 참담한 상황을 말해주듯 부서진 마차가 뒤집어져 있었다. 마차 안은 비어 있었다. 곳곳에 널린 시체들은 모두 현무단의 무인들이었다.

청룡단주 차주(車朱)가 황급히 제갈회에게 달려왔다.

"오셨소이까?"

제갈회는 최대한 마음을 진정시켰다.

"상황이 어떻습니까?"

"낙양으로 들어오는 모든 길을 봉쇄했고, 이곳을 기점으로 사방 백 리까지 천라지망을 펼쳤소."

제갈회가 고개를 끄덕였지만 마음은 무거웠다. 청룡단으로서 할 수 있는 최선책이었지만 무림맹주를 습격할 정도의 놈들이라면 벌써 포위망을 빠져나갔을 확률이 높다고 생각했기 때문이었다.

"이리로 드시지요."

차주가 한쪽에 만들어진 임시 천막 안으로 제갈회를 안내했다.

안으로 들어선 제갈회가 깜짝 놀랐다.

야전침상에 누워 있는 무인은 분명 현무단의 무인이었다. 그는 바로 영수였다. 가슴은 피로 범벅이 되어 있었다.

제갈회의 시선이 황급히 차주를 향했다. 차주가 묵묵히 고개를 끄덕였다.

현무단 무인을 돌보고 있던 중년 무인은 청룡단의 신엽(申燁)이었다. 청룡단에 부상을 입은 무인들은 맹의 의원을 찾는 대신 그를 찾을 정도로 남다른 의술을 지닌 무인이었다.

신엽이 제갈회에게 가볍게 목례한 후 환자의 상태에 대해 말했다.

"상태가 위중합니다."

"회복할 가능성이 있겠나?"

신엽이 어두운 얼굴로 고개를 내저었다.

"지금 살아 있는 것도 기적입니다. 가슴을 꿰뚫은 흉기가 아슬아슬하게 심장을 비켜갔습니다만 워낙 출혈이 심했습니다. 지금 약을 써서 억지로 맥만 붙들고 있는 중입니다."

"잠시 깨울 수 있겠나?"

차주의 물음에 신엽이 한숨을 내쉬었다. 이윽고 고개를 끄덕였다. 제갈회와 차주는 그의 반응이 무엇을 뜻하는지 알 수 있었다. 깨우면 곧 그가 죽게 된다는 의미일 것이다.

신엽이 영수의 몸에 삼십여 개의 침을 연이어 찔러 넣었다.

곧이어 영수가 거짓말처럼 정신을 차렸다.

"맹⋯ 맹주님은?"

눈을 뜨자마자 맹주의 안위부터 걱정하는 그의 마음에 마음이 짠했지만 지금은 그 충성심에 박수를 치고 있을 때가 아니었다.

제갈회가 황급히 물었다.

"누구 짓인가?"

순간 영수의 안색이 창백해졌다. 공포와 분노, 치욕이 그의 전신에 휘몰아친 것이다. 사내의 몸이 부르르 떨렸다. 신엽이 황급히 몇 개의 침을 더 꽂으며 그를 안정시키려 노력했다.

혹시나 그가 이대로 죽을까 차주가 같은 질문을 반복했다.

영수가 힘겹게 말했다.

"⋯철기대⋯ 였습니다."

듣고 있던 세 사람이 깜짝 놀랐다. 멍해진 세 사람을 향해 영수가 확신하듯 말했다.

"분명⋯ 마교의⋯ 철기대였습니다⋯⋯. 맹주님을 지켜 드리지 못해⋯ 죄송합니다."

그 말을 끝으로 영수의 눈이 감겼다.

장내는 충격으로 휩싸여 있었다.

차주가 신엽을 닦달하듯 물었다.

"제정신으로 한 말이 확실한가?"

"그건 확신할 수 없습니다."

"이런!"

차주는 당황한 기색이 역력했다. 마교의 철기대의 짓이라면 이건 사고 중에서도 대형사고였다.

신엽이 조심스럽게 입을 열었다.

"살해당한 무인들의 사인은 모두 창에 의한 것이었습니다."

"허허. 이런 말도 안 되는 일이."

제갈회의 눈빛은 깊어진 채 골똘한 생각에 잠겨 있었다.

그때 청룡단 무인 하나가 다급히 뛰어들어 왔다.

"나와보셔야 할 것 같습니다."

무인의 질색한 표정에서 사태의 심각성을 짐작할 수 있었다.

그들이 황급히 천막 밖으로 나왔다.

청룡단 무인들에 의해 들것에 실려온 그것은 한 구의 시체였다.

그때까지도 침착함을 유지하던 제갈회의 눈이 부릅떠졌다.

시체는 바로 성 부인이었던 것이다. 상자 속에 실려온 진짜 성 부인의 시신이었다.

"노마님!"

제갈회가 시체 앞에 허물어지듯 무너져 앉았다.

성 부인의 몸은 이미 차갑게 굳어 있었고, 심장이 있던 자리는 창에 찔린 듯 뻥 뚫려 있었다. 제갈회가 두 주먹을 불끈 쥐었다. 그의 눈에 분노가 서릿발처럼 피어올랐다.

"이 개놈의 자식들이!"

그 모습을 지켜보는 차주를 비롯한 무인들은 참담함을 감추지 못했다.

벌떡 일어난 제갈회가 눈빛을 번뜩였다.

"이 시간부로 정도무림맹에 총비상령을 발동합니다. 구파 일방과 사대세가에 지금 당장 입맹하라고 기별 넣으시오."

다시 한 시진 후, 수백 마리의 전서매가 일제히 전 강호를 향해 날아올랐다.

第四十七章

급보

魔刀霸爭

진패에게 비설을 맡긴 후 표국을 나선 유월은 여섯 시진이 지나도 돌아오지 않고 있었다. 비설을 통해 마검의 방문 소식을 들은 진패는 걱정을 감추지 못했다. 벌써 반 시진째 연무장에 홀로 서서 유월을 기다리는 진패에게 비호가 다가왔다.

어깨를 나란히 한 비호가 느긋하게 말했다.

"형님, 걱정 마시오. 요즘 대주님이라면 마검 선배가 아니라 마검 할애비라도 힘들어요."

진패가 공감의 고갯짓을 했지만 그의 걱정이 사라질 정도의 위안은 되지 못했다. 분명 유월의 무공은 육마존을 능가하고 있었다. 하지만 그래도 상대는 육마존이었다. 만약 둘 사이에 싸움이라도 벌어져서 유월이 상하는 것은 물론이고 반대로 마검이 다치거나 죽기라도 한다면 그건 더 큰일이었다. 이래저래 걱정인 것이다.

"애들 분위기는 어때?"

"신났죠. 지금까지 이 정도 호강은 겪어보지 못한 애들 아닙니까? 더구나 새 심법으로 약발을 극대화시켰으니. 지금 연공실이 바글바글합니다."

진패가 희미하게 웃었다. 그 심정을 누구보다 잘 이해했다. 지금 조원들은 내공이 부족해 미뤄뒀던 초식을 시험해 보느라 정신이 없을 것이다. 자신 역시도 당장이라도 연공실로 달려가고 싶은 심정이니까.

"너무 애틋하게 기다리셔서 누가 보면 부부인 줄 알겠습니다."

비호가 농담을 던지며 검을 뽑아 들었다. 기분 탓일까? 가볍게 검을 회전시키는 비호의 손놀림은 분명 달라져 보였다.

옆에서 장난을 치듯 검을 놀리는 비호에게 진패가 넌지시 물었다.

"넌 어때?"

"달라진 것 같기도 하고, 아닌 것 같기도 하고. 아직은 잘 모르겠네요."

"하긴 하루아침에 달라질 순 없겠지."

"실제로 몇 놈 삭삭 베면 느낌이 확 올 것 같은데."

"아서라. 그 독종 같은 놈들 또 보기 싫다."

진패가 질색을 하며 고개를 내저었다.

"…이제 더한 놈들이 기어나오지 않겠습니까?"

"그렇겠지."

진패가 걱정스럽게 한숨을 내쉬었다.

두 사람은 묵묵히 표국의 대문을 바라보았다. 금방이라도 유월이 문을 열고 들어설 것 같았다. 하지만 유월은 돌아오지 않고 있었다.

비호가 문득 생각났다는 듯 물었다.

"참, 진수가 올해 몇 살이죠?"

"열둘."

"세월유수라더니, 정말 많이 컸네요. 걸음마 시작하던 때가 엊그제 같은데."

"요즘 동네에서 대장 노릇 한다. 흑풍대 대주라더라."

"하하. 아버지보다 낫네요."

"근데 애 나이는 왜 물어?"

"돌아갈 때 옷이라도 한 벌 사다 줄까 하고요. 형수님 뵌 지도 오래됐고."

"아서라. 돈 모아서 혼인할 생각이나 해라."

"어디 돈으로 혼인한답니까? 사랑으로 하지."

"사랑도 배고프면 고달픈 법이다."

반박할 나이가 훌쩍 지나 버린 비호였기에 그저 입맛만 다실 뿐이었다.

그때 비설과 고 총관이 나란히 이야기를 나누며 그들 쪽으로 걸어왔다.

진패와 비호가 가볍게 인사를 건네자 비설이 물었다.

"유 대주님은 아직인가요?"

"하하. 걱정 마십시오. 잠시 볼일이 있으셔서 늦으신다고 연락이 왔습니다."

진패의 능숙한 거짓말에 비설의 표정이 밝아졌다.

"아, 다행이에요."

진패는 거짓말을 한 것이 조금 마음에 걸렸지만 비설까지 걱정할 필요는 없다고 생각했다. 눈치 빠른 비호가 자연스럽게 화제를 돌렸다.

"그나저나 사업은 잘되고 계신 겁니까?"

그러자 비설이 울상을 지었다.

"이대로라면 파산할지도 몰라요."

첫날 첫 마차 수입과는 다르게 지난 며칠간 계속 적자를 내고 있는 유설표국이었다.

옆에 있던 고 총관이 차분하게 그녀를 달랬다.

"국주님, 너무 조급하게 생각하지 마십시오."

"그렇긴 해도."

비설이 한숨을 내쉬었다. 처음부터 많은 자본으로 시작한 사업이 아니었다. 그나마 성가장과 성 대인이 소개한 몇몇 부호들의 광고선금으로 한두 달은 버틸 수 있겠지만 문제는 그다음이었다. 이대로라면 표사들 퇴직금 한 푼 못 주고 문을 닫을 상황이었다.

"뭔가 특단의 조치가 필요해요."

그러자 진패가 힘주어 말했다.

"아가씨라면 틀림없이 위기를 극복해 나가실 겁니다."

거기에 비호가 거들었다.

"그럼요. 원래 초대박은 초장에 힘든 법 아니겠습니까?"

비설이 씁쓸하게 미소를 지었다. 그녀의 마음은 복잡했다. 사업도 사업이지만 현재 돌아가는 분위기가 정말 심상치 않았다. 눈치라면 누구에게도 빠지지 않는 그녀였다. 앞서 흑풍대와 싸워 죽은 이들이 일반 강호인이 아니란 것쯤은 그녀도 짐작할 수 있었다. 분명 진서열록에 오른 정체불명의 인물들과 관련이 있는 이들이 틀림없었다. 게다가 유월의 또 다른 신교란 말이 가슴에 가시처럼 박혀 있었다. 이런 복잡한 상황에서 하산한 것이 옳은 일일까란 후회가 조금 생겨나고 있었다.

'안 돼! 마음 약해지면.'

비설은 마음을 다잡았다. 그때 유설표국의 대문이 열리며 조금 침울한 안색의 유월이 들어섰다. 진패를 비롯한 모두의 얼굴에 화색이 돌았다.

비설이 유월에게 반갑게 달려갔다.

"오라버니!"

안기다시피 손을 맞잡은 비설을 보며 유월은 괜히 미안한 마음이 들었다.

"걱정했어요. 구양 숙부님을 따라가신 거였죠?"

그러자 유월이 고개를 내저었다. 유월은 자신도 모르게 비설의 시선을 피하고 있었다. 물론 의식적인 행동까진 아니었기에 비설은 그 어색함을 깨닫진 못했다.

진패와 비호가 뒤늦게 다가왔다.

"오셨습니까?"

"별일없지?"

"네."

그들을 바라보는 유월의 마음은 복잡했다. 이렇게 자신을 믿고 있는 이들을 떠나려 했다는 것이 미안할 따름이었다. 그들의 얼굴에 비검의 얼굴이 겹쳐졌다. 그녀 말대로 이제는 해야 할 일에 집중할 때다.

"헤헤. 오라버니 오셨으니까 전 일하러 가야겠어요."

비설이 한결 밝아진 모습으로 고 총관과 함께 건물 안으로 사라졌다. 그녀의 뒷모습을 지켜보는 유월의 눈빛이 깊어졌다. 그녀가 자신을 좋아하기 시작했다는 것은 목석같은 자신이라도 느끼고 있는 바였다.

"가셨던 일은 잘되셨습니까?"

용무를 몰랐지만 진패는 그렇게 물어왔다.

유월이 묵묵히 고개를 끄덕였다. 눈치 빠른 비호는 유월의 행동이 남다르다는 것을 느꼈다.

"흠, 수상한데요."

진패가 무슨 뜻이냐는 얼굴로 비호를 돌아보았다.

"꼭 어디 바람이라도 피다 돌아온 것 같잖아요."

유월이 조금 난감한 표정을 짓자 비호가 재빨리 말을 이었다.

"어? 정말인가 보네."

딱!

진패가 비호의 뒤통수를 때렸다.

"까분다."

비호가 뒤통수를 매만지며 울상을 지었다.

"폭력으로 진실을 물을 순 없지요."

"사랑의 매로 철부지 철은 들일 수 있지."

조원 하나가 그들에게 뛰어왔다.

"송 분타주로부터 전갈이 왔습니다."

"무슨 일로?"

"정도맹 원 부단주가 움직이기 시작했답니다. 반 시진 후, 태백루에서 비밀 회담을 가질 예정이랍니다."

"참가자는?"

"현재 밝혀진 이들은 공동파 목계영과 백화방주입니다."

보고를 마친 조원이 다시 뛰어서 돌아갔다.

진패가 유월을 보며 말했다.

"그 일 때문일까요?"

"그렇겠지."

"어떻게 나올까요?"

진패의 물음에 비호가 대수롭지 않게 대답했다.

"기련사패가 뒤집어쓰는 거죠."

진패가 고개를 내저었다.

"원룡은 바보가 아니다. 지금까지 잠잠하던 기련사패가 난데없이 그런 짓을 저지를 이유를 찾기 어렵지. 분명 우릴 염두에 둘 것이다."

"그렇다고 해도 어차피 증거가 없습니다. 증거가 없는 이상 저희를 지목할 순 없을 겁니다."

그 말에는 진패가 고개를 끄덕였다. 어차피 정사마의 관계는 매우 조심스럽고 민감한 관계였다.

"어떻게 하시겠습니까?"

잠시 멍하게 있던 유월에게 진패가 다시 한 번 물음을 반복하고서야 유월이 대답했다.

"함께 가보지."

앞서 걸어가는 유월을 지켜보며 비호가 눈을 가늘게 떴다.

"역시… 수상해요."

이번에는 진패가 뒤통수를 때리지 않았다. 그 역시 비슷한 마음인 것이다.

*　　　*　　　*

춘심이에게 음식을 빼돌리다 맹달에게 딱 걸린 태백루 점소이 달식을 구해준 것은 때마침 들어선 손님이었다. 그날 하루 일진을 걱정해야 할 만큼 매서운 인상의 사내였다.

맹달은 피고용인의 인권 보호를 외치던 달식의 멱살을 흔들어대고 있었는데 들어선 이의 옷차림새를 확인하곤 깜짝 놀랐다.

사내의 가슴에 새겨진 '청룡'이란 두 글자는 강호인들의 눈치를 살피며 하루하루를 살아가는 그에게 가장 영향력이 큰 상대임을 말해주고 있었다. 바로 정도무림맹 청룡단의 무인이었던 것이다.

"어서 오십쇼!"

달식이 느슨해진 맹달의 손길을 뿌리치며 사내에게로 달려갔다.

"조용한 방 하나 내주게."

사내는 바로 청룡단 부단주 원릉이었다.

"적당한 방이 있습니다요. 자, 이리로 따라오십시오."

달식을 뒤따라 이층으로 향하던 원릉이 맹달을 돌아보며 한마디 덧붙였다.

"곧 귀한 손님이 올 것이니 자리로 안내하게."

"걱정 마십시오."

맹달의 허리가 깊이 숙여졌다. 자고로 별의별 강호인들이 다 모이는 태백루였다. 검보단 혓바닥 놀리는 데 능한 삼류무인부터 제법 칼질이 야무진 고수들까지. 어느 하나 만만한 놈이 없었지만 그중에서도 태백루의 주인 된 입장에서 가장 잘 보여야 할 대상은 바로 정도무림맹의 무인들이었다. 딱히 그들이 그 이름처럼 정의롭다거나 남들 한 병 마시는 술을 두 병씩 마셔서가 아니었다. 정도무림맹이 관(官)과 가장 밀접한 관련을 맺고 있었기 때문이다. 하루가 멀다 하고 칼질을 해대는 강호인들을 관에서는 일일이 간섭하지 않았다. 가장 큰 이유가 무림맹의 존재 때문이었다. 강호라는 또 다른 세상의 질서를 유지하는 가장 강력한 단체, 구파일방이라는 각기 다른 이익 집단을 하나의 명분으로 힘을 합치게 하는 그곳. 관이 공식적으로 인정하는 단체가 바로 무림맹이었던 것이다.

이층 계단에서 눈치를 살피는 달식을 맹달이 재빨리 손짓해 불렀다. 머리통에 불이라도 날까 머리를 감싸 쥐고 다가온 달식이었지만 맹달은 달식의 빗나간 애정행각은 이미 관심 밖의 일이었다.

"취월루, 그 일 때문이겠지?"

맹달의 속삭임에 달식이 재빨리 말했다.

"당연하죠. 깡그리 죽었답니다. 손님이고 기녀고 할 것 없이. 주방에서 키우던 개까지 죽었답니다."

맹달이 몸을 부르르 떨었다. 달식이 목소리를 더욱 낮췄다.

"만수문이고 백화방이고 이제 난리났습니다. 그 미친놈들이 그런 대형사고를 쳤으니."

맹달이 한숨을 푹 내쉬었다. 지들끼리 싸우는 것까진 좋았다. 하지만 자신 같은 서민들도 좀 봐줘가며 싸워야 할 것 아닌가? 서민들 다 죽이고 이리 떼 같은 놈들끼리 칼싸움 누가 잘하나 백날 천 날 놀아봐라, 그게 재밌나? 맹달이 고함이라도 지르고 싶은 심정을 억지로 참으며 말했다.

"무림맹에서 어떻게 나올까?"

"다 잡아 처넣지 않겠습니까? 한두 명도 아니고."

"꼴좋다. 이제 좀 조용해지겠네. 뭐 해, 어서 주문받은 거 주방에 전하지 않고. 실컷 먹여라, 힘내서 그놈들 다 처넣게."

"곱빼기로 만들라고 할게요."

"…그러진 말고."

달식을 주방으로 보내고 돌아서던 맹달이 헉하며 헛바람을 내뱉었다. 어느새 객잔 안으로 들어선 손님이 묵묵히 자신을 응시하고 있었던 것이다. 그는 굳이 옷을 살펴보지 않아도 알아볼 수 있는 인물이었다. 바로 백화방주 백상군이었던 것이다. 혹시라도 자신이 했던 말을 들었을까 두려운 마음에 맹달의 허리가 직각으로 꺾였다.

"어서 오십시오, 방주님."

다행히 말을 듣진 못했는지 백상군이 가볍게 고개를 끄덕였다.

"먼저 온 손님이 있겠지?"

"네, 잠시만 기다려 주십시오. 식아, 이놈아!"

그렇게 달식의 안내로 백화방주가 이층으로 올라갔다. 요즘 같은 때 수하 하나 대동하지 않고 온 것으로 봐서 꽤나 중요한 일인 모양이었다. 그가 사라지고 나서야 맹달이 계산대의 의자에 주저앉았다.

"이거 이러다가 제명에 못 죽지."

한숨을 몰아쉬는 그때, 또 다른 손님들이 들어왔다. 이번 역시 아는 얼굴이었다. 그는 바로 청풍표국의 국주 이염이었다. 그 역시 홀로 방문한 것이다. 척 보면 척이었기에 맹달이 나지막이 물었다.

"혹시 백 방주님을 찾아……."

말이 끝나기가 전에 이염이 고개를 끄덕였고, 다시 달식이 그를 이층으로 안내했다. 그렇게 이어지던 방문객들 중 가장 주목할 손님은 단연 공동파의 이내검객인 목계영이었다. 목계영까지 들이닥치자 맹달과 달식은 그야말로 중요한 회합이 이층에서 벌어지려 한다는 것을 알 수 있었다.

맹달이 걱정스럽게 말했다.

"거물들이 잔뜩 모였네. 큰일이군."

"저희로선 잘된 일이죠."

맹달과는 달리 달식은 천하태평이었다.

"기둥에 머리라도 처박았어? 무슨 헛소리야!"

"들어보세요, 주인님. 틀림없이 저분들 이번 사건 때문에 모인 것 아니겠어요?"

"그렇겠지."

"무림맹이 개입한 이상 이번 일 어떻게든 해결되겠죠?"

"그렇지."

"일이 다 끝나고 평화가 찾아오면 입구에 벽보를 척하니 붙이는 겁니다. 취월루 사건 해결을 위해 강호의 영웅들이 회담을 가진 곳!"

그제야 맹달이 솔깃한 얼굴이 되었다.

"장사가 두 배는 더 잘될 거라고요. 저분들 회의하던 특실은 두 배로 돈 받는 거죠."

"옳거니!"

"헤헤. 저 달식이라고요. 최저임금에도 묵묵히 주인님만을 위해 충성을 다하는 달식이라고요! 점소이조합에 가입하라는 권유도 주인님에 대한 충성으로 꿋꿋이 거부하고 있는 바로 그 달식이라고요!"

그때 또 다른 손님이 들어왔다. 죽립을 깊게 눌러쓴 사내는 바로 유월이었다. 한껏 기분이 좋아진 맹달이 목청 높여 인사했다.

"어서 옵셔!"

맹달의 인사를 지나치며 유월이 이층으로 걸어 올라갔다.

"손님, 손님!"

혹시나 이층 원릉 일행인가 싶어 유월을 불러대는 그때, 달식이 득달같이 달려들어 맹달의 입을 틀어막았다. 그리곤 주저앉듯 몸을 낮췄다. 두 사람이 기우뚱 서로를 끌어안은 채 바닥에 쓰러졌다. 누워서 멀뚱히 달식을 바라보며 맹달이 어이없다는 듯 말했다.

"드디어 네가 넘어서는 안 될 선을 넘는구나."

"주인님이야말로 사선(死線)을 넘으시려는 것을… 방금 제가 구해냈습죠."

"무슨 소리야?"

"저 죽립, 기억 안 나요? 엊그제 이층에서 한바탕했던……."

"헉! 그때 그 무전취식자!"

맹달이 정찰이라도 하듯 계산대 위로 얼굴을 내밀었다. 그 옆으로 달식이 머리를 나란히 했다.

"그날 눈빛 기억나죠? 여자도 사정없이 낚아 패던데… 늙은 객잔 주인이야 단칼에!"

"헉!"

맹달이 자신의 목을 움켜쥐며 부르르 떨었다. 달식이 맹달의 손을 가져다 자신의 머리 위에 올렸다. 그리고 억지로 머리를 쓰다듬게 했다.

"고맙죠? 칭찬해 줘요, 목숨을 구해줘서 고맙다고. 너밖에 없다고. 태백루의 진정한 후계자는… 아앗!"

맹달이 달식의 머리카락을 움켜쥔 채 흔들어댔다.

"조합에 들면 죽어!"

유월이 모든 기척을 감춘 채 편안히 누워 있던 그 천장 아래서 회의가 열리고 있었다. 오늘 회동의 주재자는 원릉이었다. 청룡단 부단주라는 직위는 오늘의 이 자리에 공동파의 통천검 목계영과 백화방주, 그리고 청풍표국주까지 모두 모이게 할 정도의 위치는 되었다.

원릉이 회의 장소를 백화방이 아닌 이곳으로 잡은 것은 백화방에 대한 공정한 행사를 하겠다는 의지였다. 과연 그런 원릉의 마음을 짐작한 백상군의 얼굴은 잔뜩 흐려 있었다. 하긴 그들 중 누구도 마음 편한 사람이 없었다.

특히 목계영은 제자 백상진의 죽음을 아직 받아들이지 못한 채 단지 실종된 것으로 여기고 있었다.

"상진이는 그렇게 호락호락 당할 아이가 아니지요."

그 누구도 묻지 않은 질문이었는데, 목계영은 자리에 앉기가 무섭게 제자에 대한 이야기만 반복하고 있었다. 그만큼 목계영이 상진을 아꼈다는 증거였다. 그 옆에서 듣고 있던 백화방주 백상군이 침울한 한숨을 내쉬었다.

"목 대협의 말씀대로라면 얼마나 좋겠습니까만… 이미 밝혀진 일입니다."

"아니오. 내 상군이의 시체를 직접 보기 전까진 절대 믿지 못하겠소."

자신의 아들을 저리 아끼는 목계영의 마음을 어찌 감사해하지 않을까마는. 어차피 아들의 죽음은 확실했다.

"만수문의 짓이 틀림없습니다."

비록 목계영의 말처럼 아직 아들의 시체조차 찾지 못한 상황이었지만 백상군은 확신하고 있었다. 분명 만수문의 짓이 확실했다. 지난번 대면에서 그것을 확실히 느낀 그였다.

'패 죽일 놈! 적반하장도 유분수지.'

오히려 자기 자식을 죽였다고 뒤집어씌우던 만주문주의 얼굴이 떠올라 백상군은 다시 한 번 치를 떨었다.

"만수문 따위가 상진을 죽일 수는 없소이다. 더구나 백 대협의 말씀대로라면 그쪽의 민충식이란 아이에게 당했다는 말인데… 그건 말도 안 되는 소리요."

"옳으신 말씀입니다만, 목 대협께서는 한 가지 사실을 잊고 계십니다."

"그게 무엇이오?"

"민충식이의 사부가 기련사패의 우문수가 아닙니까?"

"우문수 그자가 비록 악랄한 사도의 길을 걷고 있다고는 하

나 감히 상진을 건드렸다고는 생각되지 않소!'

목계영의 생각은 단호했다. 그는 오랜 세월 기련사패를 알아왔다. 그들이 비록 사악한 자들이긴 하나 공동파의, 그것도 자신의 제자를 겁도 없이 건드릴 정도로 경솔한 인물들은 아니었다. 더구나 그로 인해 얻을 이득이 하나도 없는 상황에서 절대 그럴 리 없다고 확신했다.

백상군이 답답하다는 듯 차갑게 식어버린 차를 들이켰다.

'이 답답한 노인네야! 기련사패에게 도대체 뭘 기대한단 말이더냐! 너희 공동산의 늙은이들이 읊어대는 의와 협이 그들에게 존재할 것이라 생각한단 말이냐. 답답하구나, 답답해!'

아비인 백상군이 이렇게까지 나올 때에는 분명 그럴 확신이 있으리라. 하지만 목계영은 뭔가 찜찜함을 걷어내지 못했다. 아무리 생각해도 기련사패가 자신의 제자를 죽인 것이 납득이 되지 않았던 것이다.

그 자리에서 그나마 가장 평온한 표정을 짓고 있는 청풍표국주 이염은 그야말로 가시방석이었다. 백상진이 자신의 회륜장에 맞아 죽었다는 사실이 밝혀지면 그야말로 목계영의 일검에 목이 달아나게 될 것이다.

'젠장! 진짜 흉수는 유설표국의 낭인들 때문이라고!'

답답한 마음에 이렇게 고함이라도 지르고 싶은 심정이었다. 자신의 회륜장에 백상진이 맞은 것도 다 그 망할 놈들 때문이었다.

하지만 보다시피 듣다시피 지금 상황에서 '내가 상진이를 죽였소. 실수였소'라고 한들 '어이구, 저런. 그간 마음고생이 심하셨겠소'라고 해줄 리는 만무했다.

백상진을 둘러싼 대화는 계속 겉돌고 있었다.

그때까지 잠자코 듣고 있던 원릉이 드디어 입을 열었다.

"오늘 이 자리에 여러 선배님들을 모신 것은 두 가지 이유 때문이오."

모두의 시선이 그에게 집중되었다. 원릉이 나지막하게 말을 이어갔다.

"첫째. 취월루에서 일어난 사건 때문이오."

모두들 들은 이야기였다. 취월루에서 수십 명의 일반인들이 떼죽음을 당했다는 소식은 그간 평화롭던 난주의 일대 사건이었다.

원릉의 시선이 슬쩍 백상군을 향했다.

"그 일에 대해 알고 계신 점이 있소이까?"

백상군은 그 물음을 자신에게 먼저 하는 이유를 짐작했다. 자신과 만수문과의 싸움 과정에서 일어난 일이 아닌가를 묻는 것이리라.

"전 모르는 일이오. 조사해 보시면 아시겠지만 취월루와 저희 방은 아무런 연을 맺고 있지 않습니다."

원릉이 고개를 끄덕였다. 팔은 안으로 굽는다고, 백화방은 태생부터 정파의 길을 걸어온 집단이었다. 제아무리 큰 싸움이 벌어졌다 해도 그런 일을 저지르지 않으리란 확신이 있었다.

"그러리라 믿소. 하지만 사건이 사건이니만큼 본 맹은 이 일을 철저히 조사할 것이오. 앞으로 조사 과정에서 혹 불쾌한 마음이 없으시길 바라오."

백상군은 당당한 태도를 보였다.

"얼마든지 하시지요. 틀림없이 만수문 놈들 짓일 테니까."

그에 비해 목계영은 조금 불편한 마음이었다. 이번 일은 자신과 공동파가 해결해야 할 문제였다. 이미 제자가 죽었다면 자신이 직접 해결해야 할 일이었다.

원룡이 다시 말했다.

"취월루 일은 조사를 통해 알아보면 될 일, 사실 오늘 선배님들을 모신 것은 두 번째 사안 때문입니다."

"그게 무엇입니까?"

"기련사패와 관련된 문제입니다."

기련사패가 언급되자 모두들 긴장한 표정을 지었다.

원룡이 차분히 말했다.

"어제 오후 본 맹의 분타를 기련사패가 습격했소."

그러자 모두들 깜짝 놀랐다.

말을 꺼낸 원룡 역시도 믿을 수 없기는 마찬가지였다. 하지만 청룡창을 지키던 생존자들의 증언은 한결같았다. 단체로 섭혼술에라도 걸린 것이 아니라면 분명 흉수는 기련사패였다.

침울한 분위기가 흘렀다. 이윽고 백상군이 침묵을 깼다.

"목 대협, 이래도 그들의 짓이 아니라고 생각하십니까?"

목계영의 눈빛이 매서워졌다. 기련사패가 이런 터무니없는 짓을 저질렀다면 제자의 죽음과도 관련이 있을지도 모른다는 생각이 들었다. 그가 얼마나 화가 났는지 그의 몸에서 피어오르는 살기에 동석자들의 몸이 따끔거릴 정도였다.

목계영이 힘주어 말하며 자리에서 일어났다.

"그 잡것들이 이제 죽을 작정을 했나 보구려. 우선 본 파로 돌아가서 이 일을 의논해야겠소."

원룽이 일어나 배웅했다.

"이 일은 공동파만의 문제가 아님을 잊지 말아주시기를."

"알겠소."

그렇게 목계영이 자리를 떴다. 뒤이어 백상군이 자리에서 일어났고 꿔다 논 보릿자루마냥 앉아 있던 청룡표국주가 자리를 떴다. 완전히 혐의를 벗은 그는 내심 안도했지만 한편으론 두려운 마음이 들었다. 일은 걷잡을 수 없이 커지고 있었다. 어차피 비탈길을 구르기 시작한 수레였다. 멈출 수도, 막을 수도 없었다.

그렇게 모두들 자리를 떠나자 원룽은 그때까지 잔만 채워두었던 술을 들이켰다.

"이해할 수 없군."

기련사패가 백화방주의 아들을 죽인 것은 그렇다 치더라도 청룡창을 친 것은 정말 이해할 수 없는 일이었다. 분명 뒷감당을 할 수 없는 일이었다. 결정적으로 그를 혼란스럽게 하는 것은 기련사패가 청룡창에 생존자를 남겨뒀다는 것이다. 마치 자신의 짓임을 일부러 알리려 드는 것처럼.

술잔을 들던 원룽의 동작이 멈췄다.

"설마?"

원릉의 마음속에 드리운 그림자. 그것은 바로 흑풍대였다. 난주에 그들이 와 있다는 것은 자신들도, 사도맹도, 개방도, 하오문도 알았다. 하지만 다들 지극히 그 정보를 아끼며 조심하고 있었다. 같은 구파일방이라 해도 개방은 섣불리 그 정보를 구파에 흘리지 않았다. 어떻게든 자신의 방에 이득이 되는 방향으로 처리하려 들 것이다.

어쨌든 흑풍대는 분명 난주에 들어와 있었다. 그들이 들어오기가 무섭게 생각지도 못한 일들이 벌어졌다는 것은 분명 그냥 넘길 일이 아니었다. 만약 이번 일도 그들이 배후라면? 제아무리 기련사패라도 마교를 상대할 순 없는 법이니까.

아무런 결론을 내리지 못한 채 원릉이 한숨을 내쉬었고 마시려던 술잔을 들이켰다.

그때 누군가 황급히 문을 열고 들어섰다.

"큰일 났습니다."

청룡단의 수하였다. 평소 침착한 성격의 그였기에 원릉이 자리에서 벌떡 일어났다. 날벼락 같은 소식이 전해졌다. 천장에 있던 유월까지 깜짝 놀라게 만들 정도였다.

"맹주님께서… 철기대의 습격을 받으셨답니다."

"뭐야!"

"그 과정에서 노마님께서 살해당하시고… 맹주님께선 실종되셨다고 합니다."

멍하니 서 있던 원릉의 다리가 후들거렸다. 너무 놀라 침조차 삼켜지지 않았다. 들고 있던 잔이 깨어졌다.

"지금 맹에 총비상령이 걸렸습니다."

"이런 미친 새끼들!"

원릉이야말로 미친 사람처럼 두 팔을 휘저으며 밖으로 뛰어나갔다. 사내가 그 뒤를 따라 달렸다.

곧이어 천장이 열리고 유월이 훌쩍 뛰어내렸다.

유월 역시 큰 충격을 받은 상태였다. 창문이 열리며 진패와 비호가 뛰어 들어왔다. 목계영의 이목을 속이기엔 두 사람의 무공으론 무리였기에 밖에서 대기하고 있었던 그들이다.

놀란 유월의 표정을 살피며 진패가 다급하게 물었다.

"무슨 일입니까?"

유월이 놀람을 감추지 않은 채 말했다.

"철기대가 정도맹주를 쳤다."

"네?"

진패와 비호가 크게 놀랐다.

유월의 눈이 반짝였다.

"설마?"

눈치 빠른 비호가 정말 설마란 표정을 지었다.

"설마란 말씀은… 그놈들?"

또 다른 흑풍대가 있는데 또 다른 철기대라고 없다는 법 없었다.

"그런 것 같다."

유월은 확신했다. 철기대주가 미치지 않고서야, 비운성의 철기대가 정도맹주를 공격했을 리 없었다.

비호가 한숨을 내쉬며 엄살을 부렸다. 물론 반쯤은 진담이었다.

"입교 동기 하나가 철기대에 있는데 기강이 장난 아닌갑던데요. 거기에 비하면 우린 당나라 부대라고요. 일 났네, 일 났어."

진패가 유월의 눈치를 살피며 비호의 뒤통수를 후려쳤다.

"이놈아! 자랑이다! 그리고 철기대 그깟 놈들 한 방에 밀어 버리면 돼! 놈들이라고 비격탄이 안 박힐까."

그러자 비호가 억울한 얼굴로 말했다.

"안 박히잖아요."

"응?"

"기억 안 나요? 삼 년 전인가 이 년 전인가, 걔네들 입고 있는 수호갑 싹 신형으로 갈았잖아요. 멍만 들지 비격탄 안 박히는 걸로. 만약 이 가짜 놈들도 같은 거 입고 있으면 우린 큰일 난 거라고요. 전에 보니까 폭죽도 우리 것보다 좋던데……."

진패가 다시 비호를 꾸짖으려 할 때 유월이 창밖으로 몸을 날렸다.

"이럴 시간 없다. 우선 이 정보가 진짜인지부터 확인해야 한다. 따라와!"

그 뒤를 따라 몸을 날리며 비호가 소리쳤다.

"우리 철기대 불러요! 꼭요!"

第四十八章

신선루

刀霸魔爭

환락의 밤이 지난 신선루(神仙樓)의 아침은 고요했다.

신선루는 난주의 기루들 중 가장 최고급 기루 중 하나였다. 최고급 기루들이 대부분 그러하듯 부호들이 즐겨 찾는 이곳은 기루가 줄줄이 늘어선 환락가에서 오히려 멀리 떨어져 있었다. 초행인 사람이 보면 기루인지 알지 못할 정도로 평범한 저택으로 꾸며져 있었는데 대문에는 현판조차 걸려 있지 않았다.

예약을 하지 않으면 들어갈 수 없는 최고급 기루답게 신선루는 여러 가지로 유명했다. 우선 기녀들의 미모가 매우 뛰어났다. 그거 하나만으로도 속 시커먼 졸부들을 끌어들이기 충분했는데 신선루의 매력은 그뿐만이 아니었다. 과거 황궁의

궁중요리를 맡았던 솜씨 좋은 숙수가 손님들의 입맛을 돋우었다. 음식 재료는 언제나 신선했고, 직접 담갔다는 신선주의 맛은 기가 막히게 좋았다.

그뿐만이 아니었다. 당연히도 신선루에 소속된 칼잡이들은 매우 실력이 뛰어났기에 얼뜨기 강호인들이 함부로 설쳐 대지 못했다. 따라서 잡스런 싸움 따윈 절대 일어나지 않았다.

그리고 결정적인 이유는 바로 신선루주였다.

신선루주 옥당화(玉唐花).

여인의 몸으로 신선루를 일으켜 세운 그녀는 중년의 나이임에도 그 미색이 매우 뛰어나다고 알려져 있었다. 그녀는 품위 있었고 서화(書畵)에 능했으며 온갖 악기를 자유로이 다룰 줄 알았다.

두 사람 기준 일반상이 이백 냥인 그곳을 찾는 부호들도 그구 할은 옥당화의 얼굴조차 보지 못했다. 그녀는 거물 중의 거물만 상대했고 그런 신비주의 전략이 그곳을 찾는 졸부들의 마음을 졸였다. 혹시 옥당화의 얼굴이라도 한 번 볼까 잔뜩 헛물만 켠 졸부들의 돈을 박박 긁어낸 신선루의 아침이 드디어 밝은 것이다.

사악사악.

한 중년 사내가 신선루의 마당을 쓸고 있었다. 신선루는 크게 두 곳으로 나눠져 있었는데 일반 손님을 받는 삼층 본관 건물과 특별한 손님만을 받는 뒤쪽 별채의 삼층 건물이 그것이었다. 지금 사내가 비질을 하고 있는 곳은 본관 건물 앞이었다.

사내는 밤새 신선들이 토악질해 놓은 오물들을 묵묵히 치우고 있었는데, 전혀 싫은 내색을 하지 않았다.

그는 신선루의 집사 일을 맡고 있는 이숙(李叔)이었다. 이름을 밝히지 않은 이씨 성의 그를 모두들 이숙이라 불렀다. 신선루의 안살림을 맡고 있는 직책쯤 되면 자연 거드름도 생길 법한데 그는 매우 성실한 사람이었다.

그는 아침이면 손수 비질을 하며 하루를 시작했다. 밤새 일한 그는 새벽녘에 잠시 한두 시진 눈을 붙이곤 곧바로 아침 일을 시작했기에 독종이란 말을 들었다. 물론 좋은 뜻의 독종이었다. 그가 진짜 모진 독종이라면 그 부지런함에 아랫사람들이 견뎌내질 못할 테니까.

"안녕히 주무셨습니까?"

이숙 뒤쪽으로 시뻘건 돼지를 통째로 들고 가는 춘배가 인사를 건넸다. 춘배는 신선루에 고기를 대는 정육점의 점원이었다.

비질을 멈춘 이숙이 반갑게 인사했다.

"수고 많네. 오늘 고기는 어떤가?"

"아주 좋습니다."

언제나 아침이면 주고받는 인사가 오늘도 어김없이 오고 갔다.

이번에는 이숙이 허리를 펴며 신선루의 삼층 건물을 올려보았다. 열린 창문 사이로 방을 치우는 아낙들의 모습이 보였다.

기녀들이 모두 잠든 그곳이 바쁘게 돌아가기 시작했다.

재료를 받기 위해 졸린 눈을 비비며 하루 일과를 시작하는 새끼 숙수들이나 직접 나무를 해와 장작을 패는 사내들, 기녀들의 옷을 빠는 여인네들. 밤의 주인이 기녀들이었다면 이제부터는 이들이 주인이었다.

비질을 마친 이숙이 등을 두드리며 허리를 펴던 그때였다.

이숙이 눈을 사납게 치떴다. 누군가 신선루의 담을 넘어 자신을 향해 날아들고 있었던 것이다.

쉬익!

이숙의 손에 들려 있던 빗자루에서 검이 뽑혀 나왔다.

기루의 집사 따위가 보여줄 쾌검의 경지가 아니었지만 날아든 사내는 그와 비교할 수 없을 정도로 빨랐다.

픽! 하는 소리와 함께 이숙의 몸이 뒤로 나자빠졌다. 날아들며 그의 배에 주먹을 찔러 넣은 사내는 바로 유월이었다.

유월이 그대로 별채를 향해 몸을 날렸다. 담 너머로 이십여 명의 사내가 일제히 몸을 날려 난입해 들어왔다. 비호의 오조였다.

내력이 실린 주먹이 아니었다. 이숙이 힘겹게 벌떡 몸을 일으키는 순간 이미 비호가 이차로 그에게 날아들고 있었다.

픽!

주먹이 교차했고 비호의 주먹이 그의 얼굴에 박혔다. 이숙이 바닥을 뒹굴었다. 비호가 재빠른 손놀림으로 그의 혈도를 제압했다.

이삼 층 창가에서 이부자리를 걷던 아낙네들이 암기를 날렸다.

쉭쉭쉭쉭!

쏟아지는 암기를 피하며 십여 명의 오조원들이 일제히 흩어져 신선루의 본채로 날아들었다.

창문 안으로 홍색탄이 날아들었다.

펑! 펑!

붉은 연막 속으로 오조원들이 비격탄을 쏘며 난입해 들어갔다. 연막 속에서 여인들이 비격탄을 맞고 쓰러졌다. 화살촉을 잘라낸 화살이었다. 여인들이 한둘씩 혈도를 제압당했다.

십여 명의 오조원들이 본채 건물을 장악하던 그때, 비호와 다른 오조원들은 유월의 뒤를 따라 달리고 있었다.

이미 유월은 별채의 담을 넘고 있었다.

쉭쉭!

후원에 매복해 있던 사내들이 검을 휘두르며 달려들었다.

그들 사이를 헤치며 유월이 별채 문을 부수며 난입했다. 사내들은 비호와 오조원들의 몫이었다.

챙챙!

비호의 검에 사내들의 검이 튕겨져 날아갔다.

빈손의 사내들에게 오조원들의 비격탄이 겨눠졌다. 문답무용, 즉시 그들의 혈도를 제압한 후 비호와 오조원들이 다시 달렸다.

별채 건물로 들어선 유월이 이층으로 이어진 계단으로 몸을 날리는 순간, 천장이 열리며 암기가 쏟아져 내렸다. 계단에서의 보법은 아무래도 평지보다 펼치기 어려운 점을 이용한 기관이었지만 상대는 유월이었다.

따다다다다당!

오십여 개의 암기가 사방으로 흩어졌다.

파파파파!

뇌격세에 천장이 갈라지며 기관이 무너져 내렸다. 동시에 비상종이 울리기 시작했다. 아마도 기관 장치가 발동하면 자동으로 울리는 장치인 듯 보였다.

유월이 이층 복도를 내달렸다.

철컹!

바닥에서 수십 개의 칼날이 튀어나왔다.

허공을 박차고 오르며 유월이 나락도를 휘둘렀다. 경쾌한 소릴 내며 검날이 우수수 부러졌다. 복도 끝 양쪽 방에서 사내 둘이 튀어나왔다. 앞서 후원의 사내들보다 확연히 뛰어난 이들이었다.

쉬이이익!

두 줄기의 검기가 복도를 가르며 날아들었다.

유월이 몸을 비스듬히 누인 채 검기 사이로 미끄러지듯 빠져나갔다. 회전해 뛰어내린 유월의 수도가 그들의 목을 강타했다.

퍽! 퍽!

두 사람이 튕겨 나가며 꼬꾸라졌다. 유월이 삼층으로 뛰어

올라 갔고, 두 사람이 벌떡 일어났다. 역시 내력이 들어가지 않은 공격이었던 것이다.

그들이 삼층으로 뛰어올라 가려는 순간 등 뒤에서 바람 소리가 났다.

돌아서는 그들에게 비호의 발길질이 날아들었다.

빡빡!

두 사람이 동시에 몸을 비틀며 쓰러졌다. 뒤따르던 조원들이 어김없이 혈도를 제압했다.

유월은 삼층 복도에 들어선 상태였다. 별채의 담을 넘은 지 채 숨 몇 번 쉬기도 전에 삼층에 도달한 것이다.

저 멀리 보이는 복도 끝 방. 그곳이 목표였다.

유월의 신형이 복도를 빛처럼 가르며 날아갔다. 사방 벽에서 암기가 쏟아졌다. 유월은 호신강기를 끌어올리며 그대로 밀고 들어갔다. 사방으로 암기가 튀었다. 나락도에 벽과 천장이 갈라지며 기관이 박살났다.

꽈아앙!

문이 부서지며 유월이 들이닥쳤다.

방 안에 있던 여인이 반사적으로 들고 있던 서류를 촛불에 태우려던 순간.

핏핏핏!

그녀가 석상처럼 동작을 멈췄다. 유월의 지풍이 그녀의 혈도를 제압한 것이다.

여인은 바로 신선루주 옥당화였다. 과연 소문대로 그녀는 품위와 미모를 함께 갖춘 여인이었다.

유월이 그녀에게 한 걸음 다가가던 순간, 우측 벽이 열리며 사내가 튀어나왔다. 그의 검에서 시퍼런 빛이 휘도는 검강이 휘몰아쳐 나왔다.

검강을 향해 벼락처럼 나락도가 내질러졌다.

순간 두 개의 폭음 소리가 거의 동시에 터져 나왔다.

옥당화도 검강을 날린 사내도 모두 경악한 채 멍하니 서 있었다.

날아든 검강이 나락도에 두 줄기로 갈라지며 뒤쪽 벽을 강타한 것이다. 벽은 검강에도 갈리지 않았다. 창문 하나 없는 그 방의 벽은 만년한철로 만들어져 있었다. 그것을 미리 알았기에 유월이 일층부터 달려서 올라온 것이다.

검강을 날린 사람은 중년 사내였다.

유월이 사내에게 다가갔다. 이미 전의를 반쯤 상실한 중년 사내는 유월이 자신의 몸 앞까지 다가왔을 때야 반응을 했다. 당황한 데다가 마안까지 걸려들어 반응 속도가 느려진 것이다.

뒤늦게 검을 꺾어 올려 유월의 몸통을 가르려 했지만 허사였다. 그의 팔을 움켜쥔 유월이 가볍게 그의 혈도를 제압했다. 사내가 믿을 수 없다는 표정을 지으며 그대로 주저앉았다.

유월이 다시 옥당화에게 걸어갔다. 그리고는 그녀 손에 들린 서류를 뺏어 들었다.

옥당화의 시선이 검강을 날린 사내와 마주쳤다. 사내는 혈도를 풀기 위해 안간힘을 쓰고 있었다. 그가 시뻘게진 얼굴로 옥당화를 보며 고개를 내저었다. 제압당한 혈도를 풀 수 없다는 뜻이었다.

옥당화의 안색이 굳어졌다. 사내는 태어날 때부터 기형혈관을 가졌다. 그랬기에 그의 특기는 제압당한 혈도를 푸는 것이었다. 그런 그가 가볍게 제압당한 혈도를 풀지 못한다고 하는 것이다.

비상종이 울렸을 때까지만 해도 그녀는 상황이 이렇게까지 급박할 줄은 미처 몰랐다. 일층에서 삼층까지의 기관 장치를 뚫으려면 어지간한 고수래도 일각 이상의 시간이 걸렸다. 그것도 정말 고수일 때의 경우였다. 기밀서류를 진작 없애 버리지 않은 것도 그런 이유였다. 어떻게 된 연유인지 알고 난 후에 소각해도 늦지 않다고 생각했기 때문이었다. 하지만 상대는 자신의 상상을 뛰어넘고 있었다.

옥당화가 최대한 마음을 다스리며 차분하게 말했다.

"그대는 누구죠?"

유월은 묵묵히 서류만 내려다볼 뿐이었다. 그때 비호가 방 안으로 들어섰다.

"모두 제압해서 한곳에 가뒀습니다."

그 말에 다시 옥당화의 안색이 굳어졌다. 밖의 구원을 기대했는데 그조차 어려워진 것이다. 그나마 다행한 일은 수하들을 죽이지 않고 가둔 것이다. 그 말은 곧 자신들을 죽이러 쳐들어온 것은 아니란 뜻. 참담하던 마음에 조금 여유가 생겼다.

옥당화가 다시 차분하게 말했다.

"당신은 내가 누군지 아나요?"

이윽고 유월의 시선이 서류에서 그녀에게로 향했다.

"묵룡단 감숙지부장 옥당화."

신선루와 옥당화의 진정한 정체였다.

유월이 이곳 묵룡단의 감숙지부를 습격하듯 점거한 것은 정확한 정보를 얻기 위함이었다. 정식적으로 절차를 밟아 방문했을 때, 그 시간 낭비는 둘째 치고 이들이 제대로 된 정보를 내주지 않을 경우를 생각한 것이다.

옥당화의 가슴이 철렁 내려앉았다.

'알고 왔다?'

옥당화는 마음과는 다른 여유있는 미소를 지어 보였다.

"호호. 알고서 이런 짓을 하다니 실로 대단……."

그때 옥당화가 말을 멈췄다. 그제야 유월이 서류를 읽느라 탁자 위에 올려둔 나락도를 확인한 것이다.

"나락도? 설마 당신 흑풍대주?"

깜짝 놀란 옥당화의 눈에 유월의 볼에 새겨진 상처가 들어왔다. 확실한 흑풍대주였다. 정보를 다루는 일을 하는 그녀였다. 몇 년 전 교내 행사 때 스쳐 가듯 인사도 나눈 사이였다. 당황한 마음과 흑풍대주가 자신을 습격하리라곤 상상도 못했기에 한눈에 알아보지 못한 것이다.

그리고 보니 흑풍대쯤 되는 이들이 아니라면 이곳이 이렇게 빨리 장악당할 일도 없었던 것이다.

"흑풍대주! 당신!"

목청을 높이려던 옥당화가 흠칫 두려운 얼굴이 되었다.

"당신 설마… 본 교를 배반한 것인가요?"

그러자 유월이 차갑게 되물었다.

"왜 그렇게 생각하오?"

오히려 당황한 것은 옥당화였다. 자신의 당연한 질문을 되묻는 것이었으니까.

유월이 나직이 말했다.

"걱정 마시오. 그런 일 아니오."

옥당화는 혼란스러웠다. 반역이 아니라면 흑풍대가 자신들에게 이렇게 나올 까닭이 없었다. 물론 그간 유월이 겪은 일을 모르는 그녀였기에 그 생각은 당연했다.

그제야 검강을 날렸던 사내가 소리쳤다.

"유 대주! 당신이 이러고 무사할 것 같소!"

사내는 바로 감숙지부 묵룡호위들의 수장 백광(百廣)이었다. 앞서 유월과 오조원들을 막아서던 이들은 묵룡호위로, 강호의 모든 묵룡단의 지부와 분타에는 묵룡호위들이 파견되어 있었다. 정보를 다루는 묵룡단원들을 보호하는 것이 그들의 목적이었다.

이곳 감숙지부의 묵룡단원들 중에 기녀는 없었다. 앞서와 같이 방을 청소하는 아낙과 숙수들, 허드렛일을 하는 사내들이 모두 묵룡단원이었다. 정작 기녀들과 칼잡이들은 이곳을 진짜 기루라 생각하고 있었다.

유월이 백광을 힐끔 쳐다보았다. 유월의 차가운 눈빛에 섬 뜩함을 느꼈지만 백광 역시 뼛속까지 마인이었다.

"이거 반역이야! 알아? 반역이라고!"

유월이 그대로 시선을 돌렸다. 그와 이런저런 말을 섞고 있 을 시간이 없었다. 유월이 읽고 있던 것을 비호에게 내밀었다.

옥당화가 불태우려던 종이는 감숙지부에 날아든 전서였는 데 연이어 들어온 듯 보였다.

마영추 실종.

마영추 모 사망.

정도맹은 철기대의 소행으로 추정하고 있음.

과연 묵룡단이었다. 정도맹이 그 사실을 알아낸 것과 거의 동시에 묵룡단도 정보를 입수한 것이다. 물론 사안이 사안인 만큼 지방 분타가 아닌 성(省) 단위의 지부에만 전해진 일급기 밀 사항이었다.

비호의 안색이 굳어졌다.

"젠장! 이거 사실이군요."

그때 옥당화가 재빨리 입을 열었다.

"허보(虛報)일 가능성이 농후한 정보예요."

백광이 왜 저런 자들과 대화를 하느냐고 눈을 흘겼지만 옥 당화는 이미 느끼고 있었다. 이 사건이 반역의 일부라면 이미 백광이나 자신은 목숨을 잃었을 것이다.

허보? 유월은 그럴 리 없다고 생각했다. 정도맹과 천마신교에 이런 막중한 정보가 동시에 들어올 리는 없을 테니까.

"돌아간다."

유월의 명에 비호가 조원들을 수습하러 서둘러 방을 나섰다.

유월이 옥당화에게 조금 미안한 얼굴로 말했다.

"혈도는 곧 풀릴 것이오. 이런 식으로 일을 진행시킨 점… 사과드리오."

백광이 웃기지 말라며 소릴 질러댔지만 옥당화는 차분했다.

"이번 일, 그냥 넘어가진 않을 거예요."

묵묵히 고개를 끄덕인 후 유월이 돌아섰다.

등 뒤에서 옥당화가 다급히 물었다.

"이유가 뭐죠?"

문 앞에서 멈춰 선 유월이 힐끔 돌아보았다.

"그대는… 있는 그대로 보고하시오."

그렇게 유월이 방을 나섰다. 잠시 후, 혈도가 풀린 묵룡단원들과 호위들이 우르르 방으로 뛰어 올라왔다. 아무도 다친 사람은 없었다. 옥당화는 진심으로 감탄했다.

'그 짧은 시간에 우릴 완벽히 제압하다니. 흑풍대의 강함이야 익히 알고 있었지만 솔직히 이 정도일 줄은 몰랐구나.'

백광은 뒤늦은 욕설을 퍼부어대고 있었다. 당장 본단에 연락하라고 길길이 날뛰었다. 하지 말래도 보고해야 할 사안이었다.

그의 악다구니를 들으며 옥당화는 입술을 깨물었다.

'흑풍대가 위험한 일을 벌이고 있어. 그것도 매우 위험한.'

*　　　　*　　　　*

유월은 곧바로 유설표국으로 돌아왔다. 상황은 심각하게 돌아가고 있었고 한순간도 시간을 낭비할 순 없었다. 우선 유월은 모든 조원들을 투입해 서둘러 유설표국의 별채 공사를 마무리했다. 송가장에 비해 다소 손색은 있었지만 그래도 일반 고수들의 침입을 막기에는 충분했다.

유월이 따로 조장들을 모두 불러 모았다. 맹주 실종을 알게 된 조장들은 모두 심각한 표정이었다. 유월이 걱정하는 것은 난주가 난전 상황에 빠져드는 것이다. 맹주가 실종된 사실은 곧 강호에 알려지게 될 것이다.

"얼마나 걸릴까?"

그에 대한 질문에 진패는 숙고했다. 지난 경험상 이런 일은 쉽게 소문이 나지 않을 수도, 혹은 생각 밖으로 빨리 소문이 날 수도 있었다.

"정도맹에서 아무리 비밀리에 일을 처리한다 하더라도 사안이 사안인만큼 구파일방에 알릴 수밖에 없을 겁니다. 구파일방이 안다면 사대세가가 알게 되고 결국 그렇다면… 빠르면 사흘, 늦어도 열흘 안에는 강호에 소문이 퍼지게 될 겁니다."

"사흘이라."

문제는 비설이 이곳 난주에 있다는 사실이 강호에 퍼지는 것이었다. 정도맹이나 사도맹은 이미 그 사실을 알고 있었지만 그들이 본격적으로 움직이는 데는 분명 시간이 필요할 것이다. 구파일방의 회합이 있을 것이고, 각 문파의 의견을 조율할 시간이 필요할 것이다. 문제는 일반 정파 강호인들에게 비설이 노출되는 것이다. 맹주를 잃은 광기가 폭동에 가까운 소요를 일으킬 수도 있었고, 그 겁끝이 애꿎은 비설을 향할 수 있었다.

감숙지부에 이 같은 전서가 날아온 상황인데 비운성의 귀환 명령은 내려오지 않고 있었다. 그 말은 곧 끝까지 임무를 수행하라는 뜻이었다.

"일단 사태를 관망한다. 혹시 모르니 퇴각 계획도 세워두도록."

"알겠습니다."

난주는 위험했다. 만약의 경우 비설을 데리고 귀환을 해야 한다면 그 또한 매우 위험한 일이 될 것이다. 올 때는 흑풍대가 분산되어 난주로 왔지만 갈 때는 함께 가야 했다. 구십여 명에 이르는 인원이 눈에 띄지 않고 이동하기란 흑풍대라 할지라도 쉬운 일이 아니다.

잠시 침묵이 흐르던 그때, 고 총관이 찾아왔다.

"부르셨습니까?"

유월의 부름에 잔뜩 긴장한 그였다. 방 안을 감도는 팽팽한 긴장감이 더해지자 그는 드디어 때가 왔음을 직감했다.

"그대를 부른 것은 한 가지 묻고자 하는 것이 있어서다."

"무엇입니까?"

"정도맹주와의 은원이 무엇인가? 왜 그를 죽여달라고 했나?"

드디어 때가 왔음을 직감한 고 총관이 크게 심호흡을 했다.

고 총관의 눈빛이 떨렸다.

"그가 제 딸을 죽였기 때문입니다."

모두들 서로를 돌아보며 깜짝 놀랐다. 유월과 만나기 전, 고 총관은 그저 만물상을 하는 늙은이에 불과했다. 그런 평민의 딸을 정도맹주가 죽였다는 것은 실로 믿기 어려웠다.

어떤 사연일까 집중된 관심 속에 고 총관의 나직한 말이 이어졌다.

"제겐 늦둥이 딸이 하나 있었습니다. 뒤늦게 인연을 만나 어렵게 가진 아이였죠. 결국 노산의 후유증으로 아내가 죽고 딸애와 둘이 살게 되었습니다."

고 총관은 최대한 침착하게, 마치 남의 일을 말하는 것처럼 객관적으로 말하려 애썼다. 그에게 온 마지막 기회였고 오직 유월만이 그의 한을 풀어줄 수 있었다.

"오 년 전의 일입니다. 그해 춘절 때 정도맹주가 이곳 난주를 방문했습니다. 제 딸을… 그때 만난 거지요."

한숨이 새어 나왔고 세부적인 말을 듣지 않아도 어찌 된 일인지 짐작할 수 있었다.

"처음에는 제가 길길이 날뛰었습니다. 딸애에게 손찌검을 한 것도 그때가 처음이었습니다. 딸애의 몸을 망쳐 버린 그 파렴치한 놈을 찾아가 낫으로 찍어버리고 싶었습니다."

그의 말을 비틀어 짜면 눈물이 쏟아져 내릴 것 같았다. 그는 혼신을 다해 울분을 참고 있었다.

"나이 차이를 떠나 그는 우리가 올려다볼 상대가 아니었지요. 그런데도 딸애는 고집을 꺾지 않았습니다. 당시 맹주는 상처(喪妻)한 지 십 년이 지났을 때였지요. 그때 말렸어야 했는데."

고 총관이 회한과 슬픔을 가득 담아 탄식했다. 듣고 있던 진패가 가볍게 한숨을 내쉬었다. 자식을 잃은 아비의 심정이 어떨지는 자식을 가져봐야 알 일이다. 말로는 절대 표현할 수 없으리라.

"맹주는 한 달에 한 번씩 꼬박 난주를 찾았고 그것을 딸애는 사랑이라 말했습니다. 하루는 맹주가 저를 찾아왔습니다. 기다려 달라고 하더군요. 꼭 데려가겠다고. 믿을 수도, 믿지 않을 수도 없었지요."

잠시 말이 끊어졌다. 고 총관은 그날 자신을 바라보며 또박또박 말하던 맹주의 얼굴이 떠올랐는지 몸서리를 쳤다.

"그러나 그자는 어느 날부터인가 발길을 뚝 끊어버렸습니다. 두 달이 지나고, 석 달이 지나고, 다섯 달이 되도록 그는 오지 않았습니다. 그때까지도 딸애는 큰일을 하느라 바빠서 오지 못한다고 믿었습니다. 결국 하루가 다르게 말라가는 딸애를 데리고 낙양으로 갔습니다. 제 더러운 예감은 정확했습니다. 맹주를 만나는 것은 고사하고 저흰 무림맹 정문조차 지나지 못했습니다. 며칠이나 사정하니 보기에 딱했는지 수문장이 맹주에게 기별을 넣어주었죠. 하지만 맹주는 저흴 만나주지 않았습니다. 억울함을 어디에 하소연할 데도 없었습니다. 아무도 믿어주지 않을 이야기였죠. 전 두려웠습니다. 발악을 하고 매달리면 맹주가 저흴 죽여 버릴 것이라 생각했습니다. 그래서 딸애를 달랬습니다. 다 잊자고. 개한테 물린 셈치자고. 그냥 잊어버리자고……. 석 달 후, 딸애는 스스로 목을 매었습니다."

고 총관의 이야기는 거기까지였다. 눈물이 하염없이 그의 주름진 뺨을 적시고 있었다.

유월이 무뚝뚝하게 말했다.

"알겠소."

힘없이 고 총관이 방을 나섰다. 방문 앞에서 그가 한 번 유월을 돌아보았다. 유월이 고개를 끄덕여 주었다. 그것으로 충분했다.

그가 나가자 비호가 고개를 내저었다.

"뭔가 석연찮습니다."

정도무림맹이 어떤 식으로든 귀도와 연결되어 있다는 것을 알게 된 직후였다. 그리고 이제 맹주가 실종되었다. 모두들 음모의 냄새를 맡았다. 하지만 확실한 것은 아무것도 없었다.

유월은 고 총관의 말을 듣는 내내 기분이 가라앉아 있었다. 그것은 고 총관의 억울한 사연 때문이 아니었다. 또다시 떠오른 불길한 예감. 지워 버리려 할수록 점점 수면 위로 부상하는 무서운 음모.

진패가 의견을 제시했다.

"아가씨를 호위해야 하는 입장에서 철기대를 상대하긴 무립니다. 저희 쪽 철기대에 지원을 요청해야 할 것 같습니다."

앞서 적신의 흑풍대와의 일전은 그야말로 천운이 따라준 싸움이었다. 그럼에도 십여 명의 사상자를 내었다. 철기대와 전면전이 벌어지면 세간의 예상처럼 양패구상이 될 가능성이 높았다.

비호가 그 의견에 찬성했고, 백위는 자존심 상하는 일이라며 툴툴댔다.

물론 오란다고 철기대가 고이 와준다는 보장은 없었다. 경쟁 관계의 두 단체였다. 자존심이 걸려 있고 정치가 걸린 문제였다.

조장들의 시선이 유월에게 집중되었다.

"부르면 철기대는 반드시 온다."

유월은 확신했다. 자신이 아는 철기대주는 정치인이기에 앞서 무인이었다. 속내를 알 수 없을 그의 눈빛에 가끔씩 이질감이 들기도 했다. 하지만 그는 철기대주이기에 올 것이다. 가짜 철기대가 존재한다는 사실만으로도 그는 모든 일을 제쳐 두고 달려올 것이다. 그에겐 조금 미안한 일이었지만 이번 싸움은 그들이 맡아야 할 일이기도 했다.

유월이 창문을 활짝 열었다.

"철기대주에게 전서구 띄워!"

완연한 봄이 가고 더위가 찾아오고 있었다.

*   *   *

대천산 아래 마가촌, 그곳의 뜨거운 땡볕 아래서는 흥미진진한 싸움이 벌어지기 직전이었다.

수십 명의 꼬맹이들이 각각 패를 나눠 마주 보고 대치하고 있었다. 한쪽은 복면을 착용한 애들이 목검을 들고 있었고 다른 한쪽은 가죽으로 엉성하게 가슴을 덧댄 아이들이 기다란 봉을 들고 있었다. 한눈에도 봉을 든 쪽의 숫자가 훨씬 많아 보였다.

"항복하시지?"

"흥! 웃기고 있네."

복면을 착용한 아이들의 대장은 진패의 아들 진수였다. 반면 반대쪽 봉을 든 아이의 대장은 철기대 무인의 자식이었다. 두 아이에게는 어른들 기세 못지않은 팽팽한 긴장감이 감돌았다.

"흑풍대는 무적이야!"

진수의 외침에 반대편 아이도 지지 않고 소리쳤다.

"철기대가 최고야!"

서로가 최고다란 이야기가 오가며 싸움 전의 흥을 돋우고 있는 그 모습을 멀리서 지켜보는 사람이 있었다. 나무그늘 아래 평상에 비스듬히 몸을 누인 사람은 바로 천마 비운성이었다.

비운성은 흥미로운 눈빛으로 아이들의 싸움을 구경하고 있었다. 아이들이 서 있는 뒷산 언덕 쪽은 거리가 멀어 아이들의 모습이 개미처럼 보였다. 하지만 비운성에게는 그 아이들이 바로 옆에서 노는 것처럼 또렷하게 보이고 들렸다.

그때 허공에서 적호단주 이막수의 말이 들려왔다.

"사 군사가 뵙기를 청합니다."

"부르게."

그사이 아이들은 목검과 봉을 겨눈 채 서로에게 다가서고 있었다. 그야말로 일촉즉발의 상황이었다.

"실력으로 겨뤄보자!"

"얼마든지!"

비운성이 그 모습을 보며 빙긋 미소를 지었다. 가끔 비운성은 마가촌을 찾았다. 은퇴한 마인들 중 비운성을 알아보는 이를 만나면 탁주도 마시고 애들에게 글도 가르쳐 주고. 그것은 비운성이 가장 좋아하는 휴식 중 하나였다.

자신을 향해 걸어오는 사도빈은 꽤나 심각한 표정이었다.

비운성이 언덕을 가리키며 예의 농담 섞인 어투로 말했다.

"이제 싸움이 이제 시작되려는데… 흥 깨지 말고 가볍게 시작하게."

사도빈은 평소와는 달리 매우 진지했다. 그만큼 돌아가는 상황이 급박하리라.

비운성의 명령대로 사도빈이 가볍게 다룰 얘기부터 꺼냈다.

"마검 선배가 유 대주를 찾아갔습니다."

"어이쿠! 시작부터 거창하군."

그럼에도 비운성은 전혀 걱정스런 얼굴이 아니었다.

"그래서? 한판 붙었나?"

"서로 큰 충돌 없이 헤어졌다고 합니다."

"그냥 끝나? 나중에 소문이 나면 둘이 붙기를 기대했던 애들이 실망하겠구먼. 한 두어 달은 족히 안주 없이 술들 마셨을 텐데."

사도빈의 입장에서야 다행한 일이었다. 지금 같은 상황에 두 사람이 크게 싸운다면 결과를 떠나 이로운 일이 아니었다.

다시 언덕으로 시선을 주는 비운성이 진지해졌다.

"그렇다면… 그들에 대해 말이 오갔겠군."

사도빈이 묵묵히 고개를 끄덕였다.

"그렇지 않았다면 마검 선배가 그리 쉽게 물러나지 않았을 겁니다."

"유 대주가 충격이 컸겠군."

비운성은 진짜로 걱정하고 있었다. 애초에 직접 말했으면 아무 문제가 없을 일이지만 비운성은 끝내 그에게 말하지 않았다. 왜일까? 사도빈조차 궁금한 일이었다.

비운성이 나지막이 물었다.

"자넨 그 일을 어떻게 생각하나?"

"제가 어렸을 때의 일입니다."

"그래도 해보게."

"교주님의 선택이 옳은 결정이라 생각하지 않았다면… 지금 이 자리에는 다른 사람이 있었겠지요."

충성심이 가득한 눈빛을 응시하며 비운성이 희미한 미소를 지었다.

사도빈이 한마디 덧붙였다.

"마검 선배도 결국 같은 마음일 겁니다."

더 이상 그에 대해 말하고 싶지 않았는지 비운성이 화제를 돌렸다.

"어디가 이길 것 같나?"

물음의 뜻을 짐작하지 못해 의아해하던 사도빈이 비운성의 시선을 따라잡았다. 그제야 언덕 위의 결전을 확인한 사도빈이 미소를 머금었다. 그의 무공 역시 가벼운 것이 아니었지만 비운성처럼 또렷이 상황을 살필 순 없었다.

사도빈이 조금 난처한 얼굴로 대답했다.

"애들 싸움이니 머릿수가 많은 쪽이, 막대기가 긴 쪽이 이기겠지요."

"하하하. 그럼 승패는 정해졌군."

껄껄거리면서도 비운성의 시선은 여전히 언덕 위에 고정되어 있었다.

"아직 그쪽 맹주 못 찾았나?"

"네, 흔적이 묘연합니다. 그들로서는 아끼고 아껴둔 패를 사용했으니… 쉽진 않을 겁니다."

"승부수를 던졌다?"

"그런 셈입니다."

비운성의 눈빛이 깊어졌다. 오랫동안 벼른 은원을 드디어 해결할 때가 되었다는 후련함이 담긴 눈빛이었다.

"자, 일은 벌어졌고. 이제 정도맹에서 어떻게 나올까?"

"일단 정도맹주의 생사에 따라 대응이 달라질 듯 보입니다만… 역시……."

사도빈이 잠시 말을 아꼈다. 명확한 대답을 하기엔 석연치 않은 문제가 남아 있었다. 사도빈의 뒷말을 비운성이 대신했다.

"역시 정도맹주가 가짜다?"

"그럴 가능성이 큽니다."

사도빈이 본격적으로 정도맹주를 의심하기 시작한 것은 이 년 전이었다. 정도맹에 잠입한 첩자들의 사소한 보고에서 시작된 의심이었다. 식성도 필체도, 내공과 무공까지 모두 같았지만 하루에도 수십 통씩 전해지는 그에 대한 전서구에 따르면 그는 미묘하게 달라져 있었다. 예전과는 다른 결정이라거나, 일을 처리하는 방식들이 분명 달라졌는데 그냥 지나칠 수도 있는 그것을 파악해 낸 것은 역시 사도빈이란 걸출한 인재가 있었기에 가능했다.

사도빈은 본격적으로 그의 뒤를 캤다. 하지만 맹주가 바뀌었다는 결정적인 증거는 얻을 수 없었다. 그저 의심이고 추측일 뿐이었다. 오히려 그런 모호함이 그가 가짜라는 확신에 힘을 주었다. 진짜라면 파고들었을 때 진짜라는 결과가 나왔어야 했다. 세상사에 긴가민가한 일은 절대 없다는 지론을 가진 사도빈이었다.

그리고 맹주의 모친이 살해당하고 맹주가 실종되었다는 보고를 받자 그는 지금까지의 의심을 확신으로 바꾸었다.

확신에 찬 사도빈의 태도라면 그것은 곧 진실일 것이다. 비운성은 그렇게 믿어왔고 또 믿고 있었다.

"꽤 힘든 작업이었겠군."

"그럴 겁니다. 마영추가 맹주로 취임하던 그 순간부터 계획된 일이었을 겁니다."

"한데 이제 그 좋은 패를 버렸다?"

"어차피 구파일방이 존재하는 한 정도맹주가 되었다고 정파를 장악할 순 없으니까요. 정도맹을 장악해 모든 정보를 틀어쥐는 이점보다 정마대전을 일으켜 본 교를 궁지에 몰아가려는 암계가 더 효과적이라고 판단한 것이겠지요."

정마대전이란 무서운 말이 언급되었지만 여전히 비운성은 태연했다. 때마침 언덕 위의 아이들이 본격적으로 싸우기 시작했다. 목검과 봉이 휘둘러지며 서로 엉겨 붙었다. 아이 싸움이라 보기에 과할 정도로 거칠었지만 아이들은 마인들의 자식들이었다. 멍들고 뼈가 상하는 상처쯤은 대수롭지 않게 여겼다. 그 싸움을 지켜보던 비운성이 다시 입을 열었다.

"사도맹 쪽까지 손을 댔을까?"

"그렇진 않은 듯합니다. 어차피 본 교와 정도맹이 붙으면 사도맹은 저희 쪽에 손을 들어줄 수밖에 없는 입장이니까요. 굳이 거기까지 공을 들이기에는 시간이나 노력이 아까웠을 것이고 또 저희에게 길러들 확률이 두 배나 되지 않겠습니까?"

"이번 일, 철기대가 일을 벌였다고 했나?"

"네. 아무래도 그들쯤 되어야 제대로 약발이 먹힐 테니까요."

"강호가 시끄러워지겠군."

사도빈이 비운성의 눈치를 살폈다.

"저쪽 흑풍대가 나선 것까진 충분히 예측한 일이었습니다만 이제 상황이 바뀌었습니다. 저쪽에서 이렇게 강력한 패를 꺼내 든 이상… 아무래도 설이는 불러들여야 하지 않을까요?"

비운성은 아무런 대답을 하지 않았다. 천금같이 아끼는 딸의 생사가 걸린 일이었다. 하지만 비운성은 결정을 내리지 않고 있었다. 사도빈은 읽으려 노력해도 읽어지지 않는 비운성의 그 속마음이 궁금했다.

"유 대주의 무공에 성취가 있었더군."

비운성은 유월이 봉을 잘라낸 것을 알고 있었다. 봉이 잘렸을 때, 푸른빛을 뿜어내며 살아 있는 것처럼 진동한 것은 또 다른 봉에 신호를 보낸 것이었다. 원래 봉은 한 쌍이었고 그렇게 한 생명처럼 이어져 있는 귀보였던 것이다.

사도빈은 그 말이 곧 비설을 불러들이지 않겠다는 뜻임을 짐작했다. 유월에 대한 저 끝없는 신임은 어디서 나오는 것일까? 사도빈은 분명 자신조차 모르는 어떤 내막이 있음을 느끼고 있었다.

어쨌든 상황은 급박하게 돌아가기 시작했다. 이대로 정도맹주를 찾지 못한다면, 혹은 그의 시체라도 발견된다면 구파일방은 물론 모든 정파인들이 정도무림맹을 중심으로 뭉쳐 자신들에게 칼을 겨눌 것이다. 그렇게 된다면 천마신교는 두 개의 거대한 적을 한꺼번에 상대해야 했다.

"철기대라… 유 대주가 감당할 수 있겠지? 흑풍대를 해치우듯이."

"이번에는 쉽지 않을 겁니다."

그 이유를 묻는 비운성의 눈빛에 사도빈이 차분히 말을 이었다.

"흑풍대와 철기대는 동급의 세(勢)입니다. 유 대주가 그쪽 흑풍대를 큰 희생 없이 밀어버렸다면 당연히 철기대도 그와 같을 겁니다. 하지만 그들은 자신들이 지닌 가장 중요한 패를 사용하면서까지 철기대를 앞세웠습니다. 뭔가 복안이 있음이 틀림없습니다."

과연 그럴듯한 생각이었다.

비운성이 평상에서 몸을 일으켰다.

"자네 예측이 맞았네."

그 말뜻을 사도빈은 한발 늦게 이해했다. 언덕 위의 싸움을 두고 한 말이었다. 결과는 과연 자신의 말처럼 무기가 길고 숫자가 많았던 철기대 아이들의 승리였다. 시퍼렇게 멍든 얼굴로 씩씩거리는 진수의 모습이 보였다. 분함을 감추지 못한 진수의 눈에는 눈물이 맺혀 있었다.

비운성이 언덕 너머 먼 산을 바라보며 말했다.

"이제 애들 싸움은 끝났고… 과연 어른 싸움은 이렇게 끝이 날까?"

*　　　*　　　*

섬서와 감숙 경계의 바위산 언저리에서 조심스럽게 머리를 내민 사내는 인근에서 활약하는 도적 떼 중 가장 세력이 크다고 알려진 독응파(獨鷹派)의 부두목 엄수길(嚴洙吉)이었다. 대도에 호피를 두른 그는 매우 다부져 보였다.

"저곳입니다."

눈알 하나로 엄수길의 시선을 재빠르게 따라붙는 애꾸가 바로 두목 박치수(朴治壽)였다. 왜소한 몸집이었지만 쭉 찢어진 뱀눈은 그야말로 산적 두목을 하기에는 일품이었다.

두 사람이 바라보는 곳에는 천막이 십여 개가 늘어서 있었다. 천막의 크기는 다양했는데 특히 가운데 것은 그 크기가 매우 컸다.

엄수길이 재빨리 보고했다.

"소문에 의하면 감숙의 군부와 거래를 트기 위해 온 군마상이라 합니다. 적어도 군마가 백 필 이상은 있는 것으로 알려졌습니다."

"군마 백 필이라."

박치수의 눈가에 감출 수 없는 탐욕이 스쳐 흘렀다. 군마는 일반 말에 비해 그 값이 서너 배를 족히 넘었다. 한 번 제대로 털면 기루 하나 잡아 몇 달은 족히 놀고먹을 수 있는 것이다.

"몇 놈이나 지키고 있나?"

"어젯밤부터 살펴본 결과 십여 명쯤 되는 것 같습니다."

천막 주위는 삭막하리만치 조용했다. 열 명은 고사하고 오줌 누러 나온 놈 하나 보이지 않았다.

"천막 숫자가 꽤 많은데… 혹 관군이 배치되어 있는 건 아닌가?"

"아직 거래를 트기 전이니 관에서 나설 이유가 없지 않겠습니까?"

"그렇겠군. 그 외 특이점은?"

"없습니다. 분위기로 봐서 한 두어 시진 있으면 철수할 것 같습니다. 그전에 치는 게 좋을 것 같습니다."

박치수가 고개를 끄덕였다. 이곳을 벗어나 감숙성으로 향하는 관도에 들어서게 되면 다른 이들의 이목 때문에 공격하기 어려워질 것이 뻔했다. 한편으론 조금 의아한 마음도 들었다. 이곳은 분명 자신들 독웅파의 영역이었다. 숱한 약탈로 자신들의 악명이 높아지자 대부분의 상인들은 절대 이곳을 통하지 않았다. 표국 역시 만리표국과 같은 대형표국이 아닌 다음에야 일단 피해 가는 곳이 바로 이곳이었다.

'하긴. 외지에서 온 상인이라면 모를 수도 있겠군.'

그렇게 단정 내린 박치수가 외눈에서 살기를 쏟아냈다.

"관에 끈이 연결되어 있을 수도 있으니 한 놈도 살려둬선 안 돼."

그러사 엄수길이 당연하다는 듯 사악한 미소를 지었다.

두 사람이 언덕을 미끄러지듯 내려갔다. 언덕 아래에는 사십여 명의 독웅파 사내들이 말에 재갈까지 물린 채 조용히 대기하고 있었다.

엄수길이 나직이 부하들을 독려했다.

"평소처럼 빠르고 확실하게. 믿는다!"

사내들이 병장기를 힘차게 들었다 놓는 시늉으로 대답을 대신했다.

모두들 말에 올라탔다. 박치수를 선두로 사십 기의 말이 평온을 가로질러 달려갔다.

푸른 평원을 가르며 독웅파가 천막을 향해 질주했다.

두두두두두두!

앞서 달리던 박치수의 입가가 비웃음으로 굽어졌다.

'애송이들이군!'

노련한 칼잡이들이 붙은 상단이라면 지금쯤이면 어떤 반응이 있어야 했다. 하지만 천막은 거대한 왕릉처럼 적막하기만 했다.

사십 기의 말이 천막 주위를 크게 포위했다.

그때서야 작은 천막에서 사내 하나가 밖으로 나왔다.

사내가 다짜고짜 말했다.

"그냥 가라."

사내는 방금 잠에서 깬 몰골이었다.

박치수가 어이없다는 얼굴로 엄수길을 돌아보았다.

"저 새끼 지금 뭐라는 거냐?"

"아직 잠이 덜 깼나 본데요."

"인마, 나 독웅이다."

"독웅이고 독사고 간에 그냥 가라."

사내가 다시 천막 안으로 들어갔다. 박치수가 머리를 긁적였다.

"쟤 뭐냐? 여기 말 상단이 아니라 광인들 보호소 같은데."

"그럴 리가요?"

엄수길이 말을 탄 채로 커다란 천막 중 하나로 달려갔다.

칼을 뽑아 천막 입구를 매어놓은 끈을 자르려 할 때, 천막에서 사내가 다시 나왔다. 조금 짜증난 얼굴이었다.

"거기 열면 안 된다. 그냥 가라."

"병신. 하라는 대로 하고 자랐다면 어찌 우리가 이런 험한 인생을 살고 있겠느냐?"

엄수길이 천막 입구에 묶인 끈을 단칼에 베어버렸다.

천막 안을 들여다본 엄수길이 깜짝 놀라 말에서 내렸다.

"형님!"

엄수길이 입구를 막은 천을 황급히 걷어냈다.

안에 보인 광경은 그야말로 모두를 깜짝 놀라게 했다.

정말 천막 안에는 백여 필의 말이 있었다. 하지만 그것은 일반 말이 아니었다.

"한, 한혈마(汗血馬)입니다."

박치수가 말에서 떨어질 듯 황급히 뛰어내렸다. 그리고 천막으로 달려 들어갔다. 일반 말의 두 배는 됨직한 늠름한 한혈마는 돌을 밟으면 자국이 남고 하루에 천 리를 달리며 핏빛의 땀을 흘린다고 알려진 명마 중 명마였다.

"정, 정말 한혈마다!"

박치수의 눈앞에 폭죽이 터지고 꽃가루가 쏟아져 내리는 환상이 보였다. 대박 중의 대박이었다. 한혈마는 일반 말과는 비교조차 할 수 없는 가격이었다. 그것도 무려 백 마리는 되어 보였다.

박치수가 천막 밖으로 뛰어나왔다.

사내는 한옆에서 오줌을 누고 있었다. 정말 이상한 놈이었다. 박치수는 문득 불길해졌다. 말을 보기 전까지야 미친놈 만났나 의아한 정도였는데, 막상 한혈마를 보자 '이건 정말 이상하잖아' 란 생각이 든 것이다. 저 비싼 한혈마를 이렇게 관리하는 것도 웃긴 일이고.

"야, 너! 이리 와봐!"

오줌 누던 사내가 바지춤을 올리며 걸어왔다.

그때 앞서 사내가 나왔던 천막이 열리며 또 다른 사내가 고개를 내밀었다. 천막에서 목만 내민 사내가 말했다. 잠에 취한 얼굴이었다.

"뭐가 이리 시끄럽냐?"

그러자 먼저 나왔던 사내가 정중하게 말했다.

"별일 아닙니다. 쉬십시오."

천막 밖으로 나왔던 고개가 쑥 들어갔다. 그리고는 관심없다는 듯 천막을 닫아버렸다.

그 모습에 박치수의 낯빛이 서서히 질려갔다.

'…잘못 건드렸다.'

심장이 벌렁거리는 그의 속도 모르고 부하 하나가 소릴 질렀다.

"두목님! 이것 보십시오."

다른 천막에서 부하 하나가 말안장을 들고 박치수에게 뛰어왔다. 열려진 천막 사이로 백여 개의 안장이 한 치의 흐트러짐 없이 일렬로 정렬되어 있는 모습이 보였다.

"이 안장! 장난이 아닙니다."

사내의 표현만으론 너무나 부족할 정도로 멋진 안장이었다. 크기에 비해 가벼웠고 그러면서도 튼튼했다. 거기에 정교하게 새겨진 문양은 말의 색과 어우러진 색감까지 지니고 있었다. 그야말로 예술품이라 해도 될 정도였다.

문제는 거기에 새겨진 문양이었다. 천마혼의 모습을 본따 만든 것이 틀림없을 악귀상의 문양. 안장을 들고 있는 박치수의 손이 바들바들 떨리기 시작했다. 언젠가 귀동냥으로 들어본 적 있는 문양이었다.

"으헤헥!"

그제야 심드렁한 사내의 반응이 이해가 갔다.

"설, 설, 설마……."

하얗게 질린 박치수를 보며 안장을 들고 온 사내가 의아한 얼굴로 묻는다.

"왜 그러십니까?"

박치수가 바들바들 떨리는 목소리로 말했다.

"어서 제자리에 가져다 놔라."

"왜요? 저기 많아요!"

박치수가 자신이 지을 수 있는 가장 흉악한 표정을 지었다. 당장이라도 저 눈치 없는 부하를 쳐 죽이고 싶었지만 그럴 상황도 아니었다.

"참 너무하시네."

부하가 투덜거리며 안장을 지고 제자리로 걸어갔다.

또 다른 사내가 다른 천막에서 뛰어나왔다. 그는 묵빛의 갑주를 껴입고 있었다.

"두목님, 이거 죽입니다요."

갑주의 가슴에도 어김없이 같은 문양이 그려져 있었다. 물론 가슴에 적힌 네 글자는 까막눈인 그로선 읽을 수 없었다. 지금 그의 심정으로는 그 글자는 위기일발 혹은 구천지옥쯤으로 느껴졌다.

박치수는 정신이 아득해졌다. 지금 자신이 어떤 상황에 놓였는지 깨닫자 어지럼증이 일었다. 자결이라도 하면 곱게 죽으리란 생각이 들었지만 그럴 용기조차 그에겐 없었다.

"벗어라, 벗어."

그러자 사내가 인상을 썼다. 사내의 눈에는 '또 너 혼자 다

먹을 셈이냐'는 억울함이 담겨 있었다.

박치수가 몸을 날려 사내를 걷어찼다. 사내가 바닥을 뒹굴었다. 박치수가 사내에게서 억지로 갑주를 벗겨냈다. 갑주에 묻은 먼지는 웃옷을 벗어 닦았다. 모두들 이상하다는 듯 지켜보았다.

혹시 천막 안에서 자는 사람이라도 깨울까 박치수가 나직이 소리쳤다.

"모두 동작 그만!"

이해할 수 없다는 시선이 그에게 모여들었다. 천막 뒤쪽을 살피던 엄수길이 뒤늦게 달려왔다. 그가 재빨리 말했다.

"형님, 천막에 생각보다 많은 놈들이 있는 것 같습니다. 다행히 지금 모두 잠든 것 같으니… 한 놈씩 해치웁시다."

짝!

박치수가 엄수길의 뺨을 후려갈겼다. 난데없는 봉변에 엄수길이 멍한 표정을 지었다.

"애들 다 불러 모아."

"형님? 무슨 일이십니까?"

박치수가 이를 드러내며 말소리를 낮췄다.

"죽을래?"

"거참……."

엄수길이 부하들을 소리쳐 부르자 다시 박치수가 그의 엉덩이를 걷어찼다.

"조용히 모아!"

엄수길이 내심 이를 바득 갈며 흩어져 있던 부하들을 하나 둘씩 불러 모았다. 다행히 아직 대형사고를 친 부하들은 없었다.

박치수 뒤로 웅성거리며 부하들이 모여들었다.

그때까지도 사내는 그저 팔짱을 낀 채 그 모습을 지켜볼 뿐이었다.

문득 엄수길의 시선이 박치수가 고이 들고 있던 갑주에 향했다. 글을 읽을 줄 아는 그가 무심코 그것을 읽었다.

"폭풍철기. 폭풍철기? 폭풍철기!"

세 번을 연달아 반복한 엄수길의 안색이 하얗게 질렸다. 한눈에 알아보진 못해도 적어도 그는 눈뜬장님은 아니었다. 박치수의 행동이 이제야 이해됐다.

"살려주십시오."

박치수가 넙죽 바닥에 엎드렸다. 부하들 앞이었지만 체면을 따질 때가 아니었다. 두목이 무릎을 꿇고 엎드리자 부하들도 눈치를 보며 엉거주춤 엎드렸다.

박치수가 힐끔 옆을 돌아보니 이미 엄수길은 자신보다 먼저 무릎을 꿇고 앉아 있었다. 새색시처럼 눈을 내리깔고 있었는데, 박치수는 그를 만난 이후 이렇게 공손한 표정은 처음 보았다. 두목인 자신에게도 한 번도 보여주지 않은 모습이었다.

'이 새끼 봐라!'

하지만 지금은 화를 낼 때가 아니었다. 지금은 오직 빌어야 할 때였다.

박치수가 땅바닥에 머리를 처박으며 전광석화처럼 재잘거렸다. 횡설수설 그야말로 정신없는 말이었다.

　"저희는 독웅파란 도적놈들로 원래는 농사를 짓던 농부들이었습니다. 어렸을 때 동생들 먹이고 입히느라 잠을 줄여가며 일을 했지만… 동생이 무려 일곱 명이나 됩니다. 눈깔 하나로 제가 얼마나 고생을 했겠습니까? 그리고 독웅파도 제가 두목을 하려고 한 것이 아니라 제 옆에 있는 수길이가 형님이 아니면 안 된다고 하도 조르고 졸라 어쩔 수 없이 나서게 된 것이지요. 하나 소인은 비록 어리석고 무지할지언정 천성이 나쁘진 않습니다. 아, 강호에 대천산의 영웅들께서 어서 빨리 정파 놈들을 싹 쓸어주시면 저희 같은 무명소졸들은 그 휘하에 들어가……."

　"그만 떠들고 가라."

　"어이쿠? 안 됩니다. 살려주… 네?"

　깜짝 놀란 박치수가 번쩍 고개를 들었다. 잠시 멍하니 쳐다보는데… 사내가 버럭 소리쳤다.

　"가라고! 아까부터 몇 번을 말했냐? 가! 가라고!"

　"네, 가야죠. 갑니다!"

　박치수가 벌떡 일어나 자신이 세워둔 말로 뛰어갔다. 말을 타려던 그가 멈칫거렸다. 말을 타고 가려니 왠지 무례한 짓이란 생각이 든 것이다. 어찌할까 하는 애처로운 얼굴로 사내를 향해 돌아보자 사내가 타고 가라고 손짓했다.

　박치수는 뒤 한 번 돌아보지 않고 말을 달렸다.

먼지를 일으키며 달아나는 모습을 보며 사내가 피식 웃었다. 사내가 바닥에 있던 갑주를 주워 원래 있던 천막에 가져다 두었다.

천막을 나오는데 옆 천막에서 사내 하나가 밖으로 나왔다. 이미 갑주를 갖춰 입은 사내였는데 바로 철기삼대장 한기영(韓基寧)이었다. 삼백 명으로 이뤄진 철기대는 모두 삼 대로 구성되어 있었는데, 오늘 이곳에서 대기하고 있던 이들이 바로 철기삼대였다. 앞서 독웅파를 상대했던 사내는 삼대의 조신(曹信)이었다.

지금 뒤도 돌아보지 않고 달아나고 있을 박치수가 듣는다면 휘청 말에서 꼬꾸라질 이야기가 한기영의 입에서 나왔다.

"살려 보내기 시작하면 것도 버릇된다."

"작전 앞두고 피 보면 재수없다지 않습니까?"

"미신이다. 그런 거 믿다간 더 빨리 뒈져."

"주의하겠습니다."

어쨌든 독웅파는 그 미신 때문에 살아남은 것이었다.

한기영이 물었다.

"대주님은?"

"아직 도착하지 않으셨습니다. 천양(千陽) 작전이 조금 지연되나 봅니다."

"흑풍대 놈들, 제놈들 일 우리에게 떠맡기고 잘 놀고 있겠군."

"그러게 말입니다."

흑풍대가 비설과 함께 하산한 이후, 흑풍대가 진행하던 작전들을 모두 철기대가 떠맡았던 것이다.

"어서 이 거지 같은 칠년지약이 끝나야 할 텐데."

"이제 이 년 남지 않았습니까? 곧입니다."

한기영이 하늘을 올려다보며 시간을 가늠했다.

"곧 오시겠군. 애들 다 깨워!"

"알겠습니다."

명을 받은 사내가 휴식 끝을 알리는 긴 휘파람 소릴 냈다. 그러자 쥐 죽은 듯 조용하던 천막에서 하나둘 사내들이 모습을 드러냈다.

한기영이 사내들에게 소리쳤다.

"완전군장을 갖추고 이동 준비하도록!"

천막이 걷어졌고 말에 갑주가 씌워졌다. 채 반 각이 지나지 않아 천막은 완전히 철거되었다. 어슬렁거리는 듯 보였던 그들이 갑주를 갖춰 입자 완전 딴 사람이 되었다. 매서운 눈빛이 투구 아래서 빛났다.

"대주님 오십니다."

조신의 말에 고개를 돌려보니 저 멀리 일백 기의 말이 그들을 향해 달려오고 있었다. 눈 깜박할 사이에 그들이 도착했다.

한기영이 철기대주를 맞이했다.

"수고하셨습니다."

철기일대를 거느리고 선두로 달려왔던 말에서 내리는 이가 바로 철기대주 철무쌍(鐵無雙)이었다. 그에 대한 느낌은 간단했다. 단단함. 철무쌍은 그야말로 금광석 같은 강인한 느낌, 그 자체였다.

말에서 내리지 않은 채 철무쌍이 굵직한 음성을 흘렸다.

"인평이는?"

태인평은 철기이대장이었다.

"태백(太白) 작전이 끝나는 대로 환현(環縣)에서 합류하기로 했습니다."

"다음 작전은?"

"녕하(寧夏) 쪽 애들이 천지회(天地會)란 비밀 단체를 만들어 장난을 치려는 모양입니다. 녕하 분타주가 자세한 내용을 설명드릴 겁니다. 묵룡단에서는 대주님께서 직접 처리해 주시기를 바라는 것 같습니다."

"바로 출발하지."

명을 받은 한기영이 출발 명령을 내리려는 그때였다.

한 마리의 전서매가 크게 원을 그리더니 그곳으로 내려왔다. 전서를 담당하는 철기대원이 그것을 한기영에게 전했다.

전서를 읽던 한기영이 재빨리 보고했다.

"지금 당장 전원 대천산으로 돌아오라는 긴급전서입니다."

그러자 철무쌍의 의외란 표정이 스쳤다.

"전원을? 다른 내용은 없나?"

"네. 돌아오면 설명하겠답니다. 무슨 일일까요?"

작전 중인 철기대를, 그것도 전원을 불러들이는 경우는 많지 않았다.

그때 또 한 마리의 전서가 날아왔다.

뭔가 심상찮은 느낌이었다. 한기영이 두 번째 전서를 읽었다. 한기영이 의아한 표정을 지었다.

"이번에는 흑풍대주에게서 온 전갈입니다."

앞서보다 더욱 의외라는 듯 철무쌍이 되물었다.

"흑풍대주가?"

"그가 대주님을 뵙기를 청하고 있습니다. 중요한 일이랍니다."

철무쌍이 잠시 숙고했다. 원래대로라면 고민할 것도 없이 대천산으로 복귀해야 했다.

철무쌍이 물었다.

"흑풍대는 아직 난주에 있나?"

"그렇습니다."

가만히 한기영을 응시하던 철무쌍이 조금 메마른 음성으로 물었다.

"자네, 나 얼마나 믿나?"

뜬금없는 질문이었기에 한기영은 조금 당황스러웠다. 하지만 이내 자신의 소신을 밝혔다.

"오직 전 대주님의 명만 받습니다."

열 개의 목숨이 있다 해도 모두 철무쌍에게 바칠 사내. 그가 바로 한기영이었다.

철무쌍이 대천산 쪽 방향을 바라보더니 말고삐를 난주 쪽으로 돌렸다.

"우린 난주로 간다. 이대도 그쪽으로 불러들여!"

*　　　*　　　*

"형님! 천천히 좀 갑시다!"

뒤도 돌아보지 않고 채찍질을 가하는 박치수의 뒤를 엄수길이 힘겹게 따라붙으며 소리쳤다.

"이대로 가면 말부터 죽어요!"

몇 번이나 반복된 만류에 이윽고 박치수가 말을 멈췄다. 어찌나 쉬지 않고 달렸는지 부하들 몇은 뒤처져서 모습도 보이지 않았다.

온몸이 땀으로 흠뻑 젖은 박치수는 말에서 내리자마자 땅바닥에 쓰러지듯 드러누웠다. 지치기는 엄수길이나 부하들도 마찬가지였다.

십 년은 늙어버린 것 같은 얼굴로 박치수가 물었다.

"여기가 어디쯤 되나?"

"감숙 땅에 들어섰습니다."

그제야 밀린 한숨을 몰아쉬는 박치수였다.

"살았군. 살았어."

"그러게 말입니다."

"하늘이 도운 거다. 하늘이 도왔어."

"그래도 그 덕에 평생 못 볼 구경했습니다."

그 말에 공감한다는 듯 박치수가 고개를 주억거렸다. 상대는 분명 철기대였다. 촌구석 산적 떼가 언제 철기대 구경을 해 보겠는가? 위풍당당 말을 모는 모습이 아니라 철기대 하나가 오줌 누는 모습이긴 했지만. 어쨌든 가문의 영광이요, 사자(死者)의 귀환이었다. 어디 가서 소문낼 이야기도 아니었지만 말을 옮긴다 해도 믿어줄 사람도 없었다.

"그나저나 화끈한데요. 그냥 살려주는 걸 보니."

"살인멸구할 가치조차 없다는 거였겠지."

"하긴."

과연 강호에 있어 마교의 영향력은 이토록 컸다.

그때 멀찌감치서 쉬고 있던 부하들 중 몇 사람이 두 사람에게 다가왔다. 차기 부두목을 내심 노리는 깡다구가 센 왕구(王九)가 기백있게 말했다.

"두목, 아까 그치들 도대체 뭐 하는 자들이었습니까?"

"몰라도 돼."

"한혈마가 무려 백 기였습니다. 한 번쯤 목숨 걸어볼 만했지 않습니까?"

그러자 박치수와 엄수길이 마주 보며 씩 웃었다. 무지몽매한 놈 따귀라도 때려 정신을 차리게 해야겠지만, 살아남았다는 기쁨에 웃음만 나왔다.

박치수가 웃는 낯으로 말했다.

"시끄럽고. 가서 말 풀이나 먹여."

"두목님! 저 왕굽니다. 천양산 꼭대기에서 두목님 복통 나셨을 때 산 아래 의원까지 들쳐 업고 뛰었던 바로 그 왕굽니다!"

부웅!

박치수가 허공을 붕 날아 두 발로 왕구를 걷어찼다. 왕구가 저만치 나가떨어졌다.

"네가 그러니까 왕씨 집안 아홉째다, 인마."

"조금만 더 똑똑했어도 여덟 번째는 되었겠죠."

박치수와 엄수길이 말도 안 되는 농담을 주고받으며 껄껄거렸다.

"이제 어쩌시렵니까?"

"여기서 난주 안 멀지?"

"꼬박 달리면 하루 이틀이면 갈 겁니다."

"어깨 제대로 결린다. 난주 가서 몸이나 좀 풀자."

그 말에 부하들의 표정이 환하게 밝아졌다. 요 근래 산만 타고 도적질만 하다가 난주 환락가에서 제대로 놀아볼 기회가 온 것이다.

히죽거리던 엄수길이 갑자기 바짝 긴장했다.

"저기 뭐가 또 옵니다."

"뭐야?"

박치수가 깜짝 놀라 벌떡 일어났다.

길 끝에서 십여 기의 말이 빠르게 달려오고 있었다. 자라 보고 놀란 가슴들이 미처 도망갈 생각도 못한 채 그저 숨만 죽였다.

독웅파 일행을 발견했는지 달려오던 말들이 점차 속도를 줄였다.

가장 선두에 선 사내는 의외로 청룡단 부단주 원릉이었다. 맹주가 실종되었다는 소식에 급히 귀맹하던 그였다. 마음은 급했지만 근래 상황이 상황인지라 정체불명의 무리를 보고 일단 경계를 한 것이다.

원릉의 오른팔인 천인기(千寅琦)가 먼저 나섰다. 그가 매섭게 독웅파 무리를 살폈다. 한눈에 봐도 악당 일에서 삼십까지 무리들이었다. 자연 태도는 뻣뻣했다.

"너희는 누구냐?"

고압적인 그의 태도에 박치수가 발끈했지만 상대는 청룡단 복장을 입고 있었다. 박치수의 표정이 해맑아졌다.

"헤헤. 소인들은 그저 지나가는 행인들입니다. 어서 지나가시지요."

"누구냐고 물었다."

마음 같아선 '우린 독웅파다, 그것도 철기대의 손에서도 살아남은 독웅파다!' 라고 외치고 싶었지만 그건 절대 무리였다.

'정말 오늘의 일진은 사납기 그지없구나.'

한숨이 절로 나왔다. 그의 고민을 해결한 것은—물론 나쁘게였지만—옆에서 잔머리를 굴리던 엄수길이 아니었다. 얼굴에 신발도장을 찍은 채 구석에서 씩씩거리던 왕구였다.

왕구가 벌떡 일어나 소릴 질렀다.

"이 새끼야! 지나가던 행인이라고 우리 형님께서 말씀하지 않으셨냐? 귓구멍에 뭘 처박았기에 못 듣는 게냐!"

대번에 천인기의 안색이 사납게 굳어졌다.

반면 박치수와 엄수길은 화들짝 놀라 안절부절못했다. 제아무리 고향땅에서 눈알 하나 부라리면 다들 벌벌 긴다는 독옹파라지만, 사실 제집 대문 안에서 짖어대는 똥개에 불과했다. 그에 비해 청룡단 무인들은 대문 밖의 사나운 늑대들이 아니던가?

다시 한 번 박치수의 몸이 허공을 날았다. 곧바로 왕구가 다시 붕 허공을 날았다가 바닥을 뒹굴었다.

이번에는 엄수길이 비굴한 웃음을 흘렸다.

"저흰 상대할 가치도 없는 파락호들입니다. 저 무식한 놈을 제발 용서해 주시지요."

"수상한 놈들입니다."

천인기가 여전히 굳은 얼굴로 원릉의 처분을 기다렸다. 마음 같아선 전부 잡아다가 매질을 했으면 좋겠지만 역시 자신의 예상대로 원릉이 반응했다.

"지금 처리할 일이 아니다. 가자."

"알겠습니다."

그 말에 박치수와 엄수길이 안도했다.

박치수가 천인기 쪽으로 다가가 고개를 숙였다.

"관대한 처분에 감사드릴 따름입니다."

쉬이잉!

푹!

숙였던 고개를 든 박치수가 눈앞의 광경을 멍하니 쳐다보았다. 가슴에 커다란 장창이 꽂힌 천인기의 몸이 기우뚱 말에서 떨어지고 있었던 것이다.

'기습이다' 란 청룡단 무인의 외침과 동시에 박치수가 뒤로 자빠지며 비명을 질렀다. 청룡단 무인들이 원릉을 둘러싸며 검을 뽑아 들었다. 어디서 날아온 창인지 그들은 알지 못했다.

"부단주님! 일단 피하서야 합니다!"

무인의 외침에 원릉이 잠시 망설였다. 천인기의 시체도 수습하지 못한 채 이대로 달아나는 것은 그야말로 비겁한 행동이었다. 하지만 자신은 물론 천인기 본인 역시 장창이 스스로의 가슴을 관통할 때까지 방어조차 못한 것을 봐선 상대는 절정고수였다.

원릉이 말을 박찼다. 하지만 그들은 채 오 장도 가지 못하고 말을 멈춰야 했다.

길을 가득 채운 채 백여 기가 넘는 인원들이 다가오고 있었다.

"후퇴한다!"

원릉이 다급하게 외쳤지만 그 역시 허망한 메아리로 그쳤다. 뒤쪽 길 역시 백여 기가 넘는 사내들이 다가오고 있었던 것이다.

그 다급한 순간 원릉은 상대를 알아보았다.

심장이 터질 듯 뛰기 시작했다.

"철기대다!"

그의 말에 청룡단 무인들은 사색이 되었다. 다가서는 살기에 말들이 놀라 흥분하기 시작했다.

박치수와 엄수길이 마주 보며 죽을상을 지었다.

'이런 젠장!'

박치수가 다급하게 소리쳤다.

"우린 끓어!"

한 번 당해본 일이라서인지 서른 명이 넘는 독웅파가 일제히 바닥에 머리를 처박았다. 눈을 감아 일어날 일을 피할 수 있다면 좋겠지만, 현실은 무섭게 돌아가고 있었다.

쉬이잉!

또 다른 창들이 앞뒤에서 날아들었다. 묵직하게 날아들던 창을 쳐내던 팔이 부러지며 청룡단 무인 하나가 말에서 떨어졌다. 동시에 옆에 서 있던 무인의 등이 꿰뚫렸다.

무인 하나가 말을 박차고 날아올랐다. 그냥 죽을 수 없다는 필사의 의지가 담긴 칼날이 선두에 선 사내의 어깨를 내려쳤다.

퍼억!

칼날은 박히지 않았고 대신 자신의 목이 사내의 큰 손아귀에 잡혔다.

우두두둑!

허공에서 몸부림치던 무인의 몸이 축 늘어졌다.

원룽은 그 모습을 무기력하게 지켜보았다. 나서서 싸워야 하는데 몸에 힘이 들어가지 않았다. 철기대를 확인한 순간 온몸의 투기가 거짓말처럼 사라졌다. 자신이 이렇게 무기력한 인간인지 스스로 놀랄 정도였다. 어쨌든 이미 때는 늦었고 자신의 죽음은 피할 수 없는 일이었다. 기분 나쁜 딸꾹질이 멈추지 않았다.

살아남은 무인들이 흩어져 발악하고 있었다. 청룡단에서도 가리고 가려 뽑아온 수하들이었다. 하지만 그들의 검과 검기는 상대의 무심한 창질에 모두 막히고 소멸되었다. 어쩌다 상대에게 적중한 검은 그들의 수호갑을 잘라내지 못했다.

발악을 하듯 검을 휘둘러 대던 마지막 무인이 원룽의 눈앞에서 쓰러졌다.

"죄… 죄송합니다."

바닥에 처박힌 무인을 보며 원룽의 눈빛이 떨렸다. 미안한 사람은 자신이었다. 저 멀리 땅바닥에 머리를 처박고 있는 박치수가 보였다. 자신은 그보다 못한 사람이란 생각이 들었다. 적어도 그는 자신과 부하들의 목숨을 구하려고 몸부림을 치고 있었으니까. 하지만 그렇게 발악하다 죽고 싶지 않았다.

다가오는 상대를 응시하며 허리를 꼿꼿이 세운 채 원룽이 소리쳤다.

"철기대, 이 새끼들! 반드시 본 맹……."

푸욱!

복수하리란 말을 미처 마치기도 전에 창이 가슴에 박혔다.

원룽은 끝까지 말에서 떨어지지 않기 위해 애썼다. 선두의 사내가 그를 지나쳤다. 그때까지도 원룽은 말에서 떨어지지 않았다. 지나쳐 가는 두 번째 사내가 힐끔 그를 쳐다보았다. 원룽과 그의 시선이 만났다.

"……!"

놀란 원롱의 두 눈이 부릅떠졌다. 아는 얼굴이었다.

"맹… 주… 님?"

그는 분명 마영추였다. 마영추는 아무 대답도 하지 않았다.

지나쳐 가는 마영추를 향해 원롱이 억지로 몸을 돌리려 했다. 결국 원롱이 땅바닥으로 떨어졌다. 저 멀리 마영추의 뒷모습이 보였다. 분명 돌아봐야 했는데 마영추는 돌아보지 않았다. 스무 기의 말이 그의 옆을 지났을 때 그의 숨이 끊어졌다. 부릅뜬 두 눈에는 의문만이 가득했다.

딱딱딱딱!

장내에 들리는 소리는 박치수와 그 일당들이 두려움에 이를 부딪치는 소리뿐이었다. 후끈 피어오르는 피 냄새에 살려달라는 말소리 대신 구역질만 일었다.

달그닥, 달그닥.

말발굽 소리가 계속 이어졌다. 박치수는 물론 모든 독웅파 사내들이 온몸을 벌벌 떨었다.

말발굽 소리가 완전히 멀어졌다. 박치수와 엄수길이 조심스럽게 고개를 들었다. 금방이라도 날아들 것만 같았던 창은 저 멀리 사라지고 없었다. 마치 너흰 살려줄 테니 이 일을 마음껏 소문내라는 듯 그들은 뒤도 돌아보지 않았다.

엄수길이 떨리는 목소리로 말했다.

"가, 갔습니다."

"갔구나."

박치수가 다리에 힘이 풀려 일어나지 못하는 것을 왕구가 달려와 일으켜 세웠다. 구박만 하던 그 왕구의 손이 너무나 반갑게 여겨졌다.

장내의 참혹한 광경에 모두들 두려운 마음이 들었다.

"저자들 언제 여기까지 왔을까요?"

"한혈마가 과연 빠르긴 빠르구나."

철석같이 앞서 본 철기대라 믿는 그들이었다.

"어쨌든 저흰 살았습니다."

"그래, 살았다. 살았어!"

"이거까지 뒤집어쓰기 전에 어서 뜹시다."

"가자."

"근데 이제 어디로 갈까요?"

박치수가 앞서의 철기대가 사라진 방향을 쳐다보았다.

그곳은 난주로 향하는 길이었다. 그들을 따라 난주로 갈 순 없었다.

이십 년은 족히 늙어 보이는 박치수가 힘없이 말했다.

"돌아가자! 죽더라도 집에 가서 죽자!"

서로 다른 두 철기대를 만나고도 살아남은 독옹파의 무사 귀환이었다. 돌아가는 길에 박치수는 자신들의 이름을 불사파(不死派)로 바꿔야겠다고 진지하게 고민했다.

第四十九章

철염기

魔刀霸爭

천 마신교 난주 분타주 송웅은 오늘도 오른팔이라 자처하
는 상수의 애원을 한 귀로 흘리고 있었다.

"타주님, 제발 한 번만 만나게 해주세요."

"이놈아, 나도 못 본 흑풍대주를 어떻게 보게 해준단 말이
냐!"

상수는 흑풍대가 난주에 들어온 이후 하루도 빠짐없이 흑풍
대주 노래를 불렀다. 오늘도 어김없이 졸라대고 있었다.

"그러니까 인사차 방문하는 겁니다. 제 손 꼭 잡고."

"가게는 누가 보고?"

"가끔씩 문도 닫고 그래야 저희 포목점 귀한 줄도 알고 그러
죠."

"염병한다."

"타주님!"

"이 시간에 무공 연마를 하면 네가 대주 된다. 내 확신한다."

결국 입이 한 발이나 나온 상수가 삐친 척 구석 자리로 물러났다. 그가 중얼거리듯 구시렁거렸다.

"타주님이나 저나 다 틀렸습니다. 우린 이 지긋지긋한 옷감 속에서 죽을 거라고요."

뭐 저런 놈이 다 있냐는 표정을 짓던 송옹이 한풀 꺾여 말했다.

"이놈아, 그걸 다행이라 여겨야지."

"전 싫습니다! 본단으로 꼭 갈 겁니다."

"그게 네놈 뜻대로 될까. 내 후임으로 너 추천하고 죽으마. 분타주 자리면 한평생 처자식은 건사할 순 있을 것이다. 평생을 몸바쳤는데 위에서도 그 정도 부탁은 들어주겠지."

애틋함이 느껴졌다. 상수는 한숨만 내쉬었다.

그때였다. 두 사람은 동시에 길 밖의 공기가 심상치 않음을 느꼈다.

두 사람이 밖으로 뛰어나왔다.

저 멀리 시장 골목을 가득 채운 것들이 있었다. 송옹의 눈이 점차 커져 갔다.

철기대가 버젓이 난주로 들어선 것이다. 장사를 하던 사람들도, 길 가던 행인들도, 담벼락에 기대 바둑을 두던 노인들도 모두 동작을 멈추고 그들을 지켜보았다. 행렬은 꼬리에 꼬리를 물며 한없이 이어졌다.

시장 상인들이 소곤거렸다. 하지만 그 누구도 그들이 마교의 철기대란 사실을 알지 못했다. 떡을 파는 감씨는 관군이라고 주장했고, 공사판 십장 최씨는 청룡단의 무인들이라고 우겼다. 설마 마교의 무인들이 대낮에 버젓이 도로를 활보할 것이라곤 그들 누구도 생각지 못했다.

다행히 철기대는 그들에게 관심이 없었다. 마치 전쟁에서 지고 돌아온 패잔병들처럼 그들은 시선 한 번 돌리지 않은 채 묵묵히 길을 지나갔다.

그들이 포목점 앞을 지날 때 송옹과 상수는 다른 시장 상인들처럼 멍하니 그들을 지켜보고 있었다. 선두에 선 사내가 힐끔 송옹을 돌아보았다.

투구 아래서 쏘아져 오는 강렬한 시선에 송옹은 질식할 것 같은 답답함과 두려움을 느꼈다. 사내는 다시 고개를 돌려 버렸고 행렬은 계속되었다.

송옹은 심장이 벌렁거렸다.

'분명 내 마기를 읽어냈다.'

그것은 마기라고 할 수도 없는 기운이었다. 오랜 세월 시장 상인들과 어울려 살다 보니 어떤 때는 마기를 어떻게 올려야 할지조차 잊어버릴 정도였다. 그런 그에게서 내재된 마기를 읽어낸 것이다.

상수가 옆에서 잔뜩 얼어붙은 채 속삭였다.

"철, 철기대죠? 맞죠?"

송옹은 아무 대답도 하지 못했다. 분명 철기대였다. 하지만 가슴속을 두렵게 하는 이 이질감은 무엇이란 말인가? 젊은 시절 신교에 막 입교했을 때 두어 번 본 철기대가 전부였다. 분명 그들이 맞았다. 잊을 수 없는 모습 그대로. 하지만… 자신을 노려보던 그 투구 속의 눈빛은 동료를 향한 것이 아니었다.

"잠시 표국에 다녀와야겠다."

"제가 가겠습니다."

송옹이 무서운 눈빛으로 상수를 돌아보았다. 그 시퍼런 서슬에 상수는 송옹이 진짜 화가 났다는 것을 깨달았다.

"남자답게 죽고 싶다는 네 뜻, 막지 않는다. 하지만… 이런 식은 아니다."

많은 뜻이 담긴 말이었다. 의지대로 죽지 못하고 다른 사건에 휘말려 죽는 것은 결국 개죽음. 송옹은 상수가 그렇게 죽지 않기를 진심으로 바랐다.

그 깊은 뜻을 다 알지 못했지만 상수는 예의 바르게 물러섰다.

"죄송합니다."

송옹이 조금 누그러진 어조로 다독였다.

"우리 애들부터 단속해라. 나가 있는 애들 다 불러들이고. 일단 몸들 숨기라고 전해라."

"알겠습니다."

상수가 황급히 뛰어나갔다. 난주 분타에 소속된 이십여 명의 마인들은 이런저런 직업으로 위장해 있었다. 바짝 긴장해야 할 순간이 온 것이다.

그렇게 송옹의 포목점을 지난 철기대는 그 길로 백화방으로 향했다.

철기대가 오고 있다는 것을 새까맣게 모른 채 백화방주 백상군은 자신의 방에서 야율척의 보고를 듣고 있었다.

"정녕 기련사패의 행방이 묘연하단 말이냐?"

"네. 기련산까지 사람을 풀어 알아봤지만 이미 그들은 사라지고 없었습니다."

아들의 죽음이 기련사패의 짓임을 확신한 백상군은 기련사패의 행방을 찾기에 몰두하고 있었다. 죽은 자를 위한 애도였고, 죽은 자를 향한 복수였다.

기련사패는 백화방 단독으로 처리할 사안이 아니었다. 행방을 알아내면 공동파와 무림맹에 도움을 청할 생각이었다. 어차피 만수문의 뒤 배경이 기련사패였고, 그들만 없앨 수 있다면 만수문은 저절로 무너지게 될 것이다.

"만수문의 동태는 어떠하냐?"

"취월루 사건 이후 잠잠합니다. 아마도 그 사건의 배후자로 찍힐까 조심하고 있는 것 같습니다."

"켕기는 것이 있는 게지."

백상군은 만수문의 짓이라 단정 짓고 있었다. 아니, 그들의 짓이 아니라 해도 그들의 짓으로 만들어야 했다.

그때 밖에서 목계영이 왔다는 기별이 왔다.

황급히 달려나가니 목계영이 사내 다섯을 데리고 연무장으로 들어서고 있었다.

"어서 오십시오, 목 대협."

"드릴 말씀도 있고 해서 잠시 들렀소. 여긴 본 파의 제자들로 각기 청, 명, 진, 수이외다."

그러자 사내들이 돌아가며 짤막하게 자신의 이름만 간단히 말했다.

사내들은 몸놀림이 가볍고 눈빛이 매서운 것이 상당한 고수들이었다. 백상군은 대충 그들이 누군지 짐작할 수 있었다.

"혹 함께 오신 분들이 공동사수라 불리시는 일대영웅들이 아니옵니까?"

"맞소. 바로 그 아이들이오."

그러자 백상군은 물론 옆에 서 있던 야율척까지 감탄했다. 공동사수는 복마검법(伏魔劍法)을 대성한 젊은 인재들로 장래 공동파를 이끌어갈 실력있는 후기지수였다.

그들을 보자 백상군은 아들 생각에 마음이 울컥했다. 그대로 자랐으면 차기 공동사수의 자리는 자신의 아들이 차지했을 것이다. 슬픔을 가라앉히며 백상군이 그들을 칭송했다.

"가히 소문대로 풍모가 위풍당당한 것이 가히 강호의 홍복이라 할 수 있을 듯합니다."

"과찬이시오. 아직 어려 강호 물정을 모르는 애들이외다."

"일단 안으로 드시지요."

"그럴 것 없소. 내 백 방주에게 한 가지 당부를 드리고자 이렇게 찾아왔소."

"말씀하시지요."

"지금부터 난 이 아이들과 함께 기린사패의 행방을 추적할 것이오. 여기 제자 하나를 두고 갈 테니 혹 놈들의 행방을 찾게 되면 이 아이를 통해 연락주시오."

공동사수를 따라온 어린 청년이 포권을 취하며 앞으로 나섰다. 아마도 목계영의 시중을 드는 어린 제자인 듯 보였다. 비록 자신의 자존심 때문이겠지만 아들의 복수를 위해 이렇게 애써주는 목계영이 백상군으로서는 너무나 고마웠다.

"알겠습니다. 부디 몸조심하시기를."

간단한 인사만 주고받고는 목계영과 공동사수가 백화방을 나섰다. 그들이 밖으로 나가는 순간.

쉬이이잉!

"피해랏!"

목계영의 다급한 음성이 터져 나왔다.

문을 열며 앞장서던 첫째, 청이 몸을 비틀어 피했다. 그러나 목계영의 간절한 외침도, 날아든 것을 피하려던 필사의 몸놀림도 한발 늦은 것이었다.

청의 가슴이 꿰뚫리며 뒤로 날아갔다. 날아든 것은 장창이었고 청의 몸을 매단 채 그것은 계속 날아갔다.

꽈앙!

건물의 대들보에 창이 박혔다. 마치 줄에 널어둔 빨래처럼 청은 이내 축 늘어졌다. 그의 입에서 피가 울컥울컥 새어 나왔고 가슴에서 피가 주르륵 흘러내렸다.

부릅떠진 목계영의 눈에 핏발이 섰다.

"형님!"

공동사수의, 아니, 이제 막 공동삼수가 되어버린 사내들의 분노가 애절한 외침으로 터져 나왔다.

백상군과 야율척은 그저 믿을 수 없다는 얼굴로 넋을 놓고 있었다.

꽈아아앙!

다시 담벼락에서 굉음이 터져 나왔다. 굉음은 세 번 연속으로 이어졌다.

다음 순간, 담벼락이 와르르 무너져 내렸다. 어떤 것이 어떤 식으로 부딪쳤는지 알 수 없었지만 놀랍게도 담벼락은 정문과 함께 가루가 되어 무너졌다.

무너진 담장 너머로 보이는 광경에 모두들 경악했다.

삼백의 철기대가 대열을 갖춘 채 늘어서 있었던 것이다. 선두에 선 사내가 손을 쑥 내밀었다. 그러자 모두를 핼쑥하게 만들 절기가 발휘되었다.

이십 장 거리에 박혀 있던 창이 쑥 빠져나오면서 날아든 것만큼이나 빠르게 사내의 손으로 회수된 것이다.

부우웅.

사내가 크게 창을 휘두르자 청의 피가 바닥에 쏟아졌다.

청의 시체는 이미 바닥을 나뒹굴고 있었다. 이미 그가 절명했다는 것을 알았지만 공동사수의 남은 세 사람은 시체로 달려갔다. 마음 약한 막내 수의 눈에서 눈물이 흘러내렸고, 개중 가장 모진 성격의 명이 이를 갈았다. 침착한 진은 그저 탄식만 내뱉었다. 슬퍼할 때가 아니었다.

세 사람이 일제히 검을 뽑아 들고 목계영의 옆으로 늘어섰다.

창을 던진 사내의 투구 속 눈은 무표정했다. 너무나 무표정해서 마치 죽은 사람의 눈을 보는 것만 같았다. 그 죽은 눈빛이 씩 웃었다. 목계영은 두려운 마음이 들었다. 출도 이래 이런 두려움은 처음이었다. 목계영의 시선이 그의 가슴을 향했다.

가슴에 쓰인 글자를 읽어낸 순간 목계영은 경악했다.

"철기대?"

목계영의 시선이 중심에 선 사내 뒤를 훑었다. 하나같이 같은 갑주에 같은 무기를 들고 있었다. 그리고 가슴에 쓰인 글자 역시 같았다. 말로만 전해 듣던 숫자였고 모양새였다.

"정말… 마교의 개들이로구나."

탄식처럼 내뱉어진 목계영의 말에 백상군은 그대로 주저앉아 버렸다. 야율척은 몸이 굳어버려서 꼼짝도 하지 못했다.

목계영이 내력을 실어 물었다.

"네놈들의 극악무도한 야만성은 익히 알고 있다만… 왜냐? 왜 이곳에 나타난 것이냐?"

쩌렁쩌렁 목계영의 분노가 울려 퍼졌지만 사내는 대답이 없었다.

그리고 그 묵묵부답은 곧바로 살기로 이어졌다. 투구 안의 눈빛에서 살광이 폭사되었다.

"살(殺)!"

단 한 마디의 명령에 삼백의 철기대가 함성을 질렀다.

"우와아아아아아!"

질식할 것 같은 살기를 내뿜으며 철기대가 일제히 돌격했다.

목계영이 검을 빼 들며 허공으로 날아올랐다. 그 뒤를 공동 사수가 뒤따랐다.

쉬이이잉!

공동파의 이대검객 목계영의 검이었다.

검에서 뿜어져 나온 것은 시퍼런 검강이었다. 목계영은 검강을 날리지 않고 칼에 머금고 휘둘렀다.

앞장서 내달리던 철기대의 창이 매끄럽게 잘려 나갔다. 그 뒤로 공동사수들의 검기가 공간을 찢어발겼다.

쉭! 쉬익! 쉬이이이익!

창이 부러진 철기대 둘이 검강에 목이 잘려 나갔다. 하지만 그뿐이었다. 뒤이어 날아들던 검기는 모두 창대 끝에서 흩어져 버렸고 목계영을 향해 수십 가닥의 강기가 날아들었다.

강기 사이를 날며 목계영의 신형이 마치 춤을 추듯 허공을 누볐다. 평생을 갈고닦은 복마검법이 그의 검끝에서 그 정수를 펼쳐 내고 있었다. 하지만 상대는 검법의 이름처럼 쉽게 굴

복당하지 않았다.

핏! 핏!

목계영의 몸에서 피가 튀었다. 한 명의 철기대가 쓰러지면 그의 몸에는 세 줄기의 핏물이 튀었다.

위기에 몰린 목계영에게 사사한 수의 애절한 외침이 터져 나왔다.

"사부님!"

긴장감을 잃은 그 찰나의 순간을 철기대는 놓치지 않았다.

퍽 소리와 함께 수의 팔이 너덜거렸다. 창에 찔린 팔에서 피가 뿜어져 나왔다.

"동생!"

진이 검기를 뿌리며 수에게 달려갔다.

지지익!

검기에 적중당한 철기대의 몸에서 비단 찢어지는 소리가 들렸다. 갑주만 갈라졌고 휘청하던 철기대는 다시 중심을 잡았다. 그 뒤의 철기대의 창에서 강기가 날았다.

"진아!"

목계영이 두 사람을 향해 쇄도했다. 수를 감싸 안던 진을 낚아채 날아올랐다. 두 사람을 모두 구할 여유가 없었다.

"크윽!"

갈라진 심장에서 만들어내는 짤막한 외침. 가슴이 갈라진 채로 사부와 사형을 향해 두어 걸음 내딛던 수가 꼬꾸라졌다. 그는 그대로 즉사했다.

"수야! 아우야!"

진의 눈에서 피눈물이 흘러내렸다.

그 와중에도 명은 미친 듯이 검을 휘두르고 있었다. 그는 죽음을 각오했다. 동문들에게 언제나 독하다 독하다란 소릴 듣던 그였는데 오늘은 그 독함이 크게 힘을 발휘했다.

"으아아아아!"

명은 괴성을 질러대며 철기대 사이를 누볐다. 하지만 일검에 쓰러뜨려도 삼백 번을 휘둘러야 할 적들은 열 번을 휘둘러한 명을 쓰러뜨리기 어려웠다. 일 대 일이었다면 절대 지지 않을 상대였다. 하지만 상대들은 마치 합격술을 위해 태어난 자들처럼 빈틈이 없었다. 좌에서 우로, 하에서 상으로. 그들은 동료의 허(虛)를 공(攻)으로 보완했고 자신의 허를 동료에게 맡겼다.

명이 창대를 타고 넘어 철기대 하나의 목을 붙잡고 늘어졌다. 명이 철기대 사내와 함께 말에서 떨어졌다. 서로 바닥을 뒹굴며 검을 박아댔지만 마구잡이로 찔러 넣는 검은 상대의 수호갑을 뚫지 못했다.

푹! 푹!

명의 허리와 어깨에 창이 박혔다. 하지만 명은 악착같이 검을 찔러댔다. 명의 검이 사내의 투구 아래에 박혔다. 명은 확실히 적의 비명을 들었다. 절대 죽지 않는 수라처럼 강한 상대였지만 결국 그들도 인간이었다.

푹! 푹! 푹!

수십 개의 창이 명의 몸에 박혔다. 매정한 창끝에서 몸을 떨던 명이 이내 숨을 거뒀다.

피투성이가 된 채, 자신보다 더 피투성이가 된 진을 기울여 안고선 목계영이 긴 한숨을 내쉬었다. 늙은 목숨이 죽는 것은 아깝지 않았다. 제자의 복수에 눈이 멀어 젊은 목숨을 이렇게 헛되이 버리게 한 죄를 어떻게 갚을지. 목계영은 찢어질 듯 가슴이 아팠다. 공동사수를 데리고 하산하지 말았어야 했다는 후회만이 밀려들었다.

울컥.

진이 피를 토했다. 그가 흘린 피가 목계영의 장삼을 적셨다. 손에 든 검이 떨렸다. 더 이상 움직일 기력이 없었다.

저 멀리서 자신을 보며 울고 있는 어린 제자의 모습이 보였다. 이제 막 복마검법을 익히기 시작한 제자였다. 바람이나 쐬게 해줄까 데려온 아이였다.

목계영이 하늘을 올려다보며 소리쳤다.

"하늘이… 공동이 너흴 용서하지 않을 것이다."

쉭! 쉭!

두 줄기의 검 바람 소리가 울려 퍼졌다.

한 줄기는 품에 안긴 진에게. 나머지 한 줄기는 자신을 위한 바람이었다.

두 사람이 끌어안은 채 그렇게 쓰러졌다. 어린 제자가 달려와 통곡했다.

도망가던 백상군이 끌려왔다. 그를 살리기 위해 필사적으로 길을 열던 야율척과 백화방의 무인들은 모두 싸늘한 시체가 되어 있었다.

"제, 제발 살려주십시오. 저는 저들과 아무 상관이 없습니다!"

간절한 백상군의 애원에 대주는 차가운 눈빛만 발했다. 눈빛으로 묻는 것만 같았다. 그것이 너희가 말한 협이고 의냐고.

그가 자신을 살려주지 않을 것이라 직감한 백상군의 눈빛이 사나워졌다. 방금 전까지 실신하기 직전이었지만 죽기를 각오하자 머릿속이 맑아졌다.

"고작 약한 사람들을 학살하는 것이 너희 마교의 일이냐? 이 거지발싸개 같은 마교 놈들아! 지옥에서 너흴 만나길 학수고대하마."

백상군이 오른손을 쳐들어 자신의 머리통을 내려쳤다. 하지만 손은 머리 옆에서 멈췄다. 자결도 용기있는 자만이 할 수 있었다. 그의 손이 부들부들 떨렸다.

철기대주가 재밌다는 듯 웃었다. 웃음이 퍼져 나갔고 모든 철기대가 그를 비웃었다. 백상군이 치욕에 바들바들 떨었다.

바로 그때였다.

쉭!

바람 소리. 십여 명의 철기대의 머리통 사이를 아슬아슬하게 가르며 백상군의 심장에 화살이 박혔다. 백상군이 그대로 쓰러져 죽었다. 백화방이 몰락하는 순간이었다.

장내의 웃음이 사라졌다. 모두의 시선이 화살이 날아온 방향을 향했다.

철기대 뒤쪽으로 두 사람이 걸어오고 있었다. 앞장선 사람은 유월이었고 뒤따르는 이는 비호였다. 비격탄을 쏴서 백상군을 죽인 사람은 바로 유월이었다. 어차피 그가 살길은 없었고 그 참혹한 조롱에서 해방시켜 준 것이다.

두 사람을 향해 철기대들이 창을 겨눴다.

자신의 앞을 가로막은 창을 바라보며 비호가 차갑게 말했다.

"눈 찌르겠다. 치워라."

가까이서 창을 겨눈 사내가 어이없다는 표정으로 서로를 돌아보며 헛웃음을 지었다.

쉭!

다시 사내가 고개를 돌렸을 때 무엇인가 날아와 자신의 눈에 박혔다.

사내가 눈을 부여 쥐고 말에서 꼬꾸라졌다.

유월이 그의 눈에 비격탄을 쏴버린 것이다.

주위 철기대의 살기가 불같이 일었다.

그때 앞서 제일 먼저 창을 날렸던 사내, 바로 철기대주가 말했다.

"길을 열어줘라."

인파로 만들어진 길이 열렸다. 철기대원들이 만든 길을 두 사람이 천천히 걸었다.

사조와 오조의 흑풍대원들이 백화방의 지붕 곳곳에서 모습을 드러냈다. 지붕 끝에서 백위가 팔짱을 끼고 있었고 조원들을 모두 비격탄으로 겨누고 있었다. 비격탄 시위에 걸린 것은 모두 폭살시였다. 송웅의 보고를 듣자마자 유월은 그들을 데리고 이곳으로 달려왔다. 그들을 찾는 것은 쉬웠다. 무려 삼백이나 되는 마기가 흘러 넘쳤으니까. 아쉬운 것은 백화방과 목계영 등의 몰살을 막지 못했다는 점이었다. 물론 제시간에 도착했어도 막을 수 있을지는 미지수였지만.

이윽고 유월이 철기대주 앞까지 걸어왔다.

유월이 차갑게 말했다.

"너는 내가 아는 철기대주가 아니군."

상대가 가짜란 뜻을 강조한 말이었다.

철기대주가 같은 말로 되받았다.

"너 역시 그러하군."

철기대주가 천천히 투구를 벗었다.

의외로 평범한 인상이었다. 어디선가 본 듯하다는 소릴 많이 듣는 그런 인상. 그의 두 눈빛은 흐려 있었다. 고수의 눈빛은 언제나 맑다. 하지만 사내는 눈이 흐렸다. 그랬기에 지금 눈앞의 철기대주는 괴이한 느낌을 주고 있었다.

"철염기다."

철기대주가 자신의 이름을 밝히며 손을 내밀었다. 의외로 편안한 인사였고 살기는 완전 누그러진 상태였다. 하지만 유월은 그의 손을 맞잡지 않았다.

"유월이다."

"안다."

짤막한 대답 후 철염기가 지붕 위를 힐끔 쳐다보았다. 사십여 명의 흑풍대가 비격탄을 겨누며 늘어서 있었다.

"잘 가르쳤군."

한눈에도 흑풍대의 날 선 예기가 느껴진 모양이었다. 다시 그가 말을 이었다.

"좋은 싸움이 되겠어."

철염기는 자신의 철기대와 흑풍대 간의 싸움을 기정사실화하고 있었다. 그의 목적이 자신과 흑풍대를 멸하는 것인지, 비설을 데려가는 것인지 알 수 없었다. 어쨌든 분명한 한 가지는 피할 수 없는 싸움이란 점이었다. 그의 태도가 다소 호의적인 것은 생사대전을 앞둔 상대에 대한 작은 배려일 것이다.

유월이 주위에 널브러진 시체를 둘러보며 말했다.

"왔으면 곧바로 우릴 찾아올 일이지."

그러자 철염기가 희미하게 웃었다. 철염기는 눈빛만큼이나 표정이 흐릿한 사내였다. 웃는 것인지 찡그린 것인지 구분이 잘 가지 않는 얼굴. 그 연막 같은 시선이 한옆에서 울고 있는 공동파의 어린 제자에게로 향했다.

철기대 하나가 어린 제자를 끌고 왔다.

눈물로 얼룩진 얼굴로 어린 제자는 철염기를 노려보았다. 두려움 속에서 그가 할 수 있는 분노의 모든 것이었다.

철염기가 담담하게 말했다.

"가서 너희 스승과 선배들에게 전해라. 칠년지약은 오늘부로 끝났다고."

어린 제자가 목계영의 시신으로 뛰어갔다. 그리고 억지로 시신을 둘러업었다. 철염기는 그것을 말리진 않았다. 그렇게 공동파의 어린 제자가 백화방을 떠났다.

유월의 눈빛이 깊어졌다.

일은 이미 크게 벌어졌다. 지금 나서서 저 어리고 슬픔에 빠진 제자에게 이들이 우리와 같은 천마신교가 아니라고 변명을 해본들 무슨 소용일까. 맹주가 실종되고 공동파의 목계영과 공동사수가 죽었다. 거기에 백화방이 몰살당했다. 강호는 다시 정마대전을 향해 한 발 더 다가섰다.

유월의 눈에 비웃음이 담겼다.

"비겁하군."

"안다."

유월은 철염기의 흐릿한 눈을 자세히 들여다보았다.

아무것도 느껴지지 않았다. 이길 것 같지도 않았고, 질 것 같지도 않았다.

적어도 하나는 확실했다. 앞서의 흑풍대주 적신보다 강하다는 것을.

철염기가 툭 내뱉듯 말했다.

"이제 곧 우리 마인들의 시대가 올 것이다."

우리란 말이 의미심장했다. 그래서 함께 기뻐하자는 것일까? 아니면 현실을 그대로 받아들이라는 뜻일까? 어쨌든 상관 없으리라.

그 말을 듣는 순간 유월의 마음속에 얽혀 있던 실타래가 한 가닥 풀렸다.

혼란스러웠던 나날이었다. 또 다른 천마신교가 그랬고, 비운성이 반란을 일으켰다는 사실이 그러했다. 하지만 이제 확연히 느껴졌다.

철염기의 말처럼 상대도 분명 마인들이었다. 하지만 분명 그들은 자신들과는 다른 마인이었다. 오직 목적을 위해서만 달리는 저 맹목적인 마성. 잔인함이 마의 근원이라 착각하는, 저 답답한 투구와 갑주를 뒤집어쓴 삐뚤어진 마성. 유월은 그들의 마가 싫었다. 비운성의 천마신교에 정당성이 없으면 어떠랴. 지금의 천마신교가 진정 자신이 원하는 곳이었다.

유월의 마음 깊은 곳에서 차가운 불꽃이 일고 있었다. 아주 차가운 불꽃이었다. 비운성을 위해. 비설을 위해. 그리고 자신을 위해.

유월이 철염기에게 속삭이듯 아주 작은 목소리로 말했다.

"네 눈빛이 마음에 들지 않아."

철염기의 희미한 눈빛이 더욱 흐려졌다.

필살의 의지를 다지며 유월이 돌아섰다. 그의 등을 묵묵히 쳐다보던 철염기도 말 머리를 돌렸다.

"내일 아침 하서평(河西平). 할 수 있음 해봐라."

유월이 철기대의 인파를 헤치며 걸었다. 겨눠진 창끝에서 알지 못할 증오가 느껴졌다. 하지만 상관없었다. 내일… 모두 죽여 버릴 것이다.

지붕에 있던 흑풍대들이 소리없이 사라졌다. 결전을 앞둔 그들도, 철기대도 더없이 진지했다.

묵묵히 유월의 뒤를 따르던 비호는 알지 못할 분노에 휩싸여 있었다. 정파 놈들의 죽음 따윈 관심도 없었다. 하지만 이건 아니었다. 이런 마교는 쪽팔린다.

창 숲을 걸어나간 비호가 힐끔 돌아보았다.

"개새끼들. 고생 많다. 그 무거운 거 뒤집어쓰고 다니느라고."

장난스럽게 말했지만 비호는 웃고 있지 않았다.

"내일 가볍게 해주마."

어마어마한 살기가 그의 등을 찔러왔다.

비호는 돌아보지 않았다.

第五十章

철기대, 철기대

魔刀霸爭

결전을 하루 앞둔 유설표국은 평소와 다름없었다. 오히려 분위기는 평소보다 밝았다. 조원들은 조별로 나눠져 자유시간을 가졌다. 각자 병장기를 점검했고 농담을 나눴다.

역시 단연 가장 유쾌한 조는 오조였다. 웃고 떠들고 놀고 있는데 진명과 무옥이 찾아왔다.

비호가 무슨 일인가 하고 물었다.

"제가 불렀습니다. 자, 나가자."

나선 사람은 갈평이었다. 후배 앞이라 그랬는지 갈평은 무섭도록 진지한 얼굴을 하고 있었다.

"흐음."

비호가 눈을 가늘게 뜨며 갈평을 살폈다. 갈평이 두 사람을 데리고 나가려 하자 비호가 말했다.

"지옥 끝까지라도 따라갈 거니까… 나 피하는 거면 그냥 여기서 해."

"우리도 사생활이란 게 있습니다!"

"우리 사이에 그런 거 없다."

갈평이 어이없다는 표정을 지었다.

"이러다 소문나겠어요. 둘이 사귄다고."

"난 아직 장가도 못 갔어. 소문나면 내가 더 망해."

"그런 분이 왜 그래요!"

"좋아서 그런다! 됐냐!"

주위의 오조원들이 껄껄거리며 웃었다.

"내 밑으로 뚝! 웃지 마!"

그냥 있을 비호가 아니었다.

"웃어! 내 밑으로 다 웃어!"

웃음소리가 더욱 커졌다. 결국 갈평이 한숨을 내쉬었다.

"에휴. 애들 앞에서 숭늉도 못 마신다더니."

"목숨 걸고 하는 농담이니까 봐준다. 뭐 하려는 거야?"

"그냥 애들 초식이나 좀 봐주려고 불렀습니다."

그러자 비호가 눈을 동그랗게 떴다.

"왜? 왜? 왜?"

무려 세 번이나 반복해 물었다. 그만큼 믿을 수 없다는 뜻이었다.

갈평이 인상을 잔뜩 찌푸렸다.

"정말 너무 무시하시네. 아, 그냥 선배 노릇 한 번 제대로 해 보려고 그래요!"

한옆에서 이 눈치 저 눈치를 살피며 대화를 듣던 진명과 무옥이 깜짝 놀랐다. 설마 갈평이 그런 뜻으로 자신들을 불렀는지 예상하지 못했던 것이다.

갈평이 그들을 끌고 공터로 나갔다. 정말 갈평은 두 사람의 초식을 점검해 주었다. 그것도 굉장히 정성껏. 창밖으로 턱을 괸 채 그 모습을 지켜보던 비호가 소리쳤다.

"후배들아, 너흰 사이비에게 속고 있다!"

그러자 갈평이 두 사람에게 뭔가 속삭였다. 절대 안 된다고 망설이는 두 사람에게 갈평이 다시 귓속말을 해댔다. 비호가 짐작하건대 누구와 생활을 더하고 누굴 더 오래 볼 것이냐란 협박 같았다. 결국 진명과 무옥이 비호 쪽으로 돌아섰다. 두 사람이 동시에 귀를 막고 혀를 날름거렸다. 그 옆에서 갈평이 껄껄거렸다.

비호가 결국 피식 웃고 말았다.

비호를 비롯한 나이 든 조원들은 갈평의 마음을 이해했다. 갈평은 불안한 것이다. 내일 싸움에서 죽게 될까 봐. 어쩌면 마지막이 될지 모를 가르침을 후배들에게 주고 있는 것이다.

비호가 방을 나서며 중얼거렸다.

'망할 놈. 걱정 마라. 내가 죽어도 넌 안 죽인다.'

발길은 자연스럽게 백위의 사조가 모인 방으로 향했다.

'그러고 보니 살려야 할 사람 많네.'

자조하듯 피식 웃은 비호가 고개를 갸웃했다. 시끌벅적해야 할 백위의 방이 조용했던 것이다.

　비호가 방문에 가만히 귀를 기댔다. 나지막한 소리가 들렸다. 살짝 문을 밀자 문은 잠겨 있었다.

　'어라? 이거 뭐지?

　비호가 훌쩍 몸을 날렸다. 거미처럼 달라붙어 복도의 천장을 뜯어냈다.

　그곳을 통해 백위의 방 천장으로 기어갔다. 비수로 살짝 틈을 내어 방 안을 살폈다.

　'하하. 그럼 그렇지.'

　천장을 살짝 들어냈다. 왁 하고 놀래줄 요량으로 고개를 쑥 내미는데.

　쉭!

　"으악!"

　날아온 비격탄을 아슬아슬하게 피한 비호였다.

　천장 아래서 백위의 목소리가 들렸다.

　"호야냐?"

　비호가 천장 아래로 고개를 내밀었다. 울상을 지으며 비호가 말했다.

　"방금 일단 쏘고 보자는 단순무식과격한 사조장의 손에 죽을 뻔한 비운의 오조장을 말하는 거면 맞아요."

　그러자 백위가 머쓱하게 웃으며 손짓했다.

　"자식, 어서 내려와라. 넌 줄 알고 쐈겠냐?"

"어휴! 그럼 도대체 누군 줄 알고 쏜 겁니까?"

비호가 훌쩍 방으로 뛰어내렸다. 방 안은 술판이 벌어져 있었다. 절대 금주하란 진패의 엄명을 깬 조는 과연 백위의 조였다. 어디서 구해왔는지 십여 병의 술을 두고 술 좋아하는 조원들만 모아 나눠 마시고 있었던 것이다.

비호의 입이 다시 삐죽 나왔다.

"이 봐, 이 봐, 또 나 빼고 회식하시네."

"이놈아, 우리 조 회식에 왜 널 불러. 그리고 이게 회식이냐? 병아리 눈물만큼 갖다 놓고 술을 핥고 있다."

쓰러진 빈 병을 보며 비호가 고개를 내저었다. 이미 마신 술이 일고여덟 병이 넘었다.

"내단이라도 품은 병아린갑네. 눈물이 이만큼이나 되게."

"요즘 술 없음 잠이 안 오네."

"슬슬 증상이 올 때도 됐죠."

"무슨 증상? 술 중독? 크하하. 그건 예전에 왔지."

비호가 접시에 담긴 땅콩을 까서 먹었다.

"기왕 먹을 거면 안주나 제대로 해서 먹지. 이게 뭡니까. 속 다 버려요."

"고수들이 칼 가리더냐? 잔말 말고 한잔해."

백위가 술잔을 내밀었다. 비호가 시원스럽게 마셨다.

"캬. 좋네요."

"한잔 더 해라."

"완벽한 공범으로 만드시겠다?"

"한 잔이나, 두 잔이나. 어차피 먹은 거."

비호가 한 잔 더 받아 마시며 조원들을 쳐다보았다. 낯빛 붉은 조원들이 씩 웃었다.

"너흰 이 재미없는 사람하고 뭔 술을 그리 마셔? 재밌냐?"

그러자 조원 하나가 히죽 웃으며 말했다.

"저흰 저희 조장님이 제일 좋습니다."

그러자 백위가 가슴을 활짝 펼치며 보란 듯이 해맑게 웃었다.

"두 번만 좋다간 너희 조장 우화등선하겠다."

그때였다.

쿵쿵.

문을 두드리는 소리가 들렸고 진패의 목소리가 이어졌다.

"뭐야! 왜 문을 잠갔어? 야! 너희들 술 마시지?"

진패는 귀신같았고 비호는 날렵했다.

비호가 천장으로 날아올랐다. 천장에서 고개만 쏙 내민 비호가 한쪽 눈을 질끈 감았다.

"헤헤. 수고요."

천장이 매정하게 닫혔다.

비호가 들어갔던 천장으로 다시 나왔다. 방 안에서 진패의 잔소리가 들려왔다. 기왕 이렇게 된 거 같이 한잔하자는 말도 안 되는 회유에 백위의 뒤통수가 불이 나고 있었다.

"우화등선은 다음에 해야겠네."

씩 웃으며 비호가 다시 발걸음을 옮겼다. 건물을 나서며 비호가 기지개를 켰다.

"아, 심심하다!"

하지만 곧바로 비호의 눈은 먹잇감을 덮치는 맹수의 눈이 되었다. 저 멀리 화원을 산책하는 먹잇감은 바로 세영과 예은 이었다.

비호가 그들 뒤쪽의 석등으로 몸을 날렸다. 발걸음 소리 하나 들리지 않았다.

부끄러운 사랑의 밀어라도 나눌까 싶었지만 대화는 아주 현 실적이었다.

"음, 그러니까 한 달 월봉이 사십 냥이라고요?"

예은의 물음에 세영이 머리를 긁적였다.

"위험수당이 붙는 작전이 낀 달이면 출장수당까지 해서 육 십 냥은 되오… 적소?"

"그 정도면 두 식구 충분하죠. 문제는 애가 생기면… 듣자니 요즘 교육비가 장난이 아닌가 보더라고요. 개인 글 선생을 초 빙하지 않으면 애들 성적이 안 나온다고."

"그렇다고 들었소. 하지만 엄연히 잘못된 교육체계가 아니 겠소. 애들은 애들답게. 학당 공부만으로 충분하다고 생각하 오."

"그렇긴 하지만……"

예은이 가볍게 한숨을 내쉬었다. 애들 교육에 있어 현실적 인 것은 확실히 여인 쪽이었다. 예은이 넌지시 물었다.

"솔직히 모아둔 돈 없죠?"

"그게… 마음처럼 잘 안 되었소."

"이해해요. 어지간히 독하지 않으면 남자 혼자 돈 못 모으죠. 하지만 앞으론 안 돼요."

"앞으론 아껴 쓰겠소."

"당연히 그래야지요. 우리 첫 목표는 집이에요. 내 집이 있어야 마음이 안정되는 법이니까요."

"예은 낭자."

여전히 낭자란 말이 어색한 그녀가 고개를 숙이며 작은 목소리로 네라고 대답했다.

"나 노력할 거요."

예은이 행복하게 웃었다.

석등 뒤의 비호가 쓴웃음을 지었다. 뭐가 그리 바쁜지 혼인도 아직 올리지 않고 별걸 다 계획한다 싶었다.

'애부터 낳고 고민들 하시라고요!'

벌써부터 세영의 앞날이 그려졌다. 완전히 잡혀 살 팔자였다. 그래도 부러운 마음이 들었다.

'좋을 때다.'

그나 자신이나 참으로 위태로운 미래기도 했다. 언제 죽을지 모를 삶, 자신은 세영처럼 저렇게 담담하게 미래를 설계할 수 있을까? 여인에게 저런 든든한 믿음을 전해줄 수 있을까? 초승달이 거짓말 마라며 크게 휘어져 내려다보는 것만 같았다.

검운이 저 멀리서 지나갔다.

세영이 검운을 불렀다. 검운에게 정중히 인사를 하고는 예은은 건물 안으로 들어갔다.

"몸은 좀 어떠냐?"

"견딜 만해. 네 몸이나 걱정해."

걱정이 오고 갔다. 세영이 그를 불러 세운 것은 그 때문이 아니었다. 세영이 넌지시 물었다.

"안 궁금해?"

"뭐가?"

"부용 소저."

"별로."

신경 쓰이지 않는다면 거짓말일 것이다.

세영이 검운의 어깨를 두드리며 확신했다.

"다시 만나게 될 거다. 내가 보니 두 사람은 인연이다, 인연."

"할 일 없음 자라."

검운이 돌아서 가던 길을 갔다. 그 뒷모습이 쓸쓸해 보여 세영은 미안한 마음이 들었다. 그날 두 사람은 각자 여인을 각기 만났고, 지금 자신만 그 여인과 함께 있다. 그것이 미안한 것이다. 혼자 여자를 차지한 것 같은 마음.

이윽고 가볍게 한숨을 내쉰 세영이 반대쪽으로 걸어갔다.

모두가 다 그곳을 떠났지만 비호는 한참 동안을 석등에 기대 있었다. 비호는 두려웠다. 자식을 낳아, 자신의 부모처럼 자식을 버리게 될까 봐. 그 피를 그대로 이어받은 운명을 살게 될까 봐. 그렇게 살지 않으려고 버둥거리다 결국 모두를 남겨두고 죽게 될까 봐.

"여기서 뭐 해요? 청승맞게."

고개를 드니 갈평이 내려다보고 있었다.

"달 봤다."

"땅바닥에도 달이 떴습니까?"

"내 마음에 떴다."

"배가 고프면 헛소리 나오죠. 갑시다, 야식 차려놨어요."

비호가 벌떡 일어나 어깨동무하듯 갈평을 감싸 안았다.

"그래도 너밖에 없다!"

"나 말고도 우리 조만 스물입니다."

"다 줘도 안 바꿔!"

"아, 소문난다니까요!"

"나라고 그래!"

"정말요?"

"오늘만."

그렇게 결전 전야의 밤이 깊어만 가고 있었다.

동틀 무렵의 여명이 대지를 물들일 무렵, 유월은 표국의 지붕 끝에 홀로 서 있었다. 유월은 흑풍대의 정복을 입고 있었다. 목에 걸쳐진 복면의 깔깔함이 낯익은 친밀감을 전해주었다. 유월은 문득 처음 흑풍대의 정식 복장을 입던 날이 떠올랐다. 그날 진패는 호탕하게 웃으며 자신에게 말했다.

"하하하. 이제 살아도 흑풍대로 살고, 죽어도 흑풍대로 죽는 거다. 각오됐나?"

유월이 고개를 들어 새벽공기를 들어 마셨다. 차가운 한기가 폐 속 깊이 들어오며 온몸을 상쾌하게 해주었다.

알지 못할 불안감이 생겨나고 있었다.

철기대주를 죽이겠다는 의지가 커질수록 불안감도 커져 갔다.

그는 자신을 죽이겠다는 의지를 내비치지 않았다. 유월은 그게 어떤 심리인지 느낄 수 있었다. 그는 분명 승리를 확신하고 있었다. 여유는 언제나 강한 자들의 것이다. 과연 어떤 한 수를 숨겨뒀기에 그는 그토록 자신하고 있는 것일까?

적들은 양파 껍질과 같았다. 벗겨도 끝이 없는, 그리고 눈물이 나게 하는. 그 껍질의 마지막에는 무엇이 숨겨져 있을까?

스르륵.

등에 매달린 나락도가 서서히 떠올라 유월의 손으로 날아들었다. 그 든든한 감촉에 기분이 차분해졌다. 이제 복잡한 생각을 떨쳐야 할 때였다.

구화마도식 전 칠초식을 천천히 마음속에 떠올렸다. 이제 무공이 증진되었으니 그 위력은 더욱 강해졌을 것이다. 하지만 유월은 안다. 싸움의 승패란 내력이 한 줌 더 늘어난다고, 호신

강기의 빛깔이 더 짙어졌다고 결정되는 것이 아니란 것을.

상대는 철기대였고 내력 소모가 심한 싸움이 될 것이다. 어떻게 하면 피해를 최소화할 수 있을까에 대해 유월은 밤새 고민했다.

유설표국에 일하는 일반 표사들은 걱정이 되지 않았다. 그건 유월만의 직감이었다. 철염기는 적신과는 다른 사내였다. 적신이 결과를 위해 그 어떤 비겁도 감수하는 유형이라면 오히려 희미한 인상을 지닌 철염기는 약속을 지키는 유형이었다.

하서평은 산과 들이 뒤섞인 지역이었다. 지형을 어떻게 활용하는가에 승패가 갈릴 것이다. 혹시나 몰라 송웅에게 오늘 아침만 시장 골목을 비워달라고 부탁했다. 그가 정체를 밝히지 않는 한 완전히 비울 수는 없겠지만 최선을 다해 상인들을 설득할 것이다. 여차하면 후퇴해서 시가전을 펼쳐야 했다. 복잡한 골목이 많은 시장은 그에 최적의 장소였다.

희생을 줄이려면 자신이 최대한 많은 숫자를 베어야 했다. 문제는 철염기였다. 과연 그를 얼마나 빨리 베어낼 수 있을까?

점점 주위가 밝아졌고 느껴지는 기운들이 많아졌다. 흑풍대가 하나둘씩 깨어나기 시작한 것이다.

그때 지붕 뒤쪽에서 인기척이 났다.

돌아보니 고 총관이 사다리를 대고 지붕 위로 올라오고 있었다. 위태롭게 지붕 위에 올라선 고 총관이 정중히 인사를 건넸다. 무슨 용건이 있느냐는 눈빛에 고 총관은 머쓱한 표정을 지었다.

"주제넘은 말이겠지만 그냥 말벗이라도 해드리려고 올라왔습니다. 저 아래서 보니 외로워 보여서……."

말을 흐리는 고 총관은 방해가 됐다면 당장이라도 내려가겠다는 표정이었는데, 유월이 미소를 지으며 옆으로 오라고 손짓했다.

나란히 선 고 총관이 지평선을 보며 감탄했다.

"매일 보는 광경이지만 볼 때마다 가슴이 뜁니다."

유월이 묵묵히 고개를 끄덕였다.

"오늘 큰 싸움이 있다고 들었습니다."

유월은 어디서 들었는지 묻지 않았다. 이미 흑풍대원들은 그를 한 식구로 여기고 있었기에 자연스럽게 이야기를 전해 들었을 것이다.

"큰일을 앞두고 마음이 복잡할 때면 전 한 가지만 생각합니다. 나이 먹고 부끄러운 생각입니다만… 일이 끝나면 뭘 먹을까? 그럼 마음이 조금 편해진답니다. 눈앞의 복잡한 문제도 단순해 보이고. 어떤 식이든 어차피 이 일은 끝날 것이고, 그럼 점심을 먹고 또 저녁을 먹겠지. 삶이란 그렇게 한 고비씩 넘기면서 먹고 싸며 살아가는 거구나라고."

문득 유월은 이 모든 일을 끝내면 무엇을 할까 생각했다. 비검의 얼굴이 떠올랐다. 그녀의 웃음이 보고 싶었다. 그녀와 싸우게 될까 하는 걱정은 이제 없다. 어떤 일이 있어도 그녀를 죽이진 않을 것이다. 문제는 그녀가 사랑하는 사람을 자신이 베어야 할 상황이 오는 것이 두려웠다.

고 총관은 망설였다. 비설의 마음을 전해주는 것이 옳을까 하고. 그래서 잘 대해주셨으면 좋겠다는 당부를 하고 싶었다. 비설의 진심을 알았기에. 죽은 딸을 위하는 마음이기도 했다. 하지만 그 말은 지금도, 나중에라도 자신이 할 말이 아니란 생각이 들었다.

고 총관이 고개를 깊이 숙였다.

"이런저런 잡설이 길었습니다. 사실은 진심으로 감사드린다는 그 말씀을 드리러 왔습니다."

유월은 묵묵히 한곳에 시선을 두고 있었다.

"인사는… 나중에."

"오늘 점심은 특별히 신경 쓰라고 일러놓겠습니다. 그럼 나중에 뵙지요."

유월과 흑풍대가 무사히 돌아오기를 바라는 마음으로 고 총관이 사다리를 타고 내려갔다.

잠시 후, 유월이 지붕에서 내려왔을 때 아래에서 비설이 기다리고 있었다.

평소와는 다른 느낌이었다. 밤새 잠을 뒤척였는지 눈이 부어 있었다. 하지만 눈빛은 여전히 맑았고 낯선 기품이 서려 있었다. 천마가 보여주는 그 눈빛과 닮아 있었다.

과연 그녀는 평소와 달랐다.

"유 대주."

너무나 진지했기에 유월은 긴장했다.

"아가씨."

유월이 정중히 고개를 숙였다.

두 사람의 시선이 허공에서 얽혔다. 눈앞의 비설은 지켜줘야 할 어제의 어린 소녀도, 자신을 향해 애틋함을 키워가는 여인도 아니었다. 지금 그녀는 천마의 딸이었다. 타고난 위엄이 절로 우러나왔다.

"이건 명령입니다. 꼭 이기고 돌아오세요."

유월은 아무 대답도 하지 못했다. 밤새 잠을 이루지 못한 비설의 애틋한 걱정이 전해져 왔다. 묵묵히 고개를 끄덕이자 비설이 살짝 미소를 짓고는 돌아섰다. 금방이라도 '제 연기 어땠어요'라고 돌아설 것만 같았는데 비설은 그대로 자신의 방으로 걸어갔다. 그녀는 오늘 큰 싸움이 있다는 것을 무옥을 통해 들었다. 많은 선배들이 죽을 수도 있는 어려운 싸움이라고 무옥은 솔직히 그녀에게 말해주었다. 그녀를 안심시키기 위해 모두들 상황을 감췄지만 그건 옳지 않다고 생각했다. 그것이 비설에 대한 무옥의 의리였다.

그녀의 눈에선 눈물이 흘러내리고 있었다. 유월은 그녀의 눈물을 보지 못했다. 그녀의 눈물을 본 것은 저 멀리 건물 뒤에 서 있던 무옥이었다. 동갑내기 비설의 심정은 곧 자신의 마음이었다. 무옥은 비설을 피해 건물 뒤로 숨었다. 눈물을 흘릴 때 옆에서 닦아주는 것은 진짜 위로가 아니다. 홀로 눈물을 닦아낸 비설이 농담을 하기 시작할 때 함께 웃어주리라. 그렇게 그녀는 마음먹었다.

유설표국의 별채에 흑풍대가 모두 모였다.

싸움에 나선 사람은 모두 육십 명이었다. 검운과 세영의 조가 남아서 비설을 지키기로 결정했다. 두 사람이 완전히 부상에서 회복되지 않았기에 정해진 일이었다. 원래 유월은 진패의 일조도 남기려 했다. 하지만 말없이 자신을 바라보는 진패의 충직한 눈빛에 담긴 열망을 읽자 그럴 수 없었다.

남아서 비설을 지키는 이조와 삼조도 모두 흑풍대 정복을 착용하고 있었다. 비설은 자신의 방에서 나오지 않았다. 무옥이 방 앞을 지켰고 진명만이 배웅을 나와 있었다.

유월이 세영과 검운을 불렀다.

"수고해라."

한마디 당부로 충분했다. 싸우러 가는 쪽이나 남아 지키는 쪽이나 입장은 같았다. 일이 틀어져 비설을 데리고 귀환해야 한다면 그 길은 더욱 어렵고 힘들 것이다.

"걱정 마십시오."

두 사람이 든든한 눈빛을 보내왔다. 두 사람 누구도 자신이 선봉에 서지 못함을 아쉬워하지 않았다. 떠나는 자와 남는 자, 어차피 같은 싸움이었다.

그들이 모두 떠날 때까지 끝내 비설은 방에서 나오지 않았다.

*   *   *

하서평의 아침은 평화로웠다.

종달새가 아침을 지저귀고 밤새 맺힌 이슬이 풀잎 위를 굴렀다.

사슴이 옹달샘에서 목을 축였고 그 옆에서 빨간 눈의 토끼가 귀를 쫑긋 세웠다. 건너편 나무의 딱따구리가 나무를 쪼아댔고 그 위로 참새가 파닥거렸다.

옹달샘에서 조금 떨어진 곳에 삼백의 철기대가 길게 늘어서 있었다.

훈련된 말들은 울지 않았고 마치 석고인형을 세워둔 것처럼 철기대는 바르게 정렬되어 있었다.

건너편 오십 장 너머에 유월을 중심으로 흑풍대가 서 있었다.

철염기가 걸어나왔다. 그는 혼자가 아니었다. 그 옆에 말을 타고 걸어오는 사람은 정도맹주 마영추였다.

유월 뒤에 선 진패가 나직이 말했다.

"정도맹줍니다."

비호가 고개를 갸웃했다.

"인질이 아니라 수장인데요?"

분명 그러했다. 오히려 마영추는 철염기보다 더 큰 존재감으로 다가오고 있었다.

이십 장 거리까지 다가온 두 사람이 멈춰 섰다.

철염기의 눈빛은 어제보다 더 흐려 있었다.

"왔는가?"

유월이 나락도를 뽑아 대답을 대신했다.

유월의 시선은 마영추에게 고정되어 있었다. 당당한 마영추의 눈빛. 분명 지금 상황에서 어울리지 않는 눈빛이었다. 그가 혹시 마안에 지배당한 것이 아닌지 날카롭게 확인했지만 그런 흔적은 없었다.

'결국 이거였나.'

예측 중 최악의 경우가 눈앞에서 펼쳐지고 있었다. 정도맹주는 그들 편이었다. 비검의 말을 들었을 때나 고 총관의 사연을 들었을 때 설마하고 잠시 떠오른 생각이었다.

"칠초나락, 요즘 꽤나 애를 먹이고 있다지? 이제 우리 차례네."

옆에 선 철염기가 소리 내어 웃었다.

"진짜 애를 먹이는 게 어떤 것인지 보여줄까?"

마영추가 주먹을 불끈 쥐었다. 그의 몸에 힘줄이 불끈불끈 일어났다.

우두두둑.

강호의 운명을 뒤바꿀 놀라운 변신을 유월과 흑풍대원들은 묵묵히 지켜보았다.

마영추는 이제 완전히 다른 사람이 되었다. 눈에선 자색의 눈빛이 뿜어져 나왔고 괴이한 사기가 꾸물거리며 그의 몸을 휘돌고 있었다.

"이로써 정도맹주는 진짜 죽었다."

그의 말이 하서평을 진동시켰다.

철염기가 그를 소개했다.

"환마(幻魔) 맹양하(孟楊河) 선배시다."

환마의 기도는 본래 마영추의 기도와 비할 바가 아니었다. 환마도 철염기도 모두 서열록에 없는 인물들이었다. 그들은 귀도의 직속부하들이었다.

환마가 다시 소리쳤다.

"적신을 죽였으니 운이 닿는다면 나를 죽일 수도 있겠지. 하지만 나를 죽여도, 나를 살려도 내가 맹주였다는 것을 증명할 순 없다. 정파인들은 너희들의 말을 절대 믿지 않을 테니까."

무거운 침묵이 흘렀다.

놀람은 분노가 되고 분노는 다시 두려움이 되었다.

백위가 진패를 돌아보며 나직이 말했다.

"저희 좆된 거 맞죠?"

딱!

진패가 평소처럼 빠르고도 장난스럽게 백위의 뒤통수를 두드렸다.

"욕하지 말랬지? 욕 달고 사는 놈, 딱 그 욕만큼 복 없다."

"형님은 지금 이 상황에서."

"지금 상황이 어때서?"

"생사의 갈림길 아닙니까? 그깟 욕이 대숩니까?"

"저 새끼들한테나 생사의 막다른 길이라고 전해. 우린 단숨에 해치우고, 술독에 빠져 죽는다."

술이란 말에 백위의 입이 함박처럼 벌어졌다. 긴장을 풀게 해주기 위한 진패의 배려임을 모두들 알았다. 몇 마디 오가는 말에 금방 마음이 편해질 상황은 아니었지만 다들 조금이나마 긴장을 풀었다.

살기를 품은 바람이 분다.

바람은 그들의 옷을 펄럭였고 긴장된 마음을 흔들었으며 결전의 순간으로 밀어붙였다.

삼백 개의 창과 육십 개의 비격탄이 서로에게 겨눠졌다. 숨조차 깊이 내쉬기 힘든 긴장감이 양쪽 진영을 휘감았다. 잠시라도 눈을 감았다 뜨면 비격탄이 코앞까지 날아와 있을 것 같았고, 창이 심장을 짓누를 것만 같았다.

진패의 비격탄 끝 화살촉 너머로 꼭 살아남아야 할 이유가 꿈처럼 떠올랐다. 아내와 아이는 환하게 웃고 있었다.

'꼭 살아서 돌아간다.'

백위가 패력궁의 시위를 팽팽하게 당겼다. 시위에 걸린 세 발의 패력시는 반드시 적의 심장을 가를 것이다.

비호가 심호흡을 했다. 이번에 돌아가면 반드시 백위에게 여자를 소개해 줘야겠다는 생각이 들었다. 더 이상 미룰 일이 아니었다.

선두에 선 철기대의 말들이 앞다리를 치켜들며 크게 울었다.

바로 그때였다. 또 다른 소리가 들려오기 시작했다. 작게 시작된 그 소리는 점차 커지고 있었다.

두두두두두두!

저 멀리 지평선에서 흙먼지가 일었다. 무엇인가 이쪽을 향해 맹렬히 달려오고 있었다.

흑풍대의 표정이 환하게 밝아졌다. 눈 좋은 비호가 씩 웃었다.

"왔구나."

뒤이어 진패가 소리쳤다.

"우리 철기댑니다!"

"와아아아아!"

흑풍대가 기쁨의 함성을 질렀다. 우리 쪽 철기대가 합류한다면 승부는 이제 결판난 것이나 다름없었다.

백위가 시위를 풀며 히죽 웃었다.

"그 자식들, 오려면 진작 올 것이지. 간 떨려 죽을 뻔했네."

뒤에 서 있던 사조원들이 한결 긴장 풀린 얼굴로 킬킬거렸다.

철염기는 동요하지 않았다. 무표정한 눈빛을 또 다른 자신들에게 보낼 뿐이었다. 환마 역시 담담했다. 그저 눈에서 뿜어져 나오던 자색의 빛이 더욱 강렬해졌을 뿐이었다.

멀게만 느껴진 들판을 폭풍처럼 가르며 철기대는 순식간에 다가왔다. 선두에 말을 몬 사내는 철기대주 철무쌍이었다.

"오셨소?"

유월의 인사에 철무쌍이 든든한 눈빛을 보내왔다.

"다행히 늦지 않았구려."

"와주셔서 감사하오."

"당연히 와야지요. 당연히."

유월과 대화를 마친 철무쌍이 철염기 쪽으로 말 머리를 돌렸다.

철기대가 다시 또 다른 철기대를 마주 보며 대열을 갖춰 섰다.

저주받은 쌍둥이처럼 그들은 그렇게 서로에게 창을 겨눴다. 반으로 접으면 하나로 합쳐질 것 같은 광경이었다.

철무쌍과 철염기가 서로를 향해 창을 겨눈 채 다가섰다. 찌르면 심장이 닿을 거리에 가서야 두 사람은 멈춰 섰다.

죽일 듯 서로를 노려보던 눈빛이 동시에 풀렸다.

철염기가 환하게 웃었다.

"오랜만이구나."

철무쌍이 함께 웃었다.

"형님!"

그러고 보니 그들의 웃음은 서로 닮아 있었다.

이제 유월은 확실히 알 수 있었다. 철염기에게서 보았던 근원을 알 수 없었던 자신감의 정체를. 바로 이것이었다. 철기대주가 배신자였던 것이다. 유월의 눈빛이 심해의 깊은 어둠처럼 가라앉았다.

따아앙! 따앙!

두 사람이 창을 두 번 부딪쳤다. 맑은 쇠음이 바람을 타고 울려 퍼졌다.

철무쌍과 철염기가 동시에 말 머리를 돌려 흑풍대를 향했다. 동시에 철무쌍이 끌고 온 철기대가 일제히 흑풍대를 향해 창을 겨눴다. 내밀어진 창은 더없이 삼엄했다. 육백 개의 서늘한 살기가 피할 수 없는 빗줄기처럼 흑풍대에게 쏟아졌다.

백위가 시위를 다시 당기며 침울하게 말했다.

"시벌… 진짜 좆됐다."

이번에 진패는 욕하는 백위를 야단치지 않았다. 그저 산처럼 펼쳐진 거대한 살기 덩어리를 응시하며 침묵할 뿐이었다.

징징징.

귀를 울리기 시작한 낯선 도명(刀鳴)에 비호가 복면을 끌어올렸다.

"그건 저쪽도 마찬가집니다."

유월의 나락도가 울고 있었다. 지금까지 듣지 못했던 매우 성난 울음이었다.

『마도쟁패』 제5권 끝